审判

[奥] 弗兰兹·卡夫卡 / 著
钱满素　袁华清 / 译

民主与建设出版社
·北京·

© 民主与建设出版社，2020

图书在版编目（CIP）数据

审判 /（奥）弗兰兹·卡夫卡著；钱满素，袁华清译. —— 北京：民主与建设出版社，2020.7（2023.5重印）
ISBN 978-7-5139-3082-6

Ⅰ.①审… Ⅱ.①弗…②钱…③袁… Ⅲ.①长篇小说—奥地利—现代 Ⅳ.①I521.45

中国版本图书馆CIP数据核字（2020）第102600号

审判
SHENPAN

著　　者	[奥]弗兰兹·卡夫卡
译　　者	钱满素　袁华清
责任编辑	吴优优
封面设计	尚上文化
出版发行	民主与建设出版社有限责任公司
电　　话	（010）59417747　59419778
社　　址	北京市海淀区西三环中路10号望海楼E座7层
邮　　编	100142
印　　刷	三河市同力彩印有限公司
版　　次	2020年10月第1版
印　　次	2023年5月第2次印刷
开　　本	880毫米×1230毫米　1/32
印　　张	7.25
字　　数	150千字
书　　号	ISBN 978-7-5139-3082-6
定　　价	49.80元

注：如有印、装质量问题，请与出版社联系。

译者序

20世纪初,奥匈帝国这个包括今天的奥地利、匈牙利、捷克、斯洛伐克等国在内的庞然大物已经濒临崩溃。长期以来,哈布斯堡王室推行封建专制主义,极力反对革命,反对现代潮流。整个国家经济落后,政局动荡,中世纪的残余与不可抑制的资本主义生产发展交织在一起。奥匈帝国赖以存在的全部基础就是:一个中央集权的专制政府,一个受过法律训练的官僚集团和一支强横的军队和警察。1918年,这个偌大的奥匈帝国终于被彻底埋葬在第一次世界大战的废墟中。

弗兰兹·卡夫卡便生活在这样一个令人窒息的国家里,他作品中的梦魇世界正是这个沉闷时代别具一格的写照。卡夫卡于1883年出生在布拉格的一个殷实的犹太商人家庭里,18岁进布拉格大学，上了一学期化学、德国文学，以及艺术史课程后改学法律，23岁获得法学博士学位。从25岁起，一直在半官方的奥地利工伤事故保险公司里当律师。卡夫卡认为自己的一生是失败的，他曾说过："在巴尔扎克的手杖上刻着'我能够摧毁一切障碍'；在我的手杖上则刻着'一切障碍都能摧毁我'。"他与追求功利的父亲格格不入。他三次订婚，三次解约，终生未能建立家庭。肺病又长期折磨着他，使他过早地结束了生命。1924年，卡夫卡逝世时年仅41岁。

卡夫卡酷爱文学，他把文学作为自己理解生活、探索人生的手段，所以他称写作为"祈祷"。但是，为了经济上的独立，他不得不把白天的时间用于谋生，挤出晚上睡觉的时间从事创作。卡夫卡对自己的作品要求很严，从不轻易发表。他认为自己的写作基本上也是失败的，在遗愿中要求好友马克斯·勃洛德把他的全部手稿付之一炬。

卡夫卡生前共发表了四十余篇短篇小说，它们是：《判决》《变形记》《在流放地》《火夫》（即《美国》第一章），以及三个集子：《观察》《乡村医生》《绝食艺人》（又译作《饥饿艺术家》）。这些只占他全部作品的很小一部分。卡夫卡死后，勃洛德整理发表了他的全部作品和书信日记。1931年，他的全部短篇问世，1935年以后又陆续出版了他的六卷本和九卷本。

卡夫卡这个默默无闻的天才，生前没有惊动多少人，死后却在世界各地激起一阵阵"卡夫卡热"。这大概是因为经历了两次世界大战的西方人在卡夫卡的小说里看到了自己的命运。现在，卡夫卡被认为是西方现代派文学的奠基人，现代最有影响的德语作家，受到像托马斯·曼、纪德、萨特、加缪等西方现当代著名作家那样的高度评价。美国诗人和剧作家 W·H·奥登说："就作家与其所处时代的关系而论，当代能与但丁、莎士比亚和歌德相提并论的第一人是卡夫卡……卡夫卡对我们至关重要，因为他的困境就是现代人的困境。"

卡夫卡的作品既具有深刻的社会内容，又对人生进行了富于哲理性的探讨。它们以一种与荒诞的内容相一致的荒诞的形式，成功地表现了 20 世纪西方人的焦虑和异化感。卡夫卡把资本主义社会中一系列既存的社会关系看作压迫人的异己力量，他一再重复的主题是：孤独的人在各种异己力量的控制下不断挣扎，试图去达到某种不甚清楚的目的；但结果是自己进一步非人化，甚至分裂、变形、死亡。卡夫卡凭着自己对社会、对人生的独特感受和洞察能力，把一个严酷而扭曲的西方世界刻画得淋漓尽致，使它的本质暴露无遗。

卡夫卡同情工人，把资本主义作为一个现实的世界状态和精神状态来反对，达到了自觉批评资产阶级的水平。但他的主导情绪是悲观的，他往往把资本主义社会的罪恶归于人性之恶，从对资产阶级世界的失望发展到对整个世界的失望。他曾经这样说过："每次真正的革命运动，最后都会出现拿破仑，洪水泛滥得愈广，水流就愈缓，愈浑。革命的浪头过去了，留下的就是新的官僚制度的淤泥了。"所以他在作品中经常表现出一种有目的而无道路的痛苦，感到前途茫茫。卡夫卡是一个揭露旧世界的天才。青年马克思在给父亲的信 (1837 年 11 月 10 日) 中说："每一个变形形象，在某种程度上可说是临终的杰作，在某种程度上则是新的伟大诗篇的序曲。"透过卡夫卡笔下变形的、异化的世界，我们窥到了实现另一个世界的可能性和必要性。卡夫卡作品的现实意义也许正在于此。

卡夫卡对中国读者来说并不陌生。他的长篇《城堡》和相当数量的短篇如《变形记》《判决》《绝食艺人》《地洞》等都已相继译成中文。长篇小说《审判》是卡夫卡的代表作，它形象地暴露了奥匈帝国的一系列痼疾：令人窒息的官僚制度、神秘莫测的司法系统、非理性的社会，同时也描写了个人与社会的矛盾、个人的无能为力、认识的困难等。《审判》现已成为西方现代文学中的名著，并已改编成电影。

在一个所谓有正式宪法，而且所有的法律都在起作用的国家里，银行高级职员约瑟夫·K却无缘无故地被捕了。他犯了什么罪？是谁控告了他？根据什么法律？是谁在执行这些法律？这些问题K始终没有弄明白。起初他以为，既然事情的荒谬是不言自明的，那么一切肯定很快就会得到澄清。初审时他慷慨陈词，试图促使人们进行思考，认识某种改革的必要性。但是事实证明，他的想法太幼稚无知了，他所面对的是整个庞大的法律机构，绝非任何个人能够与之抗衡。它是人的产物，但已独立于人并且在压迫人，连法官们也只了解它的某个局部，在半盲目的状态下工作着。经过一年的奔波，K终于明白反抗是无用的，他开始时的自信完全被一种失败的耻辱所取代。在一个月光皎洁的夜晚，他被带到郊外处死。

作为一个法学博士和长期与法打交道的人，卡夫卡看透了资产阶级法律和奥匈帝国司法系统的本质，在这部作品中对此进行了深刻的揭露。K到底犯了什么罪？这是一个不解之谜。因为法只存在于从不露面的最高当局那儿，旁人无法可依，要判断一个人有罪无罪是不可能的。就连律师也说："一个人的定罪，往往出乎意料地取决于随便哪个人偶尔讲过的一句话。"谁在执行法律呢？一个混乱肮脏的法庭：这里空气污浊，令人窒息；法官们腐化迂阔，营私舞弊，虚荣异常；诉讼过程讳莫如深，拉关系，走后门，全靠幕后交易。熟悉官场内幕的人深知法有两种：一是法律明文规定的，一是通过亲身体验发现的，它们根本不是一回事。实质上，法已经异化成了一种压迫人、剥夺人的自由的非正义力量。而要使它改变几乎是不可能的，因为这个庞大机构保持着微妙的平衡状态，"如果有人想来改变周围事物的排列次序，他就要冒摔跟头和彻底毁灭的危险，而这个机构则可依赖本身其他部分的补偿作用而恢复平衡"。人在这种无法忍受的重压下，若不像谷物商勃洛克那样逐渐丧失尊严，变得奴颜婢膝，就得像K一样丧命。

在小说结尾之前，教士给K讲了"在法的门前"的故事。法的大门重重叠叠，老百姓坐等一辈子也休想进去。这形象地表明了法的森严与不可企及。同时，教士不厌其烦地阐述了人们对这个故事的各种不同理解，借以说明人在认识上的困难："对同一件事情的正确理解和错误理解并不是完全互相排斥的。"

卡夫卡的写作风格独树一帜：构思虽然奇特，细节描写却具体真实，可以说是象征主义与现实主义的结合。《审判》中的法庭既是现实的，又是超现实的。它并不是社会中实际存在的法庭，而是一种超人的异己力量。K的案子并不像一般案子那样有来龙去脉，它同时可以理解为人生的案子，K 的命运不是一个人的真实遭遇，而是象征性的。《审判》中的故事没有特定的时间和背景，着重表现人的主观感受。它反映事物的本质，而不在乎现象的真实。卡夫卡作品中的象征意义使人们可以对它们做出各种不同的理解。

卡夫卡受到现代心理分析法的影响，《审判》和他的许多其他作品一样，描绘梦幻般的内心生活，其中有不少潜意识、非理性的成分。各章联系甚少，人物出现不打招呼，前因后果不做解释，作者、读者和书中人物似乎处于同样的困惑状态。

卡夫卡用荒诞、夸张的手法描写了一个正在解体的世界。他在叙述本质极为可悲的事物时通常带有一种绝望的、无可奈何的幽默，在描写可怖场面时也保持着极度的镇静，从这里我们可以看到以后荒诞派戏剧和黑色幽默小说的某些特征。

钱满素
1981 年于北京

目录

- 001　第一章　被捕
- 018　第二章　先与格鲁巴赫太太、后与布尔斯特纳小姐的交谈
- 032　第三章　初审
- 049　第四章　在空荡荡的审讯室里—学生—办公室
- 074　第五章　布尔斯特纳小姐的朋友
- 083　第六章　打手
- 090　第七章　K的叔叔—莱妮
- 112　第八章　律师—厂主—画家
- 162　第九章　谷物商勃洛克—解聘律师
- 193　第十章　在大教堂里
- 217　第十一章　结尾

第一章　被捕

准是有人诬陷了约瑟夫·K，因为在一个晴朗的早晨，他无缘无故地被捕了。

每天八点钟，女房东的厨娘总会把早餐端来，可是这一天她却没有露面，这种事情以前从未发生过。K又等了一会儿，倚在枕头上，看着马路对面的一位老太太，她似乎正用一种对她来说也许是少有的好奇目光注视着他。K觉得又气又饿，便按了按铃。随即听见有敲门声，一个他从来没有在这幢房子里见过的人进了屋。此人身材瘦长，然而体格相当结实，穿着一套裁剪得非常合身的黑衣服，上面有各种褶线、口袋和纽扣，还有一条束带，其装束像是一个旅游者。因此，身上的一切似乎都有用，虽然人们不大清楚，他现在为什么要这样打扮。"你是谁？"K从床上欠起身子问道。但是,那人并不理睬K的问话,好像他的出现是用不着解释的,他只说了一句:"你按铃了吗?""安娜该给我送早餐了。"K说。他随即默默地、聚精会神地琢磨起那人来,打算弄清楚到底来者何人。那人没让K琢磨多久,便转身朝门口走去,把门打开一条缝,以便向显然就站在门后的某人报告:"他说,安娜该给他送早餐了。"隔壁房间里传来一阵短暂的哄笑声,算是回答,这阵笑声听起来像是好几个人发出来的。虽然那个陌生人没从笑声中听出什么名堂来,自己心中也无数,可是他却像传达一个声明似的对K说:"这不行。""这可真新鲜,"K大声说道,他从床上蹦起来,匆匆穿上裤子,"我得瞧瞧隔壁是些什么人,看看格鲁巴赫太太该怎么向我解释这件事。"然而,他立即意识到,他不应该大声说这句话,这么做就等于以某种方式承认,那个陌生人是有权关注他的行动的。然而,他觉得此事在目前无关紧要。但是,陌生人倒真是这么理解K的话的,因为他问道:"你不觉得你留在这里更好吗?""如果你不说明你是谁,我就既不待在这里,也不让你跟我说话。""我是一番好意。"陌生人说。然后,他自作主张,猛地把门打开。

  K走进隔壁房间,脚步慢得出乎自己的意料,乍一看,房间里的所有东西似乎是和头天晚上一模一样的。这是格鲁巴赫太太的起居室,里面有各种家具和陈设,地毯、瓷器和照片摆得满屋子全是。也许起居室里的空间比往常大了一些,但是刚一进屋是不能发现这点的,尤其是因为屋里的主要变化是有一个男人坐在敞开的窗户跟前看书。那人抬起眼睛,瞧了K一眼。"你得待在自己屋里!难道弗朗茨没对你说过吗?""说过,但是,你在这里干什么?"K一面问,一面把他的目光从这个刚刚见到的人身上移向那个名叫弗朗茨的人——弗朗茨还站在门旁。接着K又把目光移回来。K透过敞开的窗户,又看了一眼对面的老太太,她怀着老年人特有的好奇心,走到正对面的窗户跟前,打算看看这儿发生的一切。"我还是去找格鲁巴赫太太吧,"K说。他好像想摆脱那两个人(虽然他们离他相当远),打算走出屋去。

"不行,"坐在窗前的那个人说,他把书扔到桌上,站了起来,"你不能出去,你被捕了。""原来是这么回事,"K说,"不过,为什么逮捕我呢?"他加了一句。"我们无权告诉你。回到你的屋里去,在那儿等着。已经给你立了案,以后会按程序把一切都讲给你听的。我这么随随便便地跟你讲话,已经超出了我得到的指示范围。但是,我希望除了弗朗茨以外,谁也没有听见我讲的话,弗朗茨刚才对你也太随便了,也违反了给他下达的明确的指示。在为你选择看守方面,你是幸运的,如果你继续这样走运,你就可以对最后结果感到放心了。"

K觉得自己应该坐下来,可是他发现,整个屋子里除了窗前有把椅子外,没有地方可以坐。"你很快就会发现,我们告诉你的都是真话。"弗朗茨说。他和另外那个人同时朝K走来。那人比K高得多,不断拍着K的肩膀。他们两人仔细看着K的睡衣说,他现在不应该再穿这么考究的衣服了,但他们将负责保管这件衣服和他的其他内衣,如果他的案子结果不错,他们以后就把这些衣服还给他。"把这些东西交给我们比交到仓库里去要好得多,"他们说,"因为仓库里经常失窃,另外,过一段时间以后,他们就把所有的东西都卖掉,而不管你的问题是不是已经解决。

你则永远也不会知道这类案子会拖多久，尤其是近来这些日子。当然，到了最后，你也能从仓库中得到一些钱。但是首先，他们付给你的钱少得可怜，因为他们把你的东西卖给最老练的行贿者，而不是出价最高的顾客；其次，大家都知道得很清楚，钱每隔一年，每经过一个人的手，就要减少很多。"

K对这种劝告毫不在意，他不认为别人有权支配他自己所有的东西，对他来讲更重要的是必须清楚了解自己的处境；但是，有这两个人在身边，他甚至无法思索。第二个看守——他们准是看守，不会是别的人——的肚子老是相当友好地顶着他。只要他一抬眼，就会看见一副和看守胖乎乎的躯体毫不相称的面孔：这是一张干瘪、瘦削的面孔，上面长着一个向一边扭曲的大鼻子。他的目光好像正越过K的头和另外一个看守交换着看法。他们可能是些什么人呢？他们正在谈些什么？他们可能代表什么权力机关呢？K生活在一个有正式宪法的国家里，全国一片歌舞升平，所有的法律都在起作用。谁竟敢在他的寓所里抓他呢？他一直倾向于对事情采取无所谓的态度，只是当最坏的事情发生时，他才相信事情果真会这么坏；即便危险已迫在眉睫，他也不为明天担忧。但是，他觉得目前采取这种态度并非上策，他当然也完全可以把这一切当作是一个玩笑，一个他在银行里的同事由于某种不清楚的原因而策划的不甚高明的玩笑。也许因为今天是他三十岁生日，这当然是可能的。也许他只需朝着这两个人的脸会意地笑笑就行了，他们准会和他一起笑起来。也许他们只是在街角干活的搬运工——他们看起来很像搬运工，因此，他只看了那个名叫弗朗茨的人一眼，便决定暂时不放弃他可能在这两个人面前占有的优势。日后,他的朋友们可能会说,他居然不懂得开玩笑,这种小小的危险是存在的。尽管他不习惯从经验中学习,但他也回忆起,在几个不太重要的场合中,他不顾所有朋友的劝告,丝毫不考虑会造成什么样的后果,一意孤行,最后不得不付出极高的代价。那种事决不能再发生了,至少这一次不能重演,如果这是一场喜剧,那他就要坚持演到底。

他还是自由的。"请原谅。"他说,然后从两个看守中间穿过,疾步朝自己的屋子走去。"看来他是知趣的。"他听见他们中的一个在背后说道。他一进屋,就拉出写字台的抽屉:所有东西都放得整整齐齐。但是,由于激动,他一下子没有找到他想找的能表明自己身份的那几张证件。最后,他找到了自己的自行车执照,正想拿着它到看守那儿去的时候,突然觉得,这种执照什么用也没有。于是他继续翻寻,直至找到出生证为止。他重新走进隔壁房间,对面那扇门刚好开了,格鲁巴赫太太露了一下脸。他只看见她一会儿工夫,因为格鲁巴赫太太一瞧见他,显然感到十分尴尬,赶紧表示道歉,然后便退了回去,并小心翼翼地合上门。他完全有时间对她说:"进来,进来吧。"但是,他只是呆站在屋子中间,手上拿着证件,看着那扇再也没有打开的门,直到看守喊了一声,他才醒悟过来。他发现,两个看守正坐在窗旁的一张桌子边,狼吞虎咽地吃着应该是他吃的早点。

"她为什么不进来?""她不准进来,"高个子看守说,"因为你被捕了。""什么,我被捕了?以这种可笑的方式被捕了?这是怎么回事?""这么说,你现在又想从头开始啦?"看守说,同时把一片涂着黄油的面包放在蜂蜜罐里蘸了蘸,"我们不回答类似问题。""你们应该回答,"K说,"这是我的证件,现在请让我看看你们的证件,首先是逮捕证。""哎哟,我的老天爷,"看守说,"但愿你能了解自己的处境,但愿你不要再这样徒劳无益地来麻烦我们两人啦,我们可能比世界上任何其他人对你都要好,我们对你的关心胜过其他人。""确实是这样,你可以相信这点。"弗朗茨说。他手里端着咖啡杯,但是并没有举到嘴边,而是久久地、表面上看来意味深长地、然而又是令人不可思议地看着K。K发现自己正不由自主地和弗朗茨交换着含义深刻的目光。尽管如此,他却用手拍拍自己的证件又说道:"这是表明我身份的证件。""你的证件关我们什么事?"高个子看守嚷道,"你现在的所作所为还不如一个小孩。你想要干什么?你以为用证件、逮捕证之类的东西为借口,和我们——看管你的人——吵闹,就能使你的这桩微妙的案子早点儿结束吗?我们只是地位卑微的低级职员,正式文件中很难找到我们的名字,我们和你的案子毫不相干,我们的任务只是每天看管你十个小时,并因此而领取工资。这些就是有关我们的全部情况。我们很清楚,我们为之服务的高级机关在下令逮捕一个人之前,一定很了解逮捕理由以及犯人的特征。在这方面是不会出错的。据我所知,我们的官员们——我只认识其中级别最低的官员——从来也不到民众间去寻找罪过,而是像法律中说的是被罪过吸引过去的,接着就把我们这些看守派去。这就是法律。怎么可能出错呢?""我不了解这项法律。"K说。"这对你来说可糟透了。"看守回答道。"这项法律很可能只存于他们自己的头脑中。"K说。他想通过某种方式掌握看守的想法,使自己在他们面前占上风,或者使自己去适应他们。可是，看守只是用令人扫兴的口吻说道："你会见识到的。"弗朗茨打断了他的话："你瞧，威廉，他承认他不懂得法律，可是他又声明他没罪。""你说得很对，不过，你永远也不能使一个像他这样的人变得理智起来。"另一个看守回答道。

K没有再搭腔。"难道说，"他想，"我应该被这两个可怜虫的胡言乱语把头脑搞得更乱吗？他们自己承认，他们已经谈了有关自己的所有情况。然而，他们讲的事情连他们自己也不明白。十足的愚蠢才会使他们这么自信。只要和与我智力水平相同的人讲几句话，就能把所有事情搞得一清二楚，而跟这两个人即使啰唆几个钟头也做不到这点。"他在屋子里来回踱了一阵，又看见了马路对过的那个老太太：她正搂着一个年纪比她还要大的老汉的腰把他拽到窗前。K觉得应该让这出闹剧收场了。"把我带到你们的长官那儿去。"他说。"等他下命令时，我就带你去，现在不行。"那个叫威廉的看守回答道。"现在我劝你，"他接着说，"回到你的房间里去，在那儿安安静静地待着，等候吩咐。我们对你的忠告是，别因为一些无谓的念头而想入非非。你要认真考虑，因为将要对你提出一系列重大问题。你对我们不像我们对你那么友好善良，你忘了，不管我们是什么人，至少和你相比，我们是自由的。这是一个不小的有利条件。尽管这样，如果你有钱的话，我们还是愿意到马路对面的咖啡馆里，为你买一些早点来的。"

K在原地又站了一会儿，没有对看守的提议做出回答。如果他去打开隔壁房间的门，或者打开通向客厅的门，也许那两个人不会有胆量来制止他，也许这是解决整个事件，使其告终的最简单的办法。但是,他们也可能会抓住他,他只要一被抓住,就会失去在某种意义上仍然拥有的优势。因此,他摒弃了快速解决的办法,选择了一种稳妥方式,听凭这件事情自然发展。于是他走回自己的房间,他和看守都没有再说一句话。

他躺在床上,从脸盆架上取下一个挺好看的苹果,这是他头天夜里搁在那儿的,准备早餐时吃。现在,这个苹果便是他能吃到的全部早点了。他刚咬了几口便深信,不管怎么说,这个苹果要比那两个殷勤的看守答应要去到的那家邋里邋遢的通宵营业的咖啡馆里所能买到的早点好吃得多。他觉得很自在,充满了自信,不错,今天上午不能到银行里去上班了,但是,他的缺席很容易被宽容,因为他的职位比较高。他应该把缺席的真实原因讲出来吗?他认为应该这么做。如果他们不相信——在这种环境下,别人不相信也是可以理解的——那他就让格鲁巴赫太太做证,或者甚至让马路对面的那两个陌生人做证,他们现在可能又走回到正对着他房间的那扇窗前了。K觉得奇怪,至少当他想到两个看守的做法时感到奇怪:他们居然让他回到自己屋里去,把他一人撂在那儿,他在屋内有很多机会可以自杀。不过,他同时也从自己的观点出发看问题,扪心自问:在什么情况下,他才有可能去自杀?是因为两个看守坐在隔壁,攫取了他的早点吗?自杀是一种无意义的举动,即使他想自杀,他也不会让自己走上那条绝路,原因正在于这个举动是无意义的。如果这两个看守的愚蠢并不是这样显而易见,那他就会认为,他们两人也觉得让他一人待着不会有危险,原因同上。他们现在完全有权监视他的举动。他走到食柜跟前,里面有一瓶上等白兰地。他斟满一杯,一饮而尽，弥补没吃早点的损失，然后又干了第二杯，为自己壮胆，最后又喝了一杯，用来垫底，以便应付不测事件。

  隔壁房间里突然传来喊声，他大吃一惊，牙齿在杯子上磕得"咯咯"作响。"监察官让你去。"这是喊声的内容。但使他大吃一惊的是喊声所用的语调：粗暴、鲁莽，像是发布军令。他绝不会相信这是看守弗朗茨发出来的声音。事实上，命令本身他是欢迎的。"总算有消息了。"他也喊了一声，以示回敬，然后关上食柜，匆匆走进隔壁房间。两个看守站在那儿，他们好像理所当然似的马上把K推回他的屋子里。"你想干什么？"他们嚷道，"你以为只穿件衬衫就能去见监察官吗？他会狠狠揍你一顿，连我们也不能幸免。""随我的便吧，该死的，"K大声说道，可是他这时已被推到衣柜前，"是你们把我从床上拽起来的，别指望我穿得整整齐齐，衣冠楚楚。""不这样做不行。"看守说。只要K一提高嗓门，他们就变得和颜悦色，甚至还略带抑郁，想以此把他搞糊涂，或在某种程度上使他恢复理智。"无聊的形式！"他气愤地说。他从椅子上拿起一件外衣，两手撑着待了一会儿，好像是让看守瞧瞧，穿上它是不是合适。他们摇摇头。"必须穿件黑衣服。"他们说。于是K把衣服扔到地板上，对他们说："又不是判了死刑。"他自己也不清楚讲这些话是什么意思。两个看守笑了笑，还是坚持原先的说法："必须穿件黑衣服。""如果这样做是为了使我的案子处理得快些，那我也不在乎。"K回答说。他打开衣柜，在一大堆衣服中翻寻了半天，终于找出了他那件最漂亮的黑上衣。这是一件缝制考究的普通西装，熟人们见了赞不绝口。然后他又挑了一件衬衫，开始精心打扮起来。他暗自思忖道：不管怎么说，为了使诉讼过程赶快开始，他已经想了法子，让两个看守忘了叫他洗澡。他偷偷瞥了他们一眼，看看他们是不是想起来要他洗澡，当然，他们永远也不会想到这点。不过，威廉倒没有忘记派弗朗茨去向监察官报告，K正在更衣。

他全部穿戴完毕后，便出发上路，威廉紧紧跟在他后面。他穿过现在已经空无一人的隔壁房间，走进旁边的屋子：这间屋子的两扇门都开着。K知道得很清楚，最近一位名叫布尔斯特纳的打字员小姐租了这间房间。她每天很早就去上班，很晚才能回家，K只是在碰见她的时候和她讲过几句话。现在，她床边的小茶几被推到屋子正中当桌子用，监察官正坐在小茶几后面，交叉着双腿，一只胳臂搭在椅子背上。三个年轻人站在屋子的一个角落里，正在看着布尔斯特纳的几张照片，照片嵌在镜框中，挂在墙上。窗子开着，一件白色的女上衣挂在窗闩上，来回摇晃。马路对面的那扇窗子后面，又出现了那两个老人，不过，他们的圈子扩大了，因为在他们身后还站着另一个人。这个人比他们高出一头一肩，衬衫领口敞着，手指头老在捋着他那微带红色的山羊胡子。

"约瑟夫·K？"监察官问道，也许他只是想把K的心不在焉的目光引到自己身上来。K点点头。"你对今天上午发生的事大概觉得很奇怪吧？"监察官问，他的两只手在摆弄着小茶几上的几样东西：一支蜡烛、一个火柴盒、一本书和一个针扎[①]，好像这些东西对他进行审讯是有用的。"当然，"K说，他为自己终

[①] 做针线活时用来在较厚的织物上戳眼的小锥子。也叫针插。

于遇见了一个讲道理、可以就此事一起谈谈的人而感到甚为高兴,"当然,我觉得奇怪,不过,我并不觉得十分奇怪。""不十分奇怪?"监察官问,他把蜡烛放在茶几中间,把其他东西摆在蜡烛周围。"也许你误解了我,"K赶紧补充道,"我是说……"说到这里,K住了嘴,朝四周看了一眼,想找把椅子。"我想我可以坐下吧?"他问。"这不符合习惯。"监察官回答道。"我是说,"K说,他不再拐弯抹角了,"我当然觉得很奇怪,不过,像我这样一个在世界上已经混了三十年、为了从中闯出一条路而搏斗过的人,对于奇怪的事情已经变得麻木不仁了,已经不怎么认真予以对待了,今天上午的事尤其是这样。""为什么今天上午的事尤其是这样呢?""我并不是说,我把今天上午的事当作是在开玩笑,因为,如果真是开玩笑的话,这一系列准备工作似乎做得太周全了。公寓里的所有人,以及你们全体,都介入了,这对于开玩笑来说,未免太过分了一点儿。因此我不认为这是开玩笑。""很对。"监察官说,他似乎想搞清楚火柴盒里有多少根火柴。"可是,从另一方面来看,"K接着说,他把脸转向屋里的每个人,想把站在照片旁边的三个年轻人的注意力也吸引过来,"从另一方面来看,这也并不是一件什么不得了的大事。我这么说的事实根据是:虽然我被控告犯了什么罪,但我回想不起我曾经有过什么过失,以致现在要受到指控。然而这也无关紧要,我只想问问:到底是谁控告了我?什么机构负责审讯?你们是法官吗?你们当中谁也没有穿制服,"他说到这里,对弗朗茨转过头去,"如果你的衣服也不能算作制服的话。不过它更像是旅游者的行装。我要求你们对这些问题做出明确的答复。我相信,经过解释以后,我们就能十分友好地互道再见了。"

监察官把火柴盒扔到茶几上。"你想入非非了,"他说,"这里的先生们和我本人在你的案子中都没有任何地位,我们实际上对这件案子一无所知。我们可以穿上最正规的制服,你的案子一点儿也不会变得更糟。我甚至不能肯定,你是否被控犯了罪,或者更确切地说,我不知道是否有人控告了你。你被捕了,这是千真万确的,更多的情况我就不知道了。看守可能给你留下了另一种印象,但他们只是不负责任地瞎议论。不过,虽然我不能回答你的问题,倒至少可以给你一个忠告:少琢磨我们,少考虑你会遇到什么事,还是多想想你自己吧。别这样大声嚷嚷,表示自己的清白。你在其他方面给人家留下的印象不错,这么一嚷嚷,反而会坏事。你还应该尽量少开口,你刚才讲的每句话几乎都可以添枝加叶,写进你的表现记录中,在任何情况下,这都不会对你有什么好处。"

K目不转睛地瞧着监察官。难道他需要让一个可能比自己还年轻的人教训自己应该怎么为人处世吗?难道他会因为直言不讳而遭人指责,受到惩处吗?难道他确实打听不出为什么会被捕以及是谁派人来逮捕他的吗?

他有点儿烦躁,开始来回踱步,谁也不阻止他。他挽起袖口,用手指触摸着衬衫的前襟,拨弄着头发。他从那三个年轻人身边走过时说:"纯粹是胡闹!"于是,他们转过身来,用同情然而严肃的目光看着他。最后,他走到监察官的桌子前面。"哈斯特勒律师是我的私人朋友,"他说,"我可以给他打个电话吗?""当然可以,"监察官回答道,"不过,我看不出给他打电话会有什么意义,除非你有什么私事要跟他商量。""给他打电话会有什么意义?"K嚷道,与其说他发了火,倒不如说他感到很惊讶,"你到底是什么人?你要求我理智一些,而你的举动却无聊得只有你自己才想象得出!这足以使狗也讨厌。你们先是闯进我的家,然后在屋子里面晃荡,而我则要绞尽脑汁,徒劳无益地思索被捕的原因。既然我已经被捕,给一位律师打电话还有什么意义呢?好吧,我不打电话了。""你想打就打吧,"监察官一面说,一面朝门厅方向摆摆手,那儿有电话,"请去打电话吧。""不,我现在不想打了。"K说,他朝窗前走去。

马路对面的那三个人还在看热闹,他们看得津津有味,K在窗前出现时,他们的乐趣第一次稍稍受了点儿影响。两个老人挪动着身子,好像要站起来,然而后面的那个男人却没事似的请他们放心。"还有不少看热闹的!"K用手指头指着那三个人,对监察官大声嚷道。"走开。"他朝马路对面喊着。那三个人立即往后退了几步,两个老人几乎躲到了年轻人的背后,年轻人用他那魁梧的身躯护着他们,根据他的唇部动作判断,他正在说着什么,但由于距离太远,他讲的话听不见。然而,他们并没有离开,好像在等待机会,悄悄回到窗前来。"多管闲事、不体谅别人的讨厌鬼!"K又转过身来,对着屋里说。他朝旁边瞥了一眼后,心想,监察官或许也是这么认为的。但是,也可能监察官根本没有听,因为他把一只手紧紧按在桌面上,好像在比较五个指头的长短。两个看守坐在一个木箱上,不停地晃着腿,木箱上蒙着一块绣花布。三个年轻人手按着臀部,漫无目的地环顾四周。屋里静悄悄的,像是在某个空无一人的办公室里。

"来吧，先生们，"K大声说道，他一时认为自己是全体在场者的负责人，"从你们的眼神中可以看出，我的事情好像已经解决了。我的意见是，现在最好别再计较你们的行为到底合不合法了，大家握握手，以友好的方式把这件事情解决好吧。如果你们的意见也是这样，那么，为什么……"他朝监察官的桌子走去，伸出他的手。监察官抬起眼睛，咬着嘴唇，瞪着K朝他伸过来的那只手。K相信监察官会握住这只主动伸过来的手，然而恰恰相反，监察官站了起来，拿起放在布尔斯特纳小姐床上的那顶硬圆帽，用两只手把帽子仔仔细细地戴在头上，好像是第一次试戴似的。"你把一切看得太简单了！"他一面戴帽子，一面对K说，"你以为我们能以友好的方式解决这件事吗？不，完全不可能办到。不过，我并不是劝你放弃希望。你为什么要放弃希望呢？你只是被捕了，别的没什么。我奉命把这件事通知你。我这样做了，我也注意到了你的反应。今天就到这里为止吧，我们可以互道再见了，虽然只是暂时的再见而已，这是很自然的。我想，你现在该到银行里去了吧？"

"到银行里去？"K问道。"我想，我刚才被捕了，不是吗？"K略带挑衅地问道。尽管他提出的握手的提议没有被理睬，他仍然觉得自己越来越和这些人不相干了，尤其是现在，当监察官起身要走时，他更觉得如此。他在和他们逗着玩。他真想在他们出门的时候跑步追上去，一直追到大门口，给他们将一军，让他们把自己当作囚徒带走。所以他又说了一遍："既然我已经被捕了，那怎么能到银行里去呢？""噢，我明白了，"已经走到门边的监察官说，"你误解了我的意思。你被捕了，这是确实的，但是并不禁止你去办事,也不阻碍你继续过正常的生活。""这么说来,被捕并不是一件很坏的事情。"K走到监察官跟前说。"我从来也没有说过这是一件坏事。"监察官说。"既然如此,似乎没有什么特别的必要告诉我说,我已经被捕了。"K说,他走得更近了。其他人也靠上前来。他们现在都聚集在门边的一小块地方里。"这是我的责任。"监察官回答道。"一个愚蠢的责任。"K毫不客气地说。"也许是这样,"监察官说,"不过我们用不着在这种争论中浪费时间。刚才我觉得你会愿意到银行里去的。既然你在用词上这么吹毛求疵,那我就补充一句吧:我并不强迫你到银行里去,我只是猜想,你会愿意去的。为了给你提供方便,为了让你顺利地到达银行,尽可能不受阻碍,我把这三位先生留在这里,他们是你的同事,供你支配。"

"什么?"K目瞪口呆地看着那三个人大声说。这三个毫无特征的患贫血症的年轻人——他刚才看见他们站在照片旁边——确实是那家银行中的职员,但不是他的同事——监察官的这句话言过其实,暴露出他的无所不包的知识中的一个缺陷。不过,不管怎么说,他们确实是银行中的低级职员。K刚才怎么会没有发现这点呢?他可能只顾注意监察官和看守了,因此没有认出这三个年轻人来。严峻的拉本斯泰纳摇晃着双臂,潇洒英俊的库里希长着一双深凹的眼睛,卡米乃尔由于患了经久不愈的肌肉抽搐症,脸上挂着令人不可忍受的笑容。

"你们好!"K停了一会儿说,他朝那三个人伸出手去,他们彬彬有礼地向他点头致意。"刚才我没认出你们来。好吧,现在咱们上班去,可以吗?"三个年轻人微笑着,迫不及待地点着头，好像他们就是为了这个目的才等这么久的。当K转过身，想回房间去取他搁在那儿的帽子时，三个年轻人争先恐后地去帮他取，这使他很过意不去。K站在原地，透过两扇开着的门看着他们，动作迟钝的拉本斯泰纳当然落在最后面，他以优美的姿势迈着小步向前走。卡米乃尔把帽子递了过来，K不得不提醒自己，就像在银行里常常提醒自己的那样：卡米乃尔的笑容不是故意做出来的，他即使想露出个笑容也办不到。还有格鲁巴赫太太，看来她并不特别感到内疚，她打开正门，让这几个人出去。K像往常那样，低下头看着她的围裙带，她腰圆体胖，围裙带掐在腰间，深深陷进肉里，深得令人不可思议。

K到了楼下，掏出怀表看了一眼以后，决定叫出租汽车，以免继续延误去银行的时间，因为他已经迟到半个钟头了。卡米乃尔跑到街角要车，其他两人显然在竭力使K分心。库里希突然指指对面那家的大门：门口出现了那个蓄着一把略带红色的山羊胡子的高个子男人，他因为整个身子露了出来而有些难为情，因此立即缩回身子，靠墙斜倚着。两位老人可能正在下楼。K发现库里希还想让他去注意那个人，觉得很恼火，因为他早已认出那人来了，他刚才便一直盼着见到那人。"别朝马路对面张望。"他匆匆说道，没有在意自己用这种腔调对一个成年人说话，会使人觉得多么奇怪。不过，不必再解释了，因为这时出租汽车已经开来了，他们坐定后，车便起步了。

这时，K想起他没有发现监察官和两个看守是怎么离开的。监察官当初吸引了他的全部注意力，以致他没有认出这三位职员来，而职员们后来又使他把监察官忘得一干二净。这说明他心不在焉，K决定在这方面要多加注意。他不由自主地转过身去，伸出脖子从车子后部往外张望，看看是不是有可能瞧见监察官和看守。但是他马上便转回身来，舒舒服服地靠在车角里，因为他根本不想见到他们中的任何一个。他和人们可能认为的相反，这时倒乐于听他的同伴们讲一两句话，但是他们好像突然累了，拉本斯泰纳透过车窗玻璃，瞧着右边，库里希看着左边，只有卡米乃尔正面对着他，脸上挂着那个令人害怕的笑容，可惜的是，基于人道主义的考虑，这种笑容不能作为谈论的话题。

第二章　先与格鲁巴赫太太、后与布尔斯特纳小姐的交谈

　　那年春天，K习惯于用这种方式消磨晚上的时光：下班以后——他一般在办公室里待到九点——只要时间允许，便独自或者和几个同事一块散一会儿步，然后走进一家啤酒店，在一张大多数情况下由年长者付钱的桌边坐下，一直到十一点才离开。但是，这个惯例也有几个例外：当银行经理请他乘车出去逛逛，或者请他到乡间别墅中吃饭。经理对他的勤快和可靠有很高的评价。另外，K每星期要去看一次一位名叫艾尔莎的姑娘，她在一家酒吧间里当侍应女郎，每夜都要通宵达旦，白天则在床上接待来访者。

　　但是这天晚上——白天工作很忙，许多人热情友好地向他祝

贺生日，一天时间很快就过去了——K决定直接回家。白天上班时有几次短暂的休息时间，每次休息时他都在想着这件事，他也不大清楚是为什么，但他总觉得格鲁巴赫太太全家都被今天早晨发生的事情搅得一塌糊涂了，使这个家恢复正常是他一个人的任务。只要问题一解决，这些事情的痕迹将荡然无存，一切便会恢复常态。那三个职员本身没有任何东西值得害怕，他们重新被纳入银行的庞大行政机构中，在他们身上没有发生任何变化。K曾经好几次把他们单个或一起叫进办公室，目的仅仅是对他们进行一番观察，每次请他们退出办公室时，他心里都很平静。

当他九点半到达他住的那栋房子时，发现沿街的大门口站着一位年轻小伙子，小伙子两腿叉开，嘴里叼着烟斗。"你是谁？"K马上问道，他把自己的脸凑近小伙子的脸，因为门口较暗，看不大清楚。"我是看门人的儿子，先生。"小伙子说，他放下烟斗，走到一边去了。"看门人的儿子？"K问道，并不耐烦地用手杖敲敲地面。"你需要什么东西吗，先生？我是不是去把父亲叫来？""不，不。"K说，他的语调令人宽慰，好像小伙子干了件错事，不过可以得到原谅。"没事。"他说完便走进门去，但是在登上楼梯之前，又回头看了一眼。

他本想直接到自己的房间里去，但是他又想和格鲁巴赫太太谈一谈，所以便在她门口停下敲了敲门。她正坐在桌边织补东西，桌上摆着一堆旧袜子。K局促不安地表示道歉，因为这么晚了还来敲门，不过格鲁巴赫太太倒很客气，请他不必解释，她什么时候都愿意和他聊一聊。K知道得很清楚，自己是她最好的、最受尊重的房客。K环顾了屋子一眼：屋里已经完全恢复了老样子,早晨放在窗旁桌子上的那些盛早点的盘子好像已经拿走了。女人的手可真勤快,他想道。如果是他的话,很可能会当场把这些盘子全打碎,而绝不会心平气和地把它们拿走。他怀着某种感激的心情看了格鲁巴赫太太一眼。"你为什么这么晚还干活?"他问。现在他们两个人都坐在桌边,K不时把自己的一只手伸进袜子堆里去。"活儿很多,"她说,"白天我的时间归房客所有,只有在晚上才能料理自己的事情。"

"我担心今天给你增加了额外负担,我要对此负责。""你说的是什么意思?"她问道,并把织补活搁在膝上,顿时变得紧张起来。"我指的是,今天早晨来的那几个人。""噢,是那件事,"她说道,一会儿就恢复了镇静,"这没给我添多少麻烦。"她又拿起了织补活,K默默地瞧着她。"当我提起这件事的时候,她似乎感到惊讶,"他想,"她好像觉得我不该提这件事。越是这样,我越要提这件事,因为我不能跟别人讲,只能跟这位老太太说一说。""这肯定给你增加了不少麻烦,"他最后说,"不过,以后再也不会发生了。""对,不会再发生了。"她肯定地说,脸上露出了几乎是凄凉的微笑。"你真的这样认为?"K问。"对,"她轻松地说,"不过,首先你不必太多心。在这个世界上什么事情都会发生!K先生,既然你跟我讲话很坦率,那么我也可以向你承认,我在门背后听了一会儿,那两个看守还告诉了我几件事。这关系到你的幸福,我确实很关心,也许关心得过分了,因为我只不过是你的房东而已。好,我接着说吧,我听说了一些事情,不过我不能说,这些事特别坏。不。你被捕了,这是事实,但你和被捕的小偷不一样。如果有人因为偷东西被捕,这当然是坏事，但是你的被捕……我总觉得是因为某种很深奥的原因，请原谅，如果我讲了蠢话，我觉得是因为某种抽象的东西，我不理解这点，我也不必去弄明白。"

"你刚才讲的话一点儿也不蠢，格鲁巴赫太太，至少我也部分同意你的观点。不同的是，我认为这一切要更严重，对我的控告不仅抽象，而且完全是无中生有。真是出乎我的意料之外，这就是一切。如果我醒来后，不苦苦琢磨安娜为什么没有来，而是立即起床，并且不管有没有人阻拦，到你这儿来的话，我就可以换个地方，在厨房里吃早饭，并且可以让你到我房间里去把我的衣服拿来。总之，如果我的行为明智一点儿，后来的那些事就不至于发生了，一切就会被消灭在萌芽状态中。但是我当时毫无准备。在银行里，我总是胸有成竹，类似的事情在那儿是不可能在我身上发生的，我有自己的侍从，直线电话和内部电话就摆在我面前的办公桌上，顾客、职员接踵而至。更重要的是，我总是全神贯注地投入工作，一直保持警觉。如果这种情况突然出现在银行里，我会着实感到愉快的。哎，事情已经过去了，我不想重提啦，只打算听听你的看法，听听一个明智的太太的看法。我很高兴，咱们的观点一致。现在请你伸出手来，咱们握握手，证明咱们的观点确实是吻合的。"

"她会同我握手吗？监察官是不会这样做的。"他想道，同时用一种审察性的异样目光打量着那女人。她站了起来，因为K已经站起来了，她有点儿困惑不解，因为没有完全听明白他说话的意思。由于困惑，她讲了一些违心的话，这些话说得很不是时候。"不必过虑，K先生。"她说，声音中好像包含着眼泪，她当然忘了握他的手。"我并不认为我为这件事过虑了。"K说,他突然疲倦了,发现她同意或者不同意自己的意见都无关紧要。

他在门口问:"布尔斯特纳小姐在家吗?""不在家,"格鲁巴赫太太回答道,她在做出这个干巴巴的回答时,诚恳地笑了一下,好像对此表示关切,"她去看戏了。你想问她点儿什么事吗?需要我给她留个口信吗?""噢,我只想和她说一两句话。""我怕不知道她什么时候才能回来,她去看戏时,一般回来得很晚。""这没关系,"K说,他低垂着脑袋,转身朝门口走去,"我只想向她解释一下,今天借用了她的房间。""这完全没有必要,K先生,你太认真了,小姐什么也不知道,她从今天早晨出去后,一直没有回来过,所有的东西都已放回原处,你可以自己去看看。"她打开布尔斯特纳小姐的房门。"谢谢,我相信你。"K说,但还是穿过打开的门走进屋内。柔和的月光洒进这间黑洞洞的房间。眼睛所能看见的每样东西确实已经放回原处,女上衣已经不在窗闩上摇晃了。床上的枕头看起来高得出奇,一部分被月光照着。

"小姐常常很晚才回家。"K说,他看着格鲁巴赫太太,好像她应该为此受到谴责。"年轻人都是这种样子。"格鲁巴赫太太用为小姐辩护的口气说。"当然,当然,"K说,"不过,也许会闹出事来。""这是可能的,"格鲁巴赫太太说,"你说得多对呀,K先生!也许,在目前这种情况下更是如此。我不想说布尔斯特纳小姐的坏话,她是一个可爱的、心地善良的姑娘,文雅、正派、精明、能干,她身上的这些品质都使我甚为欣赏。但是有一点不可否认:她应该更有自尊心一点儿,少和男人来往。光是这个月里，我就已经在郊区的马路上碰见过她两回，每回跟她在一起的先生都不一样。我很担心，K先生，不过，除了你以外，我没有对任何人讲过，这是千真万确的，就像我现在站在这儿一样的千真万确。但是我担心不会有希望了，我得找小姐本人谈一谈。况且，使我对她产生怀疑的还不单单是这件事。"

"你这样说不对头，"K说，他的话中带着怒气，他很难掩饰，"你显然误解了我对小姐的看法，我指的不是那种意思。事实上，我要坦率地提醒你别对小姐提任何事情，你大错特错了，我很了解小姐，你讲的话里没有一句是真的。但是，我可能管得太宽了。我不想干预这件事，你愿意对她讲什么都可以。晚安。""K先生，"格鲁巴赫太太用恳求的口气说，并匆匆跟着他走到门口，K已经打开了门，"我现在肯定不会对小姐讲任何事情，我没有这个意思，我当然还要等一段时间，看看会发生什么事，然后再决定怎么办。我只和你这么推心置腹地谈过。不管怎么说，我想保持我这栋房子的声誉，这只会对我的所有房客有好处，这就是我为这件事情操心的全部原因。""声誉？"K透过门缝大声说道，"如果你想保持你这栋房子的声誉，你就必须先把我撵出去。"他接着"砰"的一声关上门，不再理睬门上传来的轻轻的敲门声。

但是，他毫无睡意，决定不上床，乘此机会看看布尔斯特纳小姐几点钟能回来。也许等她回家时，他还可以和她聊几句，尽管时间已经很晚了。他闭上疲惫不堪的双眼，在窗前踱步，一时真想劝布尔斯特纳小姐和他一起搬走，以这种方式来教训教训格鲁巴赫太太。不过，他马上发现，这种行为太过分了。他开始怀疑,自己想搬家,是因为今天早晨发生了这些事情。没有别的举动会比这更不明智,更无聊和更卑鄙了。

他看着外面空荡荡的街道,开始觉得不耐烦了,便把门厅的大门开了一条缝,然后躺在沙发上。这样,任何人只要一进门,他就能看见。他平心静气地躺在沙发上,吸着雪茄,一直到十一点左右。后来他无法再躺下去,便朝着门厅走了一两步,好像这样布尔斯特纳小姐就会早点儿回来似的。他觉得没有特别的兴趣要见她,他甚至记不太清楚小姐的长相了,不过他现在想跟她谈谈,他想到小姐的姗姗来迟可能会把这一天的最后一段时间搞得更加乱糟糟的,因此很恼火。她还应该受到斥责,因为她害得他没吃晚饭。他本来今晚要去看艾尔莎的,也因为小姐的缘故而推迟了。这两件事都有可能弥补,这是真的,只需直接到艾尔莎工作的那家酒馆里去就行了。他决定晚点儿去,和布尔斯特纳谈完话以后去。

十一点半多一点儿,他听见有人上楼梯。刚才他沉浸在思索中,把前厅误作自己的房间了,还在里面来回踱了一阵步,现在他赶紧跑回自己的卧室,走到门背后。是布尔斯特纳小姐进来了。她关上正门,打了一个哆嗦,立即用披巾裹住自己瘦削的肩膀。一分钟之内,她就该走进自己的房间了,时间这么晚,K当然不能进她的屋;因此,他只能现在和她谈。但是糟糕的是,他忘了把自己房间里的灯打开,所以,如果他冒黑出去,小姐就会以为他想要拦路抢劫,或者至少会大吃一惊。不能再浪费时间了,他无可奈何地透过门缝低声叫道:"布尔斯特纳小姐。"他的声音听起来像是在哀求,而不是在叫人。"谁在那儿?"布尔斯特纳小姐问,她瞪大眼睛朝四周扫了一遍。"是我。"K走上前来说。"噢,K先生!"布尔斯特纳小姐微笑着说。"晚上好。"她朝K伸出手。"我得跟你讲一两句话,你允许我现在这么做吗?""现在?"布尔斯特纳小姐问,"必须现在谈吗?有点儿不合适,对不对?""我从九点钟开始,就一直等着你。""噢,我在剧院里,你要知道,我不晓得你在等我。""我只想跟你谈谈今天发生的事情,那是以前从来没有发生过的。""好,可以,我并不特别反对,只不过我实在太累了,连站也站不稳了。这样吧,你到我屋里来待几分钟。我们不能在这儿谈话,会把大家都吵醒的,我讨厌这样做,不单单是为别人着想,更重要的是为我们自己着想。你在这儿等一会儿,我进屋把灯打开,然后你就可以把这儿的灯关掉了。"K熄掉灯,在原地等着,直到布尔斯特纳小姐在房间里低声请他进去为止。

"请坐,"她指着沙发说,自己却在床脚边站着,虽然她刚才说已经累了,她甚至连头上那顶插着鲜花的高级小帽也没有脱掉。"到底是什么事,我真有点儿好奇。"她的两脚交叉着。"你也许会说,"K开口道,"用不着那么着急非得现在谈不可,但是……""我从来不听开场白。"布尔斯特纳小姐说。"这对我来说就更方便了。"K说,"今天早晨,你的房间被人稍微弄乱了一点儿,从某种意义上说,是我的过错,这是几个陌生人违背我的意愿干的,不过,正像我刚才说的那样,还是我的错,我请你原谅。""我的房间?"布尔斯特纳小姐问,她没有看着K,而是仔细看了一遍自己的房间。"是的,"K说,现在他俩的目光第一次相遇了,"到底是怎么发生的,就不必说了。""不过,真正令人感兴趣的部分还是应该说一说。"布尔斯特纳小姐说。"不。"K说。"那好吧,"布尔斯特纳小姐说,"我不想刺探秘密,如果你坚持认为,谈这些没有意思,我不想为此与你争论。你请我原谅,我现在就爽爽快快地原谅你,尤其是因为我根本看不出来我的房间曾经被人弄乱过。"

她张开双手,按在自己的髋骨上,在房间里走了一圈。她在嵌有照片的镜框跟前站住了。"你瞧这这儿,"她高声说道,"我的照片全弄乱了!真讨厌。看来,确实有人进我的屋了,他是没有权利进来的。"K点点头。暗地里诅咒那个名叫卡米乃尔的职员,那个人从来也不能控制自己不去做毫无意义的傻事。"真有意思,"布尔斯特纳小姐说,"我现在只好禁止你去做你应该禁止自己做的事情了,也就是说,我不许你在我不在的时候走进我的房间。""但是,我已经对你解释过了,小姐,"K一面说,一面走到照片跟前,"乱动这些照片的不是我,既然你不信,我不得不告诉你,审讯委员会带来了三个银行职员,其中的一个动了你的照片。只要一有机会,我就开除他。"小姐向他投来一瞥询问的眼光,他又说了一句,算是回答:"是的,今天审讯委员会到过这里。""是为了你而来的?"小姐问。"是的。"K回答道。"不对!"姑娘笑着大声说道。"是的,是为了我而来的,"K说,"怎么,你以为我不会犯罪?""噢,不会犯罪,"小姐说,"我只是刚才听你说了一句,不想做出什么定论,很可能会有许多伏笔。另外,说实在的,我并不很了解你。不过,不管怎么说,如果专门为某人成立了一个审讯委员会,这意味着他的罪行准是很严重。但是,你不可能犯了大罪,因为你仍然是自由的,至少从你的眼光中可以看出，你并不是刚刚从监狱里跑出来。""你说得对，"K说，"审讯委员会有可能发现，我并不清白，只不过我犯的罪不像他们想象的那么重而已。""当然，这是可能的。"布尔斯特纳小姐十分警觉地说。

"瞧，"K说，"你在法律方面经验不多。""对，我缺乏经验，"布尔斯特纳小姐说，"我常常为此而懊恼，因为我想了解一切应该了解的东西，法院尤其使我感兴趣。法院很吸引人，使人感到很好奇，对不对？不过，我在这方面的无知状态马上便要结束了，因为下星期我将到一位律师的办公室里去当职员。""这太好啦，"K说，"这样你就可以在我的案子中助我一臂之力了。""当然可以，"布尔斯特纳小姐说，"为什么不呢？我很愿意尽量利用我的知识。""我说这话是认真的，"K说，"至少是半认真的，就像你一样。这桩案子无关紧要，用不着去请律师，不过，如果有个人给我出出主意，那就好办多了。""我明白了，不过，要是让我给你出主意的话，我得先知道到底是怎么回事。"布尔斯特纳小姐说。

"事情糟就糟在这儿，"K说，"连我自己也不知道是怎么回事。""这么说来，你只不过是拿我开开玩笑而已，"布尔斯特纳小姐极为失望地说，"完全没有必要选择这么晚的一个时候来开这种玩笑。"她从照片跟前走开，他俩一块在这儿站了很长时间。"可是，小姐，"K说，"我并没有拿你开玩笑。你为什么不相信我的话呢？我已经把我知道的一切都告诉你了。不，我对你讲的，已经超过我所知道的，因为事实上它并不叫审讯委员会。我这么称呼它，是因为我不知道该怎么称呼它才好。并没有进行审讯,我只是被捕了,不过,它确实是个委员会。"布尔斯特纳小姐坐到沙发上,又笑了起来。"这个委员会是什么样的,能告诉我吗?"她问道。"很可怕。"K说,但是他不再考虑自己在说些什么了,因为他正全神贯注地看着布尔斯特纳小姐:她一只手托着脑袋,肘部支在沙发垫上,另一只手慢悠悠地摸着自己的髋骨。"说得太笼统了。"她说。"怎么太笼统了?"K问。他恢复了正常,问道:"我把事情经过跟你说说,好吗?"他想在屋里走动走动,不过还不想离开。

"我累了。"布尔斯特纳小姐说。"你回来得太晚啦。"K说。"好,你倒责备起我来了,这是我自找的,因为我根本就不该让你进来。况且,显然没有任何必要让你进来。""有必要,我马上就向你解释,"K说,"我可以把你床边的小茶几挪开吗?""你在起什么怪念头!"布尔斯特纳小姐嚷道,"当然不行!""那我就不能向你说明,事情是怎么发生的了。"K说,他很激动,好像受了莫大的冤枉。"噢,如果你为了说明问题,必须挪茶几,那你就尽管挪好了。"布尔斯特纳小姐说。停顿了一会儿以后,她又轻声补充了一句:"我太累了,你爱怎么办就怎么办吧。"K把小茶几挪到屋子中间,自己坐到茶几后面。"你可以自己设想一下所有的人待的准确位置,这会很有意思的。我是监察官,那边的箱子上坐着两个看守,照片跟前站着三个年轻人。窗帘上——我只不过附带提一句而已——挂着一件白上衣。现在我们可以开始了。哦,我把自己忘了,我是最重要的人物,喏,我就站在这儿——茶几前面。监察官逍遥自在地架起腿,一只胳膊搭在椅子背上。瞧,就是这个样子,活像一个乡巴佬儿。现在我们真的可以开始了。监察官喊叫着,好像要把我从梦中惊醒似的,他简直是在怒吼,我很害怕,为了让你相信,我得像他那样吼叫才行。不过,他只是吼叫着我的名字。"布尔斯特纳听得入了迷,她伸出一个手指,按在嘴唇上,请K别嚷嚷。但是已经太晚了,K完全进入了角色,他扯开嗓门高叫道:"约瑟夫·K。"他的喊声不像他刚才形容的那么可怕和那么响亮,然而却具有一种爆发性的力量,在空中滞留了一会儿以后,才慢慢在屋里散布开来。

突然,隔壁房间有谁在敲门,声音响亮、清脆、有规律。布尔斯特纳小姐脸色发白,用手捂着胸口。K大吃一惊,过了一阵子以后,他的思想才从早晨发生的那些事情中解脱出来,他不再在姑娘面前表演了。他刚恢复常态,便跑到布尔斯特纳小姐面前,抓住她的手。"别害怕,"他低声说,"我来应付一切。会是谁呢?门后只有一间起居室,谁也不在那儿睡。""不,"布尔斯特纳小姐在他耳旁轻轻地说,"从昨天起,格鲁巴赫太太的侄子,一个上尉,在那儿睡。他没有别的房间。我刚才忘得一干二净了。你干吗要这么大声嚷嚷呢?我的心绪全乱了。""确实没有必要。"他说。她坐到垫子上,K吻了吻她的前额。"走吧,走吧,"她说,同时很快坐直了身子,"快走,现在就走,你在想什么呢?他在门背后听着呢,他什么都听得见。你真会折磨人!""我不走,"K说,"等你稍微平静一点儿以后,我再走。咱们到那个屋角里去吧,咱们在那儿讲话他听不见。"她听凭他把自己带到那儿去。"你忘了,"他说,"虽然这使你不愉快,但不会有任何危险。格鲁巴赫太太在这方面是有决定权的,特别因为上尉是她的侄子,你知道她对我是很尊重的,绝对相信我说的每一句话。我可以说，她也依靠我，因为她从我这儿借了一大笔钱。咱们为什么待在一起，你可以编出各种理由来，我都可以证实，哪怕是最站不住脚的理由也没关系，我保证让格鲁巴赫太太不但表面上接受你的解释，而且内心里也确实相信这种解释。你丝毫不必为我操心。如果你想说是我侵犯了你，格鲁巴赫太太知道后会相信的，但她不会失去对我的信任，因为她对我十分信赖。"

布尔斯特纳小姐一言不发，显得有点儿无精打采，她两眼瞧着地板。"格鲁巴赫太太怎么会相信，我会来冒犯你呢？"K补充道。他凝视着她的头发，她那头微微发红的头发梳得很整齐，中间分开，脑后束成一个堕云髻。他盼着她能抬起头来看他一眼，她却一动不动地说："请原谅，我感到害怕的是突然传来的敲门声，而不是上尉在这儿可能造成的任何后果。你喊了一声以后，屋里立即鸦雀无声，不一会儿敲门声便猛地响起，这是把我吓成这个样子的原因，何况我正挨着门坐着，敲门声好像就是从我身边发出来的。谢谢你的建议，不过我不想采纳。我愿意为我房间里发生的任何事情负责，不管谁来询问都一样。你居然没有发现，你的建议中包含着对我的侮辱，这使我很惊讶，当然，你的意图是良善的，我对此甚为赏识。但是，现在请你走吧，让我一个人待着吧，我现在比任何时候都更需要安静一会儿。你只恳求跟我谈几分钟，现在已经过去半个多钟头了。"K紧紧握住她的手，然后又捏住她的手腕。"可是，你没有生我的气吧？"他问。她甩脱他的手回答道："不，不，我从来不生任何人的气。"他又抓住她的手腕，这回她听之任之，并且把他带到门口。

他下定决心离开。但是到了门口他又停了下来，好像他并没想到门会是在这儿。布尔斯特纳小姐乘机甩脱了他的手,打开门,走进前厅,在那儿轻声说:"现在请你出来吧!""你瞧,"她指指上尉的门,门下透出了一道光亮,"他开着灯,正在欣赏我们的狼狈相呢。""我这就来。"K 说,他奔进前厅,抱住她,先吻了吻她的嘴,然后在她的脸上盖满了吻印,好像一头口干舌燥的野兽,在贪婪地喝着渴望已久的清冽泉水一样。最后他开始亲她的脖子,他的嘴唇贴在她的颈项上,过了很长时间才离开。上尉屋里传出的一个细微声响使他抬起头来望了一眼。"我现在要走了。"他说,他想直呼布尔斯特纳小姐的名字,但不知道她的名字是什么。①她软绵绵地点了一下头,伸出手听凭他吻,她半侧着身子,好像她并不知道自己的所作所为,然后便低着头走进了自己的房间。此后不久 K 便上了床。他差不多马上便睡着了,不过在进入梦乡之前,他稍稍思考了一下自己的作为,他感到高兴,但他也为自己没有感到更高兴而奇怪;由于上尉的缘故,他很替布尔斯特纳小姐担心。

---

① 布尔斯特纳是小姐的姓。在西方的习俗中,称姓表示尊敬及疏远,直呼其名表示亲切。

第三章 初审

K得到电话通知，下个星期天将对他的案子进行一次短时间的审理。他注意到这样一个事实：从现在开始，审讯将一次接一次有规律地进行，也许不是每周一次，但随着时间的推移，中间隔的时间会越来越短。从一方面来说，早日审理完这件案子对大家都有好处；但从另一方面来说，审讯应该彻底，应该面面俱到，尽管时间不能拖得太长，因为这很累人。正由于这个原因，才选择了这种高频率，然而短暂的审讯方式。审讯的日子选在星期天，这是为了不干扰K的业务工作。估计他会同意这种安排，然而，如果他喜欢别的日子，他们也会竭尽全力满足他的愿望。比如说，也可以在夜间进行审讯，虽然夜里K的头脑可能不够清醒。总之，如果K不反对，他们就在星期天等着他。当然，他必须出席，这是不言而喻的，用不着再加以提醒。他得到了应该去的那个地方的门牌号码，这栋房子位于郊区的一条街道上，他从来也没去过。

　　K得到电话通知后，没有回答，便把听筒撂下了。他决定星期天按时赴约，这是绝对必要的。案子有进展了，他必须为之奋斗，必须使初审变成最后一次审讯。他正站在电话旁边出神的时候，突然听见副经理的声音从身后传来，副经理想打电话，但发现K挡着他的路。"是坏消息吗？"副经理随便问了一句，他并非真想知道点儿什么，只是急着要让K离开电话。"不是，不是。"K一面说，一面闪在一边，但没有走开。副经理拿起听筒，利用电话还没接通的机会，转脸对K说："喂，我有句话要跟你说，K先生。星期天上午，我邀了几个人乘我的游艇去玩，你愿意赏光一块来吗？人很多，其中毫无疑问会有你的朋友。比如说，律师哈斯特勒先生。你来吗？来吧！"K尽量注意听副经理在讲些什么。这对他来讲并非无关紧要，因为他和副经理的关系向来不大融洽，如今副经理居然向他发出邀请，这是一种友好的开端，表明K在银行里已成了重要人物，以至银行的第二把手也十分看重和他的友谊，至少是看重他采取的中立态度。副经理这样做确实已经纡尊降贵了，虽然这个邀请只是在电话未接通的时候随便做出的。然而K还想让副经理屈尊第二次，因为他说："十分感谢。但是很抱歉，星期天我没空，已经跟别人约好了。""真遗憾。"副经理说。电话正好接通了，他转过脸去打电话。他讲了很长时间，心烦意乱的K一直站在电话机旁边。K没等副经理挂上电话，就如梦初醒地为自己在这儿无目的地浪费时间进行辩解，他说："我刚打完电话，他们在电话里约我到一个地方去，可是忘了告诉我几点钟去。""那你可以再打个电话去问问嘛。"副经理说。"这并不很重要。"K说，他这么一说，刚才那个本来就站不住脚的借口便更加令人不可置信了。副经理转身要走的当儿，继续就其他事情发表自己的意见。K勉强作答，心里想的却是：星期天上午最好九点钟就到那个地方去，因为法院平时总是九点钟开庭的。

星期日天气阴沉。K很疲乏，因为头天晚上他参加了餐厅里举行的庆祝活动，睡得晚了些，差点儿睡过头。K来不及考虑或调整一星期以来筹划好的计划，匆匆穿上衣服，没吃早饭便奔到郊区那个指定的地方。十分奇怪的是，虽然他没时间去打量过路人，却看见了那三个已经介入他案子的职员。他们就是拉本斯泰纳、库里希和卡米乃尔。前两人乘着有轨电车从他面前驶过，可卡米乃尔却坐在一家咖啡馆的平台上，当K走过的时候，他从栏杆上探出身来，询问似的看着他。他们三个人好像都很注意他，想搞清楚他们的上司忙着上哪儿去。一种挑战心理使K决定不乘车到那儿去，他不希望麻烦任何人，甚至是最不相干的局外人在这件案子中帮他的忙，他不想受惠于任何人，也不想让任何人哪怕稍微过问一下他的案子。他最不愿意的是一分不差，准时到达，以至在审讯委员会面前降低自己的身份。不过他还是加快了脚步，希望能在九点钟到达，尽管并没有给他规定确切的到达时间。

他想，那栋房子准有某种标志，或者门前准是热闹非凡，远远就能辨认出来，但是到底有什么标志，他却无从想象。朱里乌斯大街两旁的房子几乎一模一样，全是灰色的大楼，里面住着穷人，电话里告诉他，那栋房子就位于朱里乌斯大街。他在街头停了一会儿。因为是星期天早晨，所以大部分窗口都有人，只穿着衬衫的男人们靠在窗口抽烟，或者小心翼翼地扶着坐在窗台上的小孩儿。有些窗口挂满了被褥，偶尔会从被褥上方冒出一个头发蓬松的女人脑袋。人们隔着马路互相叫喊，K的头顶上方正好有人喊了一声，引起一阵哄笑。大街两旁每隔一段距离便有一家小杂货店，这些小店位于街面以下，门前有一小段石阶，通到街上。女人们从这些店里挤进挤出，或者在店外的石阶上叽叽喳喳。一个流动水果贩正向站在楼上某个窗口的人叫卖，一面叫喊，一面向前走，和K一样心不在焉，他的推车差点儿把K撞倒。在城里某个较漂亮的街区用过很长时间的一个旧唱机开始发出刺耳的声音。

K慢悠悠地沿着大街走着，越走越远，似乎现在他的时间很充裕，又似乎预审法官可能会从某个窗口探出身来，发现他正在路上走着。九点过了些。他沿着马路走了好久才到那栋房子门前，这栋房子大得不同寻常，大门特别高，也特别宽，肯定是供卡车出入用的。内院四周是一间间栈房，门上挂着商号的名牌，有的名字K曾经在银行的账册上见过。他一反常态，在通向内院的前厅里待了一会儿，聚精会神地研究起这些外部现象来。他旁边有一个没穿鞋子的人，坐在板条箱上看报。两个男孩正利用一辆小推车玩跷跷板。一位面容憔悴的年轻姑娘穿着睡衣，站在吸泵前打水，她看着K，水则不断流进桶里。内院的一角，有人在两扇窗子间系了一根绳子，把衣服晾在上面。绳子下面站着一个男人,不时大声指点几句。

K转身朝楼梯走去,打算到审讯室里去,但他随即站住脚,因为除了这道楼梯外,他在院子里又看见另外三道楼梯。楼梯后面还有一条小过道,像是通往第二进院子的。他们没有确切告诉他,审讯室到底在哪间屋里,他为此感到很恼火。这些人对他的疏忽和冷淡已经达到令人诧异的地步,他决定把自己的看法一五一十地告诉他们。最后,他终于踏上了第一道楼梯,心中想起那个名叫威廉的看守讲的话:法和罪是互相吸引的。既然如此,审讯室就应该位于K偶然选中的这道楼梯的上面。

他上楼时,打扰了许多在楼梯上玩耍的小孩,孩子们气呼呼地看着他从他们中间穿过去。"如果我下次还要再来的话,"他心想,"一定要带上糖果来哄他们,要不就带根棍子揍他们一顿。"他刚要到达二楼时,一粒弹子球滚了下来,他不得不止步等弹子球落定。两个皱纹满面、脸庞瘦削、老气横秋的孩子乘机揪住他的裤子,他如果把他们甩开,就可能使他们受伤,他怕他们嚷嚷起来。

到了二楼,他才真正开始寻找。由于他不好直接打听审讯委员会在什么地方,便装作要找一个名叫兰茨的细木工——他想到了这个名字,因为格鲁巴赫太太的侄子即那个上尉就叫兰茨。于是他挨门逐户去打听,里面是否住着一个名叫兰茨的人,并乘此机会朝屋内看一眼。不过事实上他不用这么费劲,因为差不多所有的门都开着,孩子们在门口跑进跑出。许多住户都只有一间带一扇窗的小房间,里面正在做饭。不少女人一只手抱着孩子,另一只手则在炉子上忙碌。几个即将成年的姑娘身上除了围裙以外，似乎没穿别的衣服，她们正在不停地操劳。每间屋子里床上都躺着人，有的是病人，有的在酣睡，还有的虽已穿好衣服，但仍然赖在床上养神。如果哪家门关着，K 就敲敲门，问里面是不是住着一个名叫兰茨的细木工。一般是女人来开门，听到他的问题后，便转身对屋里的某人说话，那人便从床上欠起身来。"有位先生问，这儿是不是住着一个名叫兰茨的细木工。""一个名叫兰茨的细木工？"那人在床上问道。"是的。"K 说，虽然他已经明白，审讯委员会不在这里，他的询问是多此一举。许多人看起来深信，要找到细木工兰茨对 K 来讲事关紧要。他们绞尽脑汁，久久思索，倒也想起了某个细木工来，但名字不叫兰茨；他们也会说出一个和兰茨这个名字的发音相近的名字来；或者向邻居打听；或者领 K 到离这儿颇远的另一家去，他们觉得那儿可能会住着像兰茨这样的房客；或者那家会有人向他提供他们所不能提供的更确切的消息。

最后，K 几乎用不着再问了，因为他这么打听来打听去，已经跑遍了整个二楼。他现在开始为自己的计划感到后悔，而当初他还以为这个计划是切实可行的。当他快要走到六楼时，他决定不再寻找了，他对一个愿意领他继续查询的热情的青年工人道了声"再见"，便朝楼下走去。可是，他又为自己白忙了一阵而感到愤懑，于是便回过头，继续往上登。他到了六楼，敲敲第一家的门。他在小房间里看到的第一样东西是一只大挂钟，时针快要指到十了。"一位名叫兰茨的细木工住在这儿吗？"他问。"请往前走。"一位年轻女人说，她长着一双活泼的黑眼睛，正在水桶里洗小孩衣服，她用那只湿漉漉的手指着旁边的那间房子，那里门开着。

K觉得好像走进了一间中等大小的会议厅。厅里有两扇窗，里面挤满了各种各样的人，谁也不在意这个刚进来的人。天花板下面是一圈楼座，那儿也是挤得满满的，人们即使弓着身子站着，头和背也会碰到天花板。K觉得厅内空气太污浊，便退了出来，对那个看来听错了他的话的年轻女人说："我是打听一个细木工住在哪里，他的名字叫兰茨。""我知道，"那女人说，"你只管进去吧。"如果她不走到他面前，抓住门把手并对他说："你进去吧，我得把门关上，不让任何人再进去。"那他就可能不会再进去。"好吧，听你的，"K说，"不过大厅里已经挤得太满了。"尽管这样，他还是进了大厅。

门后有两个人在谈话，其中一个人伸出双手，做出一个像是付钱的手势，另一个人紧紧盯着他。从这两个人的中间伸过一只手，抓住K。这只手是属于一个脸颊微微发红的小伙子的。"来吧，来吧，"他说，K听凭他领着自己走。熙熙攘攘的人群中间似乎有一条狭长的通道，他们大概以此为界，分属两个不同的派别。K朝左右两边看了看，发现没有一个人脸朝着他，大家都是背朝着他，只跟自己的那一派人说话和打手势——这个事实更加证实了他的猜测。大多数人身穿青上衣、外面披一件星期天常穿的宽宽大大的旧式长外套。他们的服装是唯一使K感到困惑不解的东西，否则他准会认为这是一次地方性的政治集会。

K被那小伙子带到了会议厅的另一端，那儿有个低矮的、上面挤着不少人的讲台，台上斜放着一张小桌，桌子后面有个矮胖子，坐在讲台的边缘上，他喘着气，兴致勃勃地和另一个人在讲话，那人懒洋洋地躺在他后面的一把椅子上，跷着腿，胳膊肘支撑在椅背上。矮胖子不时在空中挥动手臂，好像在模仿某人的滑稽相。陪 K 来的小伙子发现很难向人们通报 K 的到来，他两次踮起足尖，打算讲话，但是讲台上的那个矮胖子没有注意到他。直到讲台上另一个人发现了这个小伙子后，矮胖子才朝他转过脸来，并俯下身子听他结结巴巴地说话。矮胖子接着掏出怀表，瞥了 K 一眼。"一小时零五分钟以前你就该到达这儿。"他说。K 正要回答，但来不及了，因为那人刚刚说完，会议厅的右半部分便响起一片不满的喧哗声。"一小时零五分钟之前你就该到达这儿。"那人抬高声音重复了一遍，同时匆匆扫了整个会议厅一眼。喧嚷声立即变得更响了，过了好久一阵子才平息下来，这时那人已经住嘴了。大厅里比 K 刚进来的时候要安静得多。只是楼座上的人还在发表评论。那儿光线暗淡、尘土飞扬、烟雾腾腾，但人们还能看得出来，他们的衣着似乎比下面的人寒酸。有几个人带着靠垫，垫在他们的脑袋和天花板之间，以免把头碰伤。

K 决定不讲话，只是观察，因此他也不为自己的所谓迟到辩护，仅仅说道："不管我迟到不迟到，反正我现在来了。"话音未落，掌声即起，仍旧是大厅右侧传来的。"这些人很容易争取过来。"K 想道，但他为大厅的左半部分保持缄默感到不安，这一半人就在他身后，他们中间只发出一两下孤零零的拍手声。他思忖着应该说些什么，才能把全大厅的人都争取过来，如果不能争取全部，那至少也得把大部分人暂时争取过来。"不错，"那人说，"不过现在我没有再听你讲下去的义务。"人声重新鼎沸起来，这次谁也不会再搞错其含义了。那人摆摆手，请大家安静。他接着说:"不过我可以把这次算作例外情况,下次可不能再迟到了。现在请你到前面来。"一个人跳下讲台,给K腾出地方。K走上去,靠着桌子站着。后面的人很多,他不得不使劲撑牢,才能避免人群把预审法官的桌子、也许还有预审法官本人推下讲台去。

然而,预审法官看样子并不为此操心,他悠闲自在地坐在自己的椅子上,对身后的人说完最后几句话后,便拿起一个小笔记本来——桌上除此以外,没有任何别的东西。这个笔记本像是学校里用的旧式练习本,翻的次数过多,角全卷着。"好吧,这么说,"预审法官翻着笔记本,摆出一副威风凛凛的架势对K说,"你是油漆装饰匠?""不对,"K说,"我是一家大银行的襄理。"这个回答使右面那部分人开心得捧腹大笑,K也不由得笑了起来。人们用双手撑在膝盖上,笑得前仰后合,浑身颤动,好像一阵咳嗽。甚至楼座里也有几个人在哈哈大笑。预审法官顿时勃然大怒,他看来已经没有足够的权威可以控制大厅里的人了,便向楼座上的人发泄自己的怒气。他蹦起来,瞪着他们,紧皱起眼睛上方那两道平常没有引起人们注意的又粗又黑的眉毛。

但是,大厅的左半部分仍旧像刚才那样平静,人们面对讲台,站得整整齐齐,一动不动地听着讲台上的讲话和从大厅的其他部分发出的嘈杂声,他们甚至允许自己这一派的某些成员主动和对方攀谈。左边的这些人不像其他部分的人那么多,他们其实可能是无足轻重的,但是他们的镇静和耐性使人们对他们刮目相看。K开始讲话了,他深信自己实际上是代表他们的观点的。

"你向我提了个问题,预审法官先生,问我是不是油漆装饰匠——噢,或许这不是问题,你只是指出一个事实而已——你的这个问题典型地反映出强加在我身上的这次审判的全部特点。你也许会反驳说，这根本不是一次审判，你说得完全对，因为只有在我承认它是一次审判的情况下，它才称得上是次审判。不过，我现在承认它是一次审判，这是出于同情的缘故。如果人们愿意关心它，就只能抱着同情心来关心它。我并不是说，你的审讯是卑鄙的，但是我很愿意把这个形容词送给你，供你一个人去思考。"K在这儿停住，低头看着整个大厅。他的话很尖刻，尖刻得超过自己的预想，不过他这样说是有充分理由的。他的话应该激起某种掌声，但掌声还没有响起来，听众显然正聚精会神地等着他说下去，沉默也许孕育着爆发，这一切将在爆发中结束。这时，大厅那端的门蓦地打开了，刚才那个年轻的洗衣妇走了进来，看来她已经洗完衣服了。K很恼火：尽管她进来时小心翼翼，但还是分散了一部分人的注意力。不过，预审法官倒使K觉得开心，因为他听了K的话后，似乎心情十分沮丧。在此之前法官一直站着，因为当他站起来去斥责楼座上的人时，K的讲话使他惊讶得呆呆地站在那儿。他利用这个间歇时间重新坐下，他的动作徐缓，好像不想引起别人的注意。也许是为了使自己的心情平静下来，他重新翻开笔记本。

"这不会对你有多大用处的，"K接着说，"你的笔记本本身，预审法官先生，会证实我说的话。"他为自己能在这么一个奇特的集会上用冷静的语调讲话而感到勇气倍增，便从预审法官那儿一把夺过笔记本高高举起。他用手指尖捏着中间的一页，好像怕弄脏手似的，斑渍点点、绘着黄边、写得密密麻麻的本芯朝两边打开，纸页倒垂着。"这就是预审法官的记录，"他一面说，一面让笔记本重新掉落到桌子上,"你可以继续翻阅,随你的便,预审法官先生,我一点儿也不怕你的这个账本,虽然它对我来说是保密的。我不会去动它,不愿把它拿在手中,最多只会用手指尖掂着它。"这番话是一种极大的侮辱,或者至少应该如此理解。预审法官把桌子上的笔记本拿起来,尽量使它恢复原状,并重新开始翻阅。

站在第一排的人目不转睛地看着K,K一言不发地站在台上,眼睛向下,也瞧了他们一会儿。他们都是上了年纪的男人,没有一个例外,有的甚至胡子都白了。他们能让在场的所有人都跟自己走吗?他们能有这么大的影响吗?他们能从在他讲话以前就陷入的那种无动于衷的状态中挣脱出来吗?尽管他已经当众侮辱了预审法官,他们却依然无动于衷。

"我遇到的事情,"K接着说,他比刚才平静多了,同时注意观察站在第一排的那些人的脸部表情,这使他讲话时有点儿分心,"我遇到的事情只是一个孤立的例子,就其本身来说没什么了不起,尤其是因为我根本不把它当一回事;然而,它却代表着一种错误的政策,这种政策也是针对着其他许多人的。我正是为了这些人的利益才在这里表明立场,我并不是为了自己。"

他不知不觉地抬高了嗓门。大厅中有人高举着双手鼓掌,并且高喊道:"好极了!真对!好极了!太好了!"第一排中有几个人使劲捋着自己的胡子,但是,没有一个人回过头去看看是谁打断了K的讲话。K也对此不大在意,不过仍然觉得甚为振奋,他不再认为有必要去获得所有人的掌声;如果他能使听众开动脑筋思考问题,这儿说服一个人,那儿说服一个人,他就会感到很愉快了。

"我不想当个演说家,在这里夸夸其谈,"K说,他已经得出了这个结论,"即使我有这种愿望,我也当不成。毫无疑问,预审法官先生的口才比我好得多,这是他的天赋的一部分。我只希望公开讨论一下大家所蒙受的一种痛苦。你们听我说吧:大约十天以前,我被捕了,被捕的方式连我也觉得可笑,虽然此时此刻说起这点是不足挂齿的。我是在床上被捕的,当时我还没有起来,也许——根据预审法官讲的话来看,这并不是不可能的——也许他们得到的命令是逮捕一位和我一样无辜的油漆装饰匠,可是他们却抓了我。两个粗暴的看守强占了我隔壁的房间。即使我是一个危险的歹徒,他们采取的防范措施也不会比当时更缜密了。此外,这两个看守是道德败坏的流氓,他们喋喋不休,震聋了我的耳朵,诱使我向他们行贿,企图用卑劣的借口骗走我的外衣和内衣,他们当着我的面,厚颜无耻地吃掉了我的早点,然后又居然问我要钱,说是要给我去买早点。这还不是一切。接着我被带到第三间屋子里去见监察官。那间屋子是一位女士的,我深深地尊敬她,可是我却亲眼看见那间屋子被他们糟蹋得不成样子了。不错,看守和监察官糟蹋了那间屋子是由于我的缘故,但完全不是我的过错。当时要我保持镇静确实很难,然而我还是做到了。我用最冷静的口气问监察官,为什么逮捕我——如果他在这里,他可以证实这点。监察官悠闲自在地坐在我刚才提到的那位女士的椅子上,那副蛮横傲慢、神气活现的样子至今仍然历历在目。你们知道他是怎么回答的吗?先生们,他实际上什么也没有回答,也许他确实什么也不知道。他逮捕了我,这就是一切。但是，事情还没完，他指使我银行里的三个低级职员进入那位女士的房间，听凭他们兴冲冲地翻着和乱动属于那位女士的一些照片。让这三个职员在场当然还有另外一个目的，这就是期待他们和我的女房东及其佣人一样，到处散布关于我已被捕的消息，以便诋毁我的名誉，特别是动摇我在银行里的地位。但是，这种意图完全落空了，即便是我的女房东——我很荣幸地在这儿说出她的名字，她叫格鲁巴赫太太，是一个头脑简单的女人——即便是格鲁巴赫太太，也有足够的智力能认识到，这种形式的逮捕就像野孩子的恶作剧一样，不值得认真对待。我重复一遍，这一切目前仅仅使我感到愤懑和恼火而已，可是，它难道不会引起更坏的后果吗？"

说到这里，K停住了，他朝一声不吭的预审法官瞥了一眼，好像看见法官给大厅里的某人使了一个眼色，传递了一个信号。K笑了笑说："坐在我旁边的预审法官先生刚才给你们当中的某人传递了一个秘密信号。看来你们中间的某些人接受坐在上边的人的指示。我不知道这个信号是授意鼓掌呢，还是让你们嘘我，现在既然我过早地泄露了事情的真相，我也就自觉地放弃了掌握它的真实含义的任何希望。我对这件事毫不在乎，我可以公开授权预审法官先生对他雇用的手下人讲任何话，用不着暗递信号，法官可以在他认为适当的时候对他们讲'现在嘘他'，或者说'现在给他鼓掌'。"

预审法官在椅子上坐立不安，他很尴尬，也可能是很不耐烦。他跟后面的那人讲了一句话，那人朝他俯下身来，可能是给他打气，也可能是给他出个具体的主意。下面的听众正在谈论，声音不高，但很热闹。原先似乎势不两立的两派成员现在融会在一起了，有的人指着 K，另外一些人指着预审法官。大厅内烟雾弥漫，令人不可忍受，从大厅这头甚至无法看见在大厅那头的人。楼座上的人更糟，他们忐忑不安，睨视着预审法官，为了弄明白事情的进展，他们只得低声询问楼下的人。回答好像是偷偷摸摸做出的，提供消息的人一般用手遮住嘴，尽量压低自己的嗓门。

"我马上就要讲完了。"K 说，他用拳头擂着桌子，因为桌上没有铃。预审法官和给他出主意的人听见响声后吃了一惊，凑在一起的两个脑袋分开了一会儿，"我基本上置身于这件事以外，因此我可以冷静地对它进行评论，而你们——我的意思是说，如果你们真的把这个所谓的法庭当作一码事的话——会发现，听听我的话是大有好处的。不过我请求你们，如果你们对我讲的有什么看法，需要和我商榷，最好以后再说，因为我时间紧迫，很快就得离开这儿。"

大厅内立即一片寂静，鸦雀无声，K 控制了全场。听众不再像开始那样乱吵乱嚷了，甚至也不鼓掌，他们似乎被说服了，或者几乎被说服了。

"毫无疑问的是，"K 十分温和地说，听众聚精会神，屏息静气，他深受鼓舞，全场静寂得连一丝最微弱的声音也清晰可闻，这比最热烈的掌声更令人激动，"毫无疑问的是，在法院采取的这一系列行动我指的是法院在处理我的案子中所采取的逮捕我和今天审讯我的这一系列行动——的后面，有一个庞大的机构在活动着。这个机构不仅雇用受贿的看守、愚蠢的监察官和其最大优点便是明白自己不中用的预审法官，而且还拥有一批高级的甚至是最高级的法官，这些人还有大量不可缺少的听差、办事员、警察和其他助手，或许还有刽子手呢，我不忌讳用这个词。先生们，为什么要有这个庞大的机构呢？不外乎是诬告清白无辜的人，对他们进行荒谬的审讯，这种审讯其实在大部分情况下得不到什么结果，就像在我的这桩案子里一样。但是，既然整个机构都是荒谬的，上司又怎么能防止他们的下属贪赃枉法呢？这是不可能的，即使这个机构中的最高法官也不得不默许他的法院里的受贿现象。正因为这样，看守们便想方设法去偷被他们抓来的人身上穿着的衣服，监察官便闯进陌生人的家里去，无辜百姓从此不能得到有礼貌的对待，而是在大庭广众下受辱。看守们讲过，囚徒们的财产保存在一些仓库中，我很想去看看囚徒们辛辛苦苦挣来的东西怎么在那儿霉烂，至少看看经过官员们的洗劫后还能剩下些什么东西。"

这时K的话被大厅那头发出的一声尖叫所打断。大厅里烟雾弥漫，灯光昏暗，迷迷蒙蒙，他只好举起一只手，遮在眼睛上方，力图看清楚到底出了什么事，原来是洗衣妇。她一进来，K就知道秩序有可能被她扰乱。到底是不是她的过错，还不清楚。K只看见一个男人把她拽到门边的一个角落里，紧紧搂着她。但是，发出那声尖叫的却不是她，而是那个男人，他的嘴巴张得老大，眼睛盯着天花板。一小群人聚在他们周围，楼座上离他们较近的那些人看到K在审讯过程中造成的肃穆气氛由于这种事情而被破坏，似乎感到高兴。K的第一个本能反应是穿过大厅，奔到那头去。他理所当然地认为，大家都急于恢复秩序，起码应该把那对害群之马逐出会场；但是，头几排公众却无动于衷，他们一动不动，谁也不给他让路。相反，实际上是在阻挡他，有个人——他没工夫回头看是谁——伸出手，从后面揪住他的衣领，老头们横着胳膊不让他过去。K这时已经顾不得那两个人了，他觉得自己的自由受到威胁，好像他真的被捕了。他不顾一切地跳下讲台。他现在和人群面对面站着。他是不是看错了这些人？他是不是过高估计了自己讲话的效果？当他讲话的时候，他们是不是故意掩饰自己的真实态度？现在他讲完了，他们是不是终于对自己的装腔作势感到厌倦了？瞧瞧他周围的人的脸部表情吧！他们那黑色的小眼睛左顾右盼，目光诡谲；他们的胡子脆硬，根本不像胡子，要是把它们捏在手里，准和握着一大把蟹钳一样；胡子下方的外衣领子上——这是K的真正发现——大大小小五颜六色的徽章在闪闪发光。他还发现他们全都佩戴着这些徽章。表面上看来，他们有的属于右派，有的属于左派，其实都是同僚。他猛地转过身来，发现预审法官的外衣领子上也缀着同样的徽章。预审法官坐在那儿，手搁在膝盖上，逍遥自在地看着这个场面。

"原来如此！"K大声说道，并在空中挥动着手臂，他突然明白了，怒不可遏，"你们都是当官的，没有一个不是。我明白了，你们就是我刚才所讲的那些贪赃枉法的人。你们赶到这里来，用耳朵听，用鼻子嗅，想尽可能多知道一些我的情况。你们假装分成两派，你们当中的一半人拼命鼓掌，只是为了引诱我讲下去，你们想尝试一下，怎么捉弄一个老实人。好吧，我希望你们已经从中得到很大好处，因为我居然期待你们来保护一个无辜的人，你们已经从中得到一些乐趣，或者——走开，不然的话我就揍你。"K对一个瑟瑟发抖的老头嚷道,那老头靠得他太近了——"或者是你们也许还真的懂得了一两件事情。我希望你们对自己的职业感到满意。"他匆匆拿起放在桌边的帽子,在全场由于惊愕——如果没有其他原因的话——所引起的一片寂静中,从人群里挤出一条路,朝门口走去。然而,预审法官似乎比K的动作更快,因为他已经在门口等着了。"等一等。"他说。K停了下来,但他的眼睛仍然看着门,而不是看着预审法官。他的手已经按在大门的插销上。"我只想指出一点,"预审法官说,"今天——或许你还不知道——你自己抛弃了审讯肯定会给被告带来的全部好处。"K笑了起来,他仍旧看着门。"你们这些恶棍,总有一天我也要审讯你们。"他大声说道,然后打开门,朝楼下跑去。他身后响起叽叽喳喳的热烈讨论声,公众显然已不再惊愕,他们像内行的学者一样,开始分析面临的局势。

第四章　在空荡荡的审讯室里—学生—办公室

在接下来的那个星期里，K日复一日地等待着再次传讯他的消息，他不能相信自己拒绝受审已被认可。到了星期六晚上，他还没有接到通知，于是他认为，他们准是等着他在原先的时间到那老地方去，这是不言而喻的。因此，他星期天上午又到那儿去了，这次他穿过走廊，登上楼梯，径直朝那个大厅走去，几个还记得他的人在自己的门口向他打招呼，但他已经没有必要向任何人问路了。他很快来到审讯室门口，刚敲门，门就开了。给他开门的女人站在门边，他甚至没有扭头看那女人一眼，便直接朝旁边的屋里走去。"今天不开庭。"那女人说。"为什么不开庭？"他问，他不信。那女人打开隔壁屋子的门后，他才相信了。屋子里确实是空荡荡的，看起来比上星期天更加令人不舒服。讲台上的那张桌子还像上次那样摆着，桌子上有几本书。

"我可以去看看那些书吗？"K问，他并不是出于某种特殊的好奇心，而只是为了不白来一趟而已。"不行，"那女人一面说，一面把门关上，"这是不允许的。书是属于预审法官的。""我知道了，"K点点头说，"那些书可能是法律书，这里施行的法律的主要部分都在那些书里，根据这些法律，你无罪也好，无知也好，都要被判刑。""大概是吧。"那女人说，她没有完全听懂他的话。"好吧，既然这样，我最好还是走吧。"K说。"需要我给预审法官留个口信吗？"那女人问。"你认识他吗？"K问。"当然啰，"女人回答道，"你要知道，我丈夫是法院里的门房。"

K只是在这时才发现，上星期天除了一个洗衣盆外一无所有的接待室，现在已经布置成了一个家具齐全的起居室了。那女人看见他的惊讶神色后说道："是的，这间屋子是我们的家，不过在法院开庭的日子里，我们得把屋子腾出来，东西全得搬走。我丈夫的这个差使有很多不利的地方。""我对屋子倒并不感到特别惊讶，"K严肃地看着她说，"惊讶的是你已经结过婚了。""你大概指的是上次开庭时发生的事情吧：你在讲话的时候，我扰乱了秩序。"那女人说。"我当然指的是那件事，"K说，"现在已是旧事一桩了，我差不多已经忘了，不过当时却使我勃然大怒。现在你自己也说你是结过婚的人。""当时打断你的话，并没有给你带来任何损害。从人们后来的议论来判断，你那天讲的话留下的印象很坏。""这是可能的，"K说，他想转移话题，"但这不能成为你的遁词。""所有认识我的人都会原谅我的，"那女人说，"你看见的那个搂着我的人，长期以来一直在死皮赖脸地追求我。我也许对大部分男人都没有吸引力，但对他还是很有吸引力的。我没有办法摆脱他，事到如今甚至我的丈夫也慢慢听之任之了，我丈夫如果不想丢掉饭碗，就必须忍受，因为你看见的那个人是个学生，将来很可能成为一个有权有势的大人物。他老追着我，他今天还来过，就在你来之前。""这一切都是互相关联的，"K说，"我并不觉得奇怪。"

"我想，你急于想法子改善这里的情况，"那女人慢吞吞地说，她注视着K，好像她说的话对她和K都有危险似的，"我是从你的话里猜出来的，我本人很喜欢你的讲话，虽然我只听见其中的一部分。开头我没听着，你快要讲完的时候，我和那个学生正躺在地板上，这儿真可怕。"她停了一会儿，拉住K的手说："你想努力改善这儿的情况吗？"K微笑了一下，抚弄着她柔软的手指。"其实，"他说，"并不像你所说的那样。改善这儿的情况并不是我的本分。因此，你如果跟预审法官说这些，他不是笑话你一顿，便是惩罚你一顿，我可以把话说在前头。老实说，我永远也不幻想能够按照我的自由意志在这里进行干预，因此我决不会为了考虑是否有必要改革这儿的司法机构而少睡一个钟头。但是，我似乎被捕了——你知道，我被捕了——这件事迫使我进行干预，以便保护我自己的利益。然而，如果在这同时，我能够用某种方式帮助你，我当然会很高兴的。这并非完全出于利他主义，因为你作为回报，也会助我一臂之力的。""我怎么才能帮助你呢？"那女人问。"比如说，让我看看放在那张桌子上的书。""当然可以！"那女人大声说道，并且立即领他去看。

那都是些旧书,边角全卷着,有一本书的硬封面几乎从当中裂成两半,其间只连着几根细线。"这儿的所有东西都很脏!"K摇着头说,那女人不得不用围裙拭去那些书上蒙着的厚厚一层灰尘。K伸手去翻看,他打开第一本,就发现一幅不堪入目的画。一男一女光着身子坐在沙发上,画家的淫秽意图十分明显,不过他的画技拙劣,画面上只有两个僵硬呆板的人直挺挺地坐在那儿,别的什么也没有。另外,透视法也掌握得很差,画家显然想不出法子把他们画成面对面坐着。K没有翻看这本书的其他部分,接着他草草看了一眼第二本书的内封,这是一部小说,书名是《汉斯如何折磨他的妻子格蕾特》。"这儿研读的法律书便是这些玩意儿,"K说,"受命审判我的便是这些人。"

"我愿意帮助你,"那女人说,"你希望我帮助你吗?""你真的能够帮助我,同时又不至给自己造成麻烦吗?你刚才跟我说过,你丈夫在高级官员面前是唯命是听的。""那没什么,我照样愿意帮助你,"那女人说,"好吧,咱们详细谈谈。别担心我会遇到什么危险。对于危险,我只是在想害怕它的时候才会害怕。来吧。"她坐在讲台边上,让K坐在自己身旁。"你有一双可爱的黑眼睛,"他俩坐下后,她端详着K的脸说,"人家告诉我,我的眼睛也很可爱,不过,你的眼睛要可爱得多。你第一次来这儿的时候,我就对你一见钟情了。正是因为你的缘故,我后来偷偷溜进了会议厅。我以前从来没这么做过,可以说是不允许我这样做的。""原来是这样,"K想道,"她自己送上门来了,她和他们一样堕落了。她对这儿的官员感到厌倦,这是很容易理解的,不管来了哪个陌生人,她的幻想都会被激起,她会用各种方式去勾引他，比如说，恭维他的眼睛。"K站起身来，好像已经把自己的想法大声说出来了，自己的态度已经解释得很清楚了。

"我并不认为你能帮助我，"他说，"要想帮助我，就需要和高级官员有关系。而我深信，你只认识一些在这儿转来转去的微不足道的低级职员。你很可能十分了解这些低级职员，可以使他们做许多事情，对此我一点儿也不怀疑。但是，哪怕他们竭尽全力，也不能对这件案子的最终结果产生任何影响。而你的几位朋友则会因此而与你疏远。我不希望那样。和那些人保持友谊吧，因为我觉得你需要这种友谊。我这么说感到很抱歉，因为我得承认，我也喜欢你——让我用这句话回答你对我的恭维吧。我特别喜欢你用哀伤的目光看着我，就像现在这样，虽然我可以向你担保，你没有任何理由需要这样。你的位置是在我要与之搏斗的那些人中间，你在他们中间如鱼得水，你爱那个学生，这是没有疑问的，或者说，即使你不爱他，至少你也觉得他比你丈夫好。从你的讲话中很容易看出这点。"

"不，"她大声说道，她没有站起来，只是紧紧抓住K的手，K没有立即缩回手，"你现在不能走，你不能带着关于我的错误想法离开这儿。你难道真的忍心这样走开吗？难道我在你眼里真的这样一文不值，你就不想赏个脸，再多待一会儿吗？""你曲解了我，"K说，他重又坐下，"如果你真的希望我留下，那我将很高兴地留下，我有足够的时间，我到这儿来，本来是盼着法院开庭的。我想说的只是，请你不必为我的案子做任何事。请不必生气，你只要想一想，我毫不在乎案子的结局会怎么样，即使给我判刑，我也只会一笑了之。当然，我们得假设本案会得出一个适当的结论,对此我是十分怀疑的,因为我认为,由于本案负责人的懒惰、健忘,甚至也可能是惧怕,这件案子实际上已经,或者即将束之高阁。当然,他们也可能装出继续办案的样子,试图在我身上敲诈勒索,但他们不必这样做,因为,我现在就可以告诉你,我永远也不会去贿赂任何人。你倒是可以为我做件事,你可以去告诉预审法官或者任何一个能把我的话传播出去的人,就说任何因素也不能促使我向这些官员们行贿,哪怕他们要尽阴谋诡计也不行,他们在这方面无疑是很精明能干的。他们的企图不会有任何希望,你可以明白地告诉他们。但他们大概已经得出了这个结论,即使他们还没有得出这个结论,我也不在乎他们是否知道了这个消息。这只会使他们省点儿事,当然也会使我少遇到点儿麻烦,不过,我会高兴地忍受对他们也不利的任何不愉快的事件。我将谨慎行事,我要看到这种情况的发生。顺便问一句,你真的认识预审法官吗?"

"当然啰,"那女人说,"当我提出帮助你时,第一个想到的就是他。我本来不知道他只是个微不足道的官员,但是既然你这么说,那当然是真的。尽管这样,我认为他向上司递交的报告是有某种影响的。他写很多报告。你说过,官员们懒惰,但这种说法肯定不适用于全体官员,尤其不适用于预审法官:他总是在写。举例说吧,上星期天,会议一直开到很晚才结束,其他人都走了,可是预审法官却继续留在审讯室里。我只好给他提一盏灯去,我只有一盏厨房里用的小灯,但是对他来说已经足够了。他立刻开始写东西。这时,我丈夫回家了,那个星期天他不上班,我们把家具搬回来,重新把屋子布置好。后来几个邻居来看我们,大家借着烛光聊天。说实话,我们把预审法官忘得一干二净了。我们上了床,到了半夜——那时准是很晚了——我突然被惊醒:预审法官站在我们的床边,用手遮着灯,免得灯光照着我丈夫。这是不必要的谨慎,因为我丈夫睡得很死,光线再强他也不会醒。我吓得差点儿喊出声来,不过预审法官却很客气,他让我多保重,低声对我说,他一直写到现在,他是来还灯的,还说,他永远也不会忘记我躺在床上睡觉的模样。我把这些告诉你,只是想说明,预审法官确实一直忙着写报告,特别是关于你的报告,因为对你的审讯肯定是那两天开会时的主要议题之一。像这么长的报告肯定是很重要的。但是,除此以外,你从已经发生的事情中可以猜出,预审法官也开始对我产生兴趣了,而在开始阶段——因为他可能是第一次看上我——我可以对他施加很大的影响。到目前为止,我还有其他证据可以说明他急于获得我的欢心。昨天,他通过那个学生给我送来一双丝袜,学生在他那儿工作,他俩交情可好呢。他说,这是为了报答我给他打扫审讯室。但这不过是借口而已,因为打扫屋子是我的职责,何况我的丈夫为此会得到报酬的。袜子真好看,你瞧,"她伸出双腿,把裙子撩到膝盖以上,开始欣赏起自己的袜子来,"袜子真好看,可是太漂亮了,对我这么一个女人不合适。"

她突然住了嘴,把手放在K的手上,好像要让他放心,接着说:"嘘,贝托尔德在瞧着咱们。"K慢慢抬起眼睛。一个年轻人正站在审讯室门口,他个子矮小,双腿微弯,蓄着蓬乱的、暗红色的短胡子,好让自己的外貌尽量显得威风点儿,他一直用手指捋着胡子。K兴致勃勃地看着他,这是K遇到的那个神秘法院里的第一个学生,现在他还默默无闻,但将来有一天很可能会得到一个高级职务。但是,那个学生却丝毫不理会K,他暂时停止捋胡子,伸出一个手指,向那女人打了个招呼后,便朝窗口走去。女人朝K俯过身去,低声说:"别生我的气,别以为我很坏,我现在得上他那儿去了,他是个模样可怕的人,你只要瞧瞧他那双罗圈腿就可以知道了。我一会儿就回来,然后我就跟你走,如果你愿意带我走的话,你想上哪儿,我就跟你上哪儿,你跟我在一起,愿意干什么都行。我只要能够长期离开这里,就会很高兴的,我真愿意永远离开这里。"她最后抚摸了一下K的手,便跳了起来,跑到窗前去了。

　　K的手不由自主地随着她的手朝外伸出,停留在空中。那女人确实把他吸引住了,他经过深思熟虑后,认为可以向这种诱惑屈服,没有什么站得住脚的理由不能这样做。他轻而易举地打消了自己的疑虑:她也许是按法院的指示,企图引诱他钻进圈套。她用什么方法可以使他落入圈套吗?他不是有足够的自由可以永远藐视法院的权威、至少是藐视法院对他做出的判决吗?难道在这么小的范围内他也不能信赖自己吗?她提出愿意帮忙,听起来是真心诚意的,也许并非完全没有价值。把这个女人从预审法官和他的下属手中夺走归自己所有,也许是对他们最合适的报复。这样,某天夜里,当预审法官开夜车绞尽脑汁地写完了谎话连篇的关于K的报告后,走到这女人的床边,就会发现人去床空了。床空了,因为她跟K私奔了,因为现在站在窗口的这个女人,这个裹在深色粗布衣服里面的柔软、温暖、妖娆的身躯已经属于K了,只属于K一人了。

他摆脱了疑虑,这样琢磨了一阵以后,开始觉得窗口正在进行的窃窃私语未免延续得太久了,于是便用指关节敲桌子,接着捏紧拳头擂了起来。学生的目光越过那女人的肩膀,在K身上停留了一下,他并不感到难为情,反倒贴得她更近些,进而伸出双臂搂住她。她侧过头,像要专心致志地听他讲话,他趁她侧过头的时候,一面继续滔滔不绝地讲着,一面在她脖子上很响地亲了一下。K从这个举动中看出,学生确实可以对这女人为所欲为,就像刚才她抱怨的那样。K猛地站起来,开始在屋里踱来踱去。他斜着眼,打量着学生,同时心里盘算着怎样才能尽快摆脱他。K的来回踱步变成了生气地跺脚,学生显然被他弄烦了,对他说:"如果你等得不耐烦了,你可以走嘛。你早就该走啦,谁也没拽住你,谁也不会想念你的。其实,我一进来,你就应该赶快走开。"学生讲这几句话时怒气冲冲,专横傲慢,俨然是一个正在向讨厌的囚徒训话的未来法官。K走到学生身旁笑着说:"我等得不耐烦了,这是真的,然而,消除我的不耐烦情绪的最简便的方法是你离开我们。当然,如果你万一是到这里来看书的——我听说你是学生——我将很乐意带着这个女人离开,给你腾出个地方。我想,你在成为法官之前,在学习中还有漫长的道路要走。我承认,我不大熟悉法学训练的细节,但是我想,法学训练不会只教学生出言不逊——看来你在这方面已经精通到恬不知耻的程度了。""不能让他在外面乱窜,"学生说,好像试图向那女人解释刚才K说的那番侮辱性的话,"这样做是错误的,我曾经跟预审法官讲过。在非审讯期间,起码应该把他软禁在自己的房间里。有的时候,我简直无法理解预审法官。""光说话有什么用？"K说，并朝那女人伸出手，"来吧！"

"噢，原来是这么回事，"学生说，"不，不，你不能得到她。"他随即伸出一只手把她抱起，谁都没想到他会有这么大力气，他一面温情脉脉地凝视着她，一面朝门口跑去，由于手上的分量而微微弯着腰。学生的这个举动清楚地表明他对K有些畏惧，但他仍然冒着进一步激怒K的危险，用另一只空着的手抚摸或紧捏着那女人的胳臂。K追了他几步，准备揪住他，必要的话还要掐住他的脖子，正在这时，那女人却说道："这没用处，预审法官派他来找我，我不敢和你走。""这个小魔鬼，"她拍拍学生的脸说，"这个小魔鬼不会让我走的。""你自己也不想得到自由。"K嚷道，他伸出手，按在学生肩上，学生用牙齿咬他的手。"不，"那女人嚷道，她伸出两只手，把K推开，"不，不，你不能这样做，你想干什么？这样会毁了我的。让他去吧，唉，让他去吧！他只不过是听从预审法官的命令，把我带到预审法官那儿去罢了。""好吧，我放他走，至于你，我永远也不想再看见你了。"K说，他由于失望而怒火中烧，便朝着学生的后背猛推一把。学生一时跌跌撞撞，但没有摔倒，他着实松了一口气，以更加敏捷的步子一蹦一跳地走了。

K跟在他们后面慢慢走着，他承认这是第一次明白无误地败在这些人手中。当然，他没有理由因此懊丧，他受挫了，是他自找的，因为他想先发制人。他安安静静地待在家里的时候，以及出门干正事的时候，比这些人都强，他们中如果有人挡了他的道，他就可以把那人一脚踢开。他脑中设想着一个可能出现的十分可笑的场面，比如说，这个讨厌的学生，这个趾高气扬、妄自尊大的年轻人，这个长着罗圈腿的丑八怪，有那么一天会跪在艾尔莎床前，痛苦地搓着手，乞求她的垂青。他想到这种场面甚为开心，于是决定一有机会就带学生去拜访艾尔莎。

K被好奇心所驱使，匆匆走到门口，想看看那女人被带到哪儿去了，因为那学生绝不可能抱着她穿过街道。他们其实没走多远，一出门就是一道狭窄的木楼梯，好像是通到阁楼上去的，楼梯拐了一个弯，那一头看不见。学生抱着那女人上了这道楼梯，他走得很慢，一面哼哼，一面"呼哧呼哧"直喘气，因为他的力气快用完了。那女人朝站在下面的K摆摆手，耸耸肩，表明她在这次劫持中不应该受到指责；然而她却几乎没有反抗，任凭这场哑剧演下去。K毫无表情地看着她，好像她是一个陌生人，他决定不在她面前流露出自己的失望情绪，也不让她知道他能轻而易举地克服自己可能感到的任何失望情绪。

那两个人已经消失了，然而K还站在门口。他不得不做出这样的结论：那女人不但背叛了他，而且还欺骗了他，她说是被带到预审法官那儿去的。预审法官肯定不会坐在阁楼上等着。这道狭窄的木楼梯不会使人产生什么联想，不管看它多久也枉然。可是K却发现，楼梯旁边钉着一张小小的硬纸片。他走过去，看见上面有一行似乎是没有练过字的小孩子写的字："法院办公室在楼上"。这么说来，法院办公室就设在这座房子的阁楼上啰？这种安排好像不能使人产生崇敬的心情，房客都是些穷愁潦倒的人，但连他们也只在阁楼里堆放些没用的废旧家具，可是法院却把自己的办公室设在这里。当一个被告想到，这个法院手头只有这点儿钱，他的心里就会坦然不少。当然也不能无视这种可能性：钱是够多的，但是法官们把它塞进了自己的腰包，而没有用到司法业务上去。根据K迄今为止积累的经验判断，这是绝对可能的，如果真的如此，这种不光彩的行径虽然会让被告瞧不起，却能给他带来更多的好处；而在一个确实只是贫穷的法院里，这点是很难做到的。K现在也明白，当初他们为什么不好意思把他带到阁楼上来，而选择在他的家里折磨他。K和法官一比，条件多优越啊：法官只能在阁楼里将就着，而K却在银行里有一间宽敞的办公室，旁边还有一间会客室，他可以透过大玻璃窗，欣赏都市的繁华景象。不错，他没有额外收入，不受贿，不贪污，也不能命令下属去找个女人带到他的房间里来。然而K却心甘情愿地放弃这些特权，至少这辈子不想得到这些特权。

K正伫立在那张硬纸片旁边，一个男人从下面走上来。他透过开着的门看看屋内，从这里也能看见更里面的那间审讯室。他问K是不是在什么地方看见过一个女人。"你是门房，对不对？"K问。"对，"那人说，"啊，你是被告K，我认出你来了，欢迎，欢迎。"他出乎意料地朝K伸出手来。"可是，没有宣布今天要开庭。"门房见K不说话，便接着说下去。"我知道。"K说，一面注视着那人身上穿的便服，上面除了普通扣子外，还有两颗像是从旧军装上扯下来的镀金纽扣，这是表明他职务的唯一标志。"我刚才还跟你妻子讲过话。现在她不在这儿，学生把她带到楼上预审法官那儿去了。""又来了，"门房说，"他们老是把她从我身边带走。今天是星期日，我本来用不着干任何活，可是他们为了支开我，却派我到外面去白白跑了一趟。他们存着心眼，不把我支使得太远，让我怀着要是抓紧时间，就可以及时赶回来的希望。正因为如此,我尽可能快点儿走,刚跑到那个办公室门口,就朝半开着的门大喊几声,把口信传了进去。我喊得气都快透不过来了,他们很难听懂我喊话的意思。然后我又全速往回跑,可是那个学生还是比我先到。当然,他到这儿来的路不远,只需沿着那一小段木楼梯从阁楼上走下来就行了。如果我的工作不至于受到影响的话,我早就把那个学生逼到这堵墙跟前,把他揍成个肉饼了。就把他揍死在这张硬纸片旁边。我每天连做梦都想着这件事。我看见他在这里被揍扁了,就在楼梯口上面一点儿:他的两只胳臂摊开,五指伸直,两条罗圈腿扭成一个圆圈,地上全是血。可是到目前为止,这只不过是做梦而已。"

"没有别的法子了吗?"K笑着问。"据我所知,没别的法子了,"门房说,"现在的情况比以前更糟:他从前把她带走,只是为了自己寻欢作乐;但现在我可以说,他也把她带到预审法官那儿去,我早就料到了。""不过,你的妻子不是也应该受到谴责吗?"K问,他问这个问题的时候,不得不抑制自己的感情,因为他还在吃醋。"那当然啰,"门房说,"她最应该受到谴责。她是自己投入他的怀抱的。至于他,看见所有的女人都要追。仅仅在这座楼里,他就因为想偷偷溜进别人家里,而被五户人家赶了出来。我妻子在整个公寓里是最漂亮的女人,而我所处的地位又使我无法自卫。""如果事情真是这样,那看来就没有希望了。"K说。"为什么没有希望呢?"门房问,"如果他在追求我妻子时,被狠狠地揍过一两次——不管怎样,他是个胆小鬼——他就再也不敢这么干了。可是我不能揍他,也没有任何人会帮我去揍他,因为大家都怕他,他是个很有影响的人物。只有像你这样的人才敢揍他。"

"为什么像我这样的人才敢揍他呢?"K迷惑不解地问道。"你被捕了,对不对?"门房说。"对,"K答道,"这意味着我更得怕他,因为虽然他也许不至于影响案子的结局,但是他大概能影响预审。""是的,是这么回事,"门房说,好像K关于这件事情的看法和他的看法一样不言而喻,"不过,按照一般规则,我们的案子全是事先就判好了的。""我并不这么认为,"K说,"不过,这不妨碍我去对付那个学生。""那我将十分感谢你。"门房一本正经地说,他看来并不相信自己的夙愿能够实现。"你们还有一些官员,"K继续说,"也许是所有的官员,都应该如此对待。""噢,是的。"门房说,好像他认可的是一个常识问题。然后,他信任地看了K一眼,他尽管一直对K很友好,但在此之前还没敢用这种目光。门房补充道:"一个人不可能不反抗。"但这种交谈似乎仍然使他觉得不安,因为他不想再往下谈了,便以下面这句话作为结束语:"我现在该到上面去汇报了。你愿意和我一块去吗?""我到那儿去没事。"K说。"你可以去看一看办公室嘛,谁也不会注意你的。""怎么,办公室值得一看吗?"K犹豫不决地问道,他突然产生了上去看看的强烈愿望。"我想,"门房说,"你会感兴趣的。""好吧,"K最后说,"我和你一起去。"于是,他跑着上了楼梯,比门房还快。

他进门的时候差点儿绊了一跤,因为门后还有一级阶梯。"他们不大考虑公众。"他说。"他们什么也不考虑,"门房回答道,"你看看这间候审室。"这是一条长走廊,两旁是一扇扇简陋的门,通向本层的各个办公室。虽然走廊里没有窗子,透不进光线来，但不是漆黑一片，因为有些办公室并非一关门就和走廊完全隔绝，门上有个木格小窗和屋顶相通，光线可以从那儿透进一点儿来。借着这点儿光线，人们还能看见办公室里的职员有的在伏案书写，有的站在木格小窗前，透过木格看着走廊里的人。走廊里人不多，大概是星期天的关系。他们的样子很谦恭，坐在固定在走廊两侧的一排木制长凳上，彼此间的距离大致相等。他们穿的衣服一点儿也不考究，虽然从他们的脸部表情、行为举止、胡子的式样和很多不易觉察的细节上判断，这些人显然属于上等阶层。由于走廊里没有衣帽钩，他们都把帽子塞到长凳下，很可能是依次模仿的结果。坐在离门最近的那几个人看见K和门房后，彬彬有礼地站了起来，他们旁边的人也跟着站起来，他们似乎认为这样做是应该的。因此，当这两个人走过时，大家都站起来了。他们站得不是很直，驼着背，屈着膝，像是沿街乞讨的叫花子。

等走在后面的门房赶上来时，K对他说："他们多么谦恭有礼啊！""是的，"门房说，"他们是被告，他们全是被告。""原来如此！"K说，"这么说来，他们是我的难友。"于是，他朝自己身边的一个人转过脸去，这是一个高个子，身材颀长，头发几乎全已染霜。"您在这儿等什么？"K客客气气地问道。可是，这个出乎意料的问题却使那人十分慌张，K对此甚为不解，因为那人显然是个饱经世故的人，应该知道在各种场合下需要怎么办，决不会轻易放弃自己天生的优越感。可是，他在这里却不晓得怎么回答一个这样简单的问题，只好瞧着其他人，好像他们有责任要帮助他。他似乎在说，如果没有人帮他解围，那谁也别指望他会回答。于是门房走上前来,讲了一句使他安心和鼓起他勇气的话:"这位先生只是问你在等什么,你就给他一个回答吧。"门房亲切的声音取得了效果:"我是在等——"那人开口说道,可是再也说不下去了。显然,他开头是想对这个问题做出一个准确的答复,可是后来不知该怎么往下说了。另外几个当事人凑上前来,聚在他们周围。门房对他们说:"走开,别挡道。"他们稍微后退了几步,但并没有回到原来的位置上去。

与此同时,那人恢复了镇静,笑着回答道:"一个月以前,我递交过几份关于我的案子的宣誓书,现在正等着结果哪。""看来你为自己添了很多麻烦。"K说。"是的,"那人说,"因为这是我自己的案子嘛。""不见得每个人都会像你这么想,"K说,"例如,我也被捕了,可是就像我站在这儿一样的确切无疑,我从来没有交过什么宣誓书,也没有干过任何类似的事情。难道你觉得这种事非做不可吗?""我说不上来。"那人回答道,他又一次失去了自信。他显然以为K在拿他寻开心,为了避免再次出错,他似乎想重新详细地回答K的第一个问题,但他见K用不耐烦的目光瞧着他,便只说了句:"不管怎么说,我已经把宣誓书交上去了。""你大概不相信我被捕了?"K问。"噢,我当然相信。"那人朝旁边退了几步说,然而在他的口气中却没有相信的成分,只有忧虑而已。"看来你并不是真的相信我,对吗?"K问道,那人一副奴颜婢膝的样子使K感到莫名其妙的愤怒,K便伸出两个手指,掐住那人的胳膊,像是要逼着那人相信他的话。他并不想使那人受伤,几乎没有使劲,可是那人却嚷了起来,好像K不是用两个指头,而是用一把钳子掐住他的胳膊。这种可笑的叫嚷使K不能忍受，如果那人不相信K被捕了，这更好，说不定他还把K当成法官了呢。K和那人分手时，狠狠捏了他一下，把他推回到长凳上，然后自己继续往前走。

"大多数被告都这么敏感。"门房说。他们走后，差不多所有当事人都聚在那人周围，那人已不再叫唤了，他们好像在殷切地问他到底是怎么回事。一个卫兵走到K跟前，K主要是根据来者身上佩着剑知道他是卫兵的。卫兵的剑鞘是铝制品，起码从颜色上判断是这样。K目瞪口呆地看着剑鞘，并且还伸出手去摸了摸。卫兵来调查这儿乱成一团的原因，询问发生了什么事。门房想用几句话把他支使开，然而卫兵坚持要亲眼看看到底出了什么事。他跟门房说声再见，便神气活现地继续往前走了，他走得很快，但步子不大，大概是患有痛风病的缘故。

K没有多费脑子去想卫兵和走廊里的人，因为当他走过半条走廊后，发现前面的一段比较宽，两边没有门，走廊从这里开始往右拐。他问门房往这儿走是不是对头，门房点点头，K便朝右边拐去。他老走在门房前面一两步，为此他感到很不自在，在这种地方，别人很可能会把他当成一个在押的囚犯。于是，他停下好几次，等门房赶上来，可是门房却总是故意落在后面。最后K决定结束这种尴尬场面，他说："这个地方我已经看过了，我想走了。""你还没有全部看呢。"门房诚恳地说。"我不想都看，"K说，他现在确实很累了，"我想走了，通往外面的门在哪里？该怎么走？""你不至于已经迷路了吧？"门房奇怪地问，"从这儿往前走，到了转弯的地方往右拐，然后沿着走廊一直走，就到门口了。""你也去吧，"K说，"你给我带路，这儿有许多过道，我找不到路。""这儿只有一条路,"门房语带嗔责地说,"我不能跟你一起往回走,我得去送口信,我已经在你身上耗费掉很多时间了。""跟我一起走吧,"K更坚决地说,好像他终于发现了门房在说谎。"别这么嚷嚷,"门房低声说,"附近到处都是办公室。如果你不愿意自己回去,那就跟我再往前走一段,或者在这儿等着,我送完口信回来后,将会很高兴带你回去的。""不,不,"K说,"我不想再等了,你现在就必须和我一起走。"

K还没有来得及环顾一下四周,看看自己是在什么地方,正在这时,一扇门打开了,K回过头看见门口出现了一位姑娘。K的大嗓门引起了她的注意,她问道:"这位先生想干什么?"K在她身后较远的地方看见一个男人的身影在半明半暗中逐渐走近。K看了一眼门房。门房刚才说过,谁也不会注意K的,可是现在却有两个人冲着他来了,用不了多久,所有的官员都会走到他跟前,问他为什么待在这里。唯一可以使人理解和接受的解释是:他是被告,想知道下次审讯是在哪一天。但是他不想这么解释,尤其因为这不符合事实,因为他到这儿来只是出于好奇,或者说,是想证实他的假设:司法制度的内部和它的外部一样令人讨厌。当然,这更难以解释。实际上,他的假设看来是对的,他不想再进行调查了,看到的东西已经足够使他沮丧了,在这种时候很可能会从这些门后走出一个高级官员来,而此时他和任何高级官员交锋都会处于不利的地位,因此,他想和门房一起离开这个地方,如果需要的话,也可以一个人离开。

他一句话也不说,一动也不动,因此很惹人注目,姑娘和门房都瞧着他,像是在盼着K身上出现某种大的变化,他们不想错过亲眼看见这种变化的机会。K刚才远远看见的那个人现在站在过道的尽头，那人扶着低矮的门楣，踮起脚尖轻轻晃动，很像一个好奇的观众。姑娘首先发现，K的这种状态其实是由于体力稍感不支引起的，她端来一把椅子，问道："你坐下好吗？" K立刻坐下来，胳膊肘靠在椅子扶手上，好让自己坐得更安稳些。"你有点儿头晕，是不是？"她问。她的脸凑近了他，她的脸部表情相当严峻，许多女人在青春初萌时脸部表情便就是这么严峻。"别担心，"她说，"在这儿，这不是异常现象，差不多每个初到此地的人都有类似病症。你是第一次来吧？那好，用不着紧张。太阳照在房顶上，房梁给晒热了，所以空气闷热难忍。这个地方不适于做办公室，尽管这儿也有几个很大的优点。这儿空气污浊，特别是当这儿等候接见的当事人很多的时候更是如此，简直叫人透不过气来，而几乎每天都有许多当事人在这儿等待。如果你再想想，各种各样的衣服洗干净后都要拿到这儿来晾干——你不能禁止住户们洗他们的脏衣服——你就不会因为有点儿头晕而觉得奇怪了。久而久之会习惯的。你只要再来一两次，就不会觉得透不过气来了。你现在是不是觉得好点儿了？"

K没有回答，他为自己突然头昏眼花，在这些人面前出了洋相而感到痛苦和羞愧。另外，虽然他现在已经知道头晕的原因，但并没有觉得好受些，反而更加难受了。姑娘马上看出了这点，她拿过那根支在墙上的、末端带有铁钩的木棍，用它把位于K头顶上方的天窗略微打开了一点儿，好让新鲜空气进来，她以这种方式帮了K的忙。可是，大量煤烟却随之冒了进来，她不得不立即把天窗重新关上，用自己的手帕把K的双手揩干净，因为K已经虚弱得不能照顾自己了。他真想在这儿安安静静地坐一会儿，等体力恢复后再走，这些人越少来麻烦他，他的体力就会恢复得越快。可是，姑娘却说："你不能待在这儿，我们在这儿挡了人家的路。"K露出疑问的神色，看了四周一眼，想弄明白自己到底怎么挡了人家的路。"如果你愿意的话，我可以把你带到病房里去。请帮帮忙。"她对站在门口的那人说，后者马上就走了过来。但是K不想到病房里去，尤其不愿意被人带到一个更远的地方去，走得越远，对他越不利。"我现在完全可以自己走了。"他刚说完，就从舒适的椅子上站起身来，刚才他在椅子上坐得很适意，所以乍一站起来，两腿直发颤，无法站直。"看来还不行。"他摇摇头说，叹息了一声，重新坐下。他想到了门房，虽然他很虚弱，门房倒照样可以很容易地把他带出去，可是门房好像早就不见了。K凝视着姑娘和他前面那人中间的那块地方，但是连门房的影子也没看见。

"我想，"那人说，他衣冠楚楚，还穿着一件十分时髦的灰颜色背心，背心的下襟是两个细长的尖角，"这位先生感到头晕是因为这儿空气不好的缘故，最好的办法是——他可能也最希望这样——别把他带到病房里去，而是带他离开这些办公室。""对！"K大声说道，他兴奋得立即打断了那人的话，"那我立刻就会好的，肯定会好的，何况我并不是真的那么虚弱，只要有人稍微扶我一把就行了。我不会给你们添很多麻烦的，也用不着走远，只要扶我到门口就行了，然后我自己在楼梯上坐一会儿，体力马上就会恢复，因为我一般没这种病，这次连我自己也莫名其妙。我也是一个办事员，对办公室里的空气早已习惯，但是这里的空气坏得确实令人不能忍受，刚才你们自己也这么说。好吧，你们愿意行个好，让我靠着你们吗？我一站起来就头昏眼花，脑袋直打转。"他抬起手臂，以便让他俩搀着他走。

但是，那人没有回答K的请求，他的手仍然安安逸逸地插在口袋里，他笑了起来。"你瞧，"他对姑娘说，"我说得多对啊，这位先生只是在这儿才感到不舒服，在别的地方没事。"姑娘也笑了，但是她用手指尖轻轻碰了碰那人的手臂，好像他这样跟K开玩笑有点儿过头了。"嗬，哎哟，"那人说，他还在笑，"我搀这位先生到门口去，当然愿意！""那好。"姑娘说，她那漂亮的脑袋微微侧向一边。"别对他的傻笑介意，"她对K说，K又陷入无名哀伤中，看来并不期待得到解释，"这位先生——我可以把你介绍给他吗？"（那位先生挥挥手，表示同意）"好吧，这位先生是代表问讯处的。他解答人们提出的任何问题。公众不大清楚我们的诉讼程序，经常提出大量问题。对于每一个问题他都有一个答案，如果你愿意的话，你可以向他提个问题试试。除此以外，他还有一个惹人注目的地方，这就是他的衣服很时髦，这是我们——也就是说全体工作人员——决定的。由于问讯处的职员总要跟人们打交道，总是第一个看见他们，所以他的衣着必须时髦，以便给人们留下良好的初次印象。除了他以外，我们这些人都穿得很差，式样很陈旧，这点你可能一看见我就发现了，说来真是遗憾。话再说回来，把钱花在穿着上没有多大意思，因为我们几乎不出办公室，甚至睡在办公室里。但是，正像我已经说过的那样,他却必须讲究穿戴。可是管理处在这方面有些怪,居然不给他提供服装,于是我们只好募捐——有的当事人也捐了钱——我们给他买了这套衣服和其他服装。如果只是为了造成一个好印象,那他现在不需要任何别的东西了。然而他的狂笑却吓退了人们,弄糟了一切。"

"确实如此,"那位先生冷嘲热讽地说,"不过我确实搞不明白,小姐,你为什么要向这位先生透露我们的内部秘密,或者说得更确切一点儿,你为什么硬把这些秘密灌进他的耳朵中,因为他根本不想听。你看,他显然正忙于思考自己的事哩。"K不想反驳,姑娘的用意无疑是好的,她大概想让K散散心,或者给他提供一个振作起来的机会,仅此而已,但她走的路子不对。"怎么啦,我得向他解释一下你为什么笑,"姑娘说,"它听起来让人觉得是受侮辱。""我想,只要我愿意带他离开这儿,再厉害的侮辱他也能宽容。"K什么也没说,甚至没有向上看一眼,听凭他们两人议论他,好像他是一个没有生命的物体似的,说实在的,他倒真希望成为一个没有生命的物体。突然他觉得那人的手挎起他的一只胳膊,姑娘的手则搀着他的另一只胳膊。"起来,你这个软骨头。"那人说。"谢谢你们两位。"K喜出望外地说,他慢慢站起身来,把这两个陌生人的手移到他觉得最需要搀扶的位置。"你可能会以为,"当他们走进过道时,姑娘在K耳边温柔地说,"我尽量想把问讯处的职员说得好些,不过,你可以相信我,关于他我只是如实禀告而已。他的心并不冷酷。他没有义务扶着病人离开这儿,可是他这样做了,这是你现在可以看见的。

也许我们的心肠都不坏，我们乐意帮助所有人，然而因为我们是法院的职员，人们很容易根据表面现象断定我们的心肠很狠，不愿意帮助人。这真使我不安。"

"你不想在这儿坐一会儿吗？"问讯处的职员问。他们现在已来到了外面的大走廊中，面前正好坐着刚才曾经和K讲过话的那个人。K在那人面前几乎有些难为情，因为当时他在那人面前站得笔直，现在却有两个人扶着他，他的帽子由问讯处的职员拿着，他的头发蓬乱，披散在汗水淋淋的额头上。可是那人好像什么也没发现，他低三下四地在问讯处职员面前站起来（问讯处职员目不转睛地瞪着他），一心想解释自己为什么待在这里。"我知道，"他说，"今天还不能就我的宣誓书做出决定。但是我还是来了，我想我也可以在这儿等待，今天是星期天嘛，我有的是时间，我在这儿不打扰任何人。""你用不着为自己辩解，"问讯处职员回答道，"你的焦虑是对的，虽然你在这里额外地占了地方，不过，到目前为止，你还没有碍着我的事，所以我决不阻止你尽可能及时了解你的案子的进展情况。可耻地玩忽职守的人见得多了，人们也就学会忍受你这样的人了。你可以坐下。"

"他多么善于和被告们讲话啊！"姑娘低声说。K点点头，但是他突然惊跳起来，因为问讯处职员问他："你想在这儿坐一会儿吗？""不，"K说，"我不想休息。"他尽可能用坚决的口气说了这句话，虽然他实际上很希望能坐一坐，他觉得像是晕船似的。他似乎在波浪翻滚的大海里行船，海水好像拍击着过道两边的墙壁，过道深处仿佛传来了波涛拍岸发出的哗哗声，过道本身好像在颠簸,在回转,在过道两旁等着的当事人似乎也在随着过道沉浮。因此,护送他的姑娘和问讯处职员的镇静简直令人难以理解。他掌握在他们手中,如果他们让他走,他就会像一截木头似的跌倒。他们用目光敏锐的小眼睛打量着四周,K知道他们正在正常地继续向前走,可他自己却没有走,几乎是被他们架着一步步往前挪。最后他发现他们在对他讲话,但是他听不清楚他们讲的是什么,他只听见挤在这儿的人发出的喧闹声,其他什么也听不见。人声中有一个声音很尖,持久不息,好像是鸣汽笛。"声音响一些。"他垂着头低声说,他觉得难为情,因为他知道,他们讲话的声音已经够响了,而他却仍然听不清他们在讲什么。

接着,他前面的墙好像裂成了两半,一股新鲜空气终于朝他涌了过来,他听见身边有一个声音说:"他开头想走,后来虽然你向他讲了一百次,告诉他门就在他前面,可是他却一动也不动。"K看见自己正站在大门口,门是姑娘刚才打开的。他的力气好像一下子就恢复了。他想先尝尝自由的乐趣,便伸出脚去,踏上一级楼梯,在那儿与搀他到这儿来的两个人告别,他们低着头听他讲话。"十分感谢。"他反复说了几次,接着又一而再、再而三地和他们握手,直到他看出,他们确实只习惯于呼吸办公室的空气,一接触到从楼梯口涌进来的比较新鲜一点儿的空气就不舒服时,才离开他们。他们简直连回答他的力气也没有了。如果K不匆匆把门关上的话,姑娘很可能会晕倒在地。

K又站了一会儿,掏出口袋里的镜子,把头发理理好,捡起掉在下面那级楼梯上的帽子——可能是问讯处职员扔在那儿的——然后便迈着轻快的步子，大步朝楼下走去，这种骤然的变化倒叫他感到有些害怕了。他那往常很结实的身体从来没有使他出过这种洋相。也许体内正酝酿着一次剧烈的变革，让他再经受一次考验吧！以前的那些考验他都轻而易举地经受住了。他并没有完全抛弃一有机会便去找医生看看的念头，不管怎么说，他已经决定今后要把每星期天上午的时间花在更有意义的事情上——在这点上，他还是可以给自己出主意的。

第五章　布尔斯特纳小姐的朋友

在这以后的几天中，K发现很难和布尔斯特纳小姐搭上话，甚至讲一句话也不可能。他千方百计地想找她，但是她总设法避开。他离开办公室后，直接回家，坐在屋里的沙发上，熄了灯，开着门，专心致志地看着门厅。如果女仆从这儿走过，发现他的屋里似乎没人，便随手把门关上的话，稍待片刻他便站起身来，重新把门打开。他这几天都比平常早一个钟头起床，希望能在布尔斯特纳小姐上班前，和她单独待一会儿。可是这些计策却没有一个奏效。于是，他就给她写信，往她办公室寄，也往她家里寄。他在信中试图再一次为自己的行为辩解，表示愿意做任何事情来补救，保证以后决不越出她所规定的界线，请求她给他一次和她讲话的机会，因为他不同她先商量就无法和格鲁巴赫太太谈妥任何事情。最后他告诉小姐说，下星期日他整天都在屋里等着，希望她能带来个信息，或者答应他的要求，或者至少解释一下，为什么即使他已保证对她言听计从，她还是不愿见他。他的信没有退回，但也没有得到回音。不过，到了星期天，他倒是得到了一个意思足够明确的信息。

早晨，K透过自己房门上的钥匙孔，发现门厅中有不同寻常的动向。事情很快就弄明白了。一个法语教师好像搬进了布尔斯特纳小姐的房间，这是一位德国姑娘，名叫蒙塔格，病态、苍白、脚有点儿跛，到目前为止自己单住一间房。她在门厅里来回走了几个钟头。看来她老是丢三落四，不是忘了几件内衣，便是忘了一块布，或是忘了一本书，必须专门再跑一次，放进新房间里去。

当格鲁巴赫太太进来给他送早餐的时候——自从她那次把K惹生气以后，她一直无微不至地伺候他——他不得不首先打破他俩之间的沉默。"今天门厅里为什么这样忙乱！"他一面问，一面为自己倒了一杯咖啡，"不能挪到别的时间吗？这地方必须在星期天彻底打扫吗？"虽然K没有看着格鲁巴赫太太，他却知道她如释重负地喘了一口气。这几个问题尽管很严厉，她却认为这意味着宽容，或者接近于宽容。"没有人在彻底打扫这地方，K先生，"她说，"蒙塔格小姐搬去和布尔斯特纳小姐住在一起，她正忙着搬东西呢。"她没有往下说，而是等着，看K会怎么反应，是不是会让她继续说下去。但是K故意折磨她，搅着咖啡，一声不响，只顾自己思考问题。过了一会儿，他抬眼看着她说："你早先对布尔斯特纳小姐的疑问已经消除了吗？""K先生，"

格鲁巴赫太太大声说道,她正盼着这个问题,她两手握在一起,朝K伸去,"你把我随便说说的话看得过于认真了,我从来没想到过要得罪你或是任何其他人。你肯定早就了解我了,K先生,你应该相信这点。你简直想象不出,最近这些天我是多么难受!我讲了房客的坏话!而你,K先生,竟相信了!你还说,我该让你搬出去!让你搬出去!"她最后这次感情的发泄已被啜泣所窒息,她撩起围裙,蒙到脸上,号啕大哭起来。

"请别哭,格鲁巴赫太太,"K说,他看着窗外,思念着布尔斯特纳小姐,并且想着她让一个陌生姑娘住进自己房间这件事。"请别哭。"他又说了一遍,因为当他转过身去的时候,发现格鲁巴赫太太还在哭。"我说的也没有这么可怕,这么严重。我们彼此误解了,这种情况在老朋友之间有时也会发生的。"格鲁巴赫太太把围裙从眼睛上移开,想看看K是否真的息怒了。"好啦,没什么了不起的,就这么点儿事。"K说,他接着又贸然加上一句,因为他根据格鲁巴赫太太的表情判断出,她的侄子——那位上尉——并没有向她透露任何事情。"难道你真的相信,我会为了一个陌生姑娘而和你作对吗?""我正是这么以为的。"格鲁巴赫太太说,她只要稍微觉得轻松点儿,马上便会说出一些不合适的话来,这是她的不幸之处,"我一直问自己:为什么K先生要为布尔斯特纳小姐这么操心呢?他明知道,他嘴里讲出来的任何一句不大好听的话都会使我失眠,为什么非要在布尔斯特纳小姐的问题上跟我吵架呢?何况关于这个姑娘的事,我只讲了亲眼看见的事实而已。"K对此没有回答,当她讲第一句话的时候,他就应该把她哄出屋去,不过他不想这么做。他满足于自顾自喝咖啡，让格鲁巴赫太太自己明白她待在这里是个累赘。

他又听见蒙塔格小姐在外面来回奔忙的脚步声，她一瘸一拐地从门厅的这一头走到那一头。"你听见了吗？"K指着门说。"听见了，"格鲁巴赫太太叹了口气说，"我主动提出给她帮忙，还让女仆也来一下，可是她很要强，坚持所有的东西自己一个人搬。我委实对布尔斯特纳小姐的做法感到不解，我常常后悔把房间租给蒙塔格小姐，可是布尔斯特纳小姐居然让她搬进了自己的房间。""你不必为此担心，"K一面说，一面用小匙把杯底的糖块碾碎，"这是不是意味着你遭受了某种损失？""不是，"格鲁巴赫太太说，"这件事本身倒是对我颇为有利的，多出了一个房间，我可以让我的侄子——那个上尉——住进去了。我一直担心，他最近两天可能打扰了你，因为我只能让他住在隔壁的起居室里。他不大晓得为别人着想。""你说什么呢！"K说，他站了起来，"没关系。你大概以为我神经过敏吧，因为我不能忍受蒙塔格小姐走来走去——瞧，她又开始走动了，这次是往回走。"格鲁巴赫太太觉得真是不知怎样才好。"K先生，我要不要去告诉她，让她晚些时候再搬剩下的东西呢？如果你愿意的话，我马上就可以这样做。""可是，她得搬进布尔斯特纳小姐的房间里去！"K嚷道。"是的。"格鲁巴赫太太说，她简直不明白K的话是什么意思。"反正，"K说，"应该允许她把自己的东西搬到那儿去。"格鲁巴赫太太只是点点头。她默默无言，她的失望情绪以一种幼稚、固执的形式表露出来，这使K更为愤慨。他来回踱步，从窗前走到门口，然后又走回来，以这种方式使格鲁巴赫太太不能溜出房间，她大概是很想一走了之的。

当K再一次踱到门边时,响起了敲门声。是女仆,她说蒙塔格小姐想和K先生讲一两句话,请他上餐间去,她在那儿等着。他听到这个口信,沉思了一会儿,然后转过头来,用一种近乎嘲讽的目光看着大吃一惊的格鲁巴赫太太。他的目光似乎在说,他早就预料到蒙塔格小姐会向他发出邀请的,这和他在星期天上午被格鲁巴赫太太的房客这样折腾了一番是有关联的。他让女仆回去禀告说,他马上就去,然后走到衣柜前,换了件上衣。格鲁巴赫太太轻声柔气地抱怨了蒙塔格小姐几句,说她太不知趣,K听后什么也没说,只是请格鲁巴赫太太把早点端走。"为什么?你几乎连动也没动。"格鲁巴赫太太说。"唉,你就拿走吧。"K嚷道,他觉得蒙塔格小姐不知怎么搞的和早点混在一起了,使早点也变得令人恶心了。

他穿过门厅时,瞥了一眼布尔斯特纳小姐关着的房门。蒙塔格小姐没有请他进屋,而是邀他到餐间里去,他没有敲门便把餐间的门推开了。这是一个狭长形的房间,有一个大窗子,地方很小,只能勉强在靠门的两个角落里摆两个碗柜,一张长餐桌占满了餐间的其他部分,餐桌的这头靠近门口,那头一直伸到窗前,几乎使人无法走到窗口去。餐具已经摆好,准备给许多人供餐,因为星期天差不多所有房客都在家里吃午饭。

K走进餐间后,蒙塔格顺着餐桌的一侧,从窗口迎面向他走来。他们互相默默致意。接着蒙塔格小姐开始说话,她像往常一样昂着头:"我不知道,你是不是晓得我是谁。"K皱起眉头看了她一眼。"我当然知道,"他说,"你在格鲁巴赫太太这儿住了很长时间啦,对不对?""但是我认为你对房客不大感兴趣。"蒙塔格小姐说。"对。"K说。"你不想坐下吗？"蒙塔格小姐问道。他们一声不响地从餐桌尽头拉出两把椅子来，面对面坐下。但是，蒙塔格小姐马上又站起来，因为她把手提包忘在窗台上了。她穿过整个餐间，到窗前去取包，回来时，轻轻地摆晃着手里的提包对K说："我的朋友让我跟你讲几句话，这就是事情的原委。她本来想自己来的，可是今天有点儿不舒服。她请你原谅，由我代替她来对你说。反正她对你讲的事情也不会比我告诉你的多。相反，我认为我倒还能对你多说一点儿，因为我比较公正。你不这样认为吗？"

"那么，你想说什么呢？"K说，他发现蒙塔格小姐目不转睛地注视着他的嘴唇，心里不大好受。她的目光似乎要驾驭他将说出的每一句话。"布尔斯特纳小姐显然拒绝了我的请求，不想亲自见我。""是这样，"蒙塔格小姐说，"不过，也许根本不是这么回事，是你自己把它说得太严重了。一般说来，人家约你谈话，你当然既不能随便答应，也不能随便拒绝。但也可能遇到这样的情况，即看不出有谈话的必要，今天便是这样。你刚才既然讲了那番话，我就只好坦率地说了。你请求我的朋友和你谈谈，可以写信，也可以面谈。而我的朋友，至少据我推测，却知道将会谈些什么。由于某些我不知道的原因，她深信，如果真的谈了话，将不会对任何人有好处。老实说，只是到了昨天，她才顺便跟我提起了这件事。她还说，你也不会太看重这次谈话的，因为你准是偶然动了这个念头，甚至用不着专门解释，你也会马上明白——如果你现在还没有明白的话——这件事做得多蠢。我对她说，完全可能如此，不过我认为，要把这事完全弄明白，还是应该让你得到一个明确的答复为好。我主动提出当中间人,我的朋友犹豫了一阵之后,听从了我的劝告。我希望这样做对你也有好处,因为哪怕事情再小,只要有一点点不明白的地方,就会使人忧虑,如果不明白的地方像这次似的可以轻而易举地澄清,那就最好当机立断。"

"谢谢你,"K说,他慢慢站起来,先看看蒙塔格小姐,然后又看看餐桌,接着又看看窗外,太阳照着对面的房子,他朝门口走去。蒙塔格小姐跟着他走了几步,似乎不怎么信赖他。然而他俩到了门口时,都不得不退回来,因为上尉兰茨推门走了进来。K第一次离这么近看见他。上尉个子很高,四十出头,肥胖的脸孔晒得黝黑。他略微欠了欠身,向K和蒙塔格小姐致意,然后走到她跟前,恭恭敬敬地吻了吻她的手。他的动作潇洒自如。上尉对蒙塔格小姐的彬彬有礼与K对她的态度形成了鲜明对比。尽管如此,蒙塔格小姐看来并没有生K的气,因为她还想把K介绍给上尉,至少K是这么认为的。但是K并不愿意被介绍,他既不想和上尉,也不想和蒙塔格小姐客套,吻手这个举动在他看来等于说他俩串通一气,目的在于以最彬彬有礼的利他主义为幌子,阻碍他到布尔斯特纳小姐那儿去。他还觉得自己看出了更多的名堂,他发现蒙塔格小姐选择好了一件得心应手的、从某种意义上讲可以用来一箭双雕的武器。她夸大了布尔斯特纳小姐和K之间的关系的重要性,首先是夸大了他要求约见布尔斯特纳小姐这件事的重要性,同时又耍弄手腕,让人以为夸大其词的乃是K。她会发现自己错了,因为K不想夸大任何事情,他知道布尔斯特纳小姐只是一个普通的打字员,不会长期抗拒他的。他得出这个结论后，就决意不必顾忌格鲁巴赫太太讲过的那些关于布尔斯特纳小姐的话了。

他匆匆和他们告别，他在离开餐间的时候，脑子里想的就是这些。他径直朝自己的房间走去，但是蒙塔格小姐的嗤笑声从身后的餐间里传来，这使他顿时闪过一个念头：他可以乘机做一件出乎他俩——上尉和蒙塔格小姐——意料之外的事。他朝四周扫了一眼，仔细听了听，确信旁边的各个房间里一切都很平静，没有任何东西会来妨碍他。除了餐间里的叽咕声和格鲁巴赫太太在通向厨房里去的过道中发出的声音外，四周静悄悄的。看来机会极好，K便转身走到布尔斯特纳小姐的门前，轻轻叩门：一点儿动静也没有。他又敲了一次，仍旧没人答应。她在睡觉吗？或者她真的不舒服吗？或许她知道只有K才会这么轻轻叩门，因此装作不在家吧！K认为她是装作不在家，因此便敲重了点儿。最后，由于敲门毫无结果，他便蹑手蹑脚地把门推开，他知道这样做不对，不仅不对，而且也没用处。房间里一个人也没有。另外，它和K前些日子见过的样子几乎完全不同了。墙边并排放着两张床，门旁的三把椅子上堆满了外衣和内衣，一个衣柜开着。看来，当蒙塔格小姐在餐间里滔滔不绝地讲话时，布尔斯特纳小姐乘机溜出去了。K并不觉得十分惊讶，他丝毫不期待在目前阶段就能轻而易举地抓到布尔斯特纳小姐。不错，他做了这次尝试，但主要是为了气气蒙塔格小姐。

当他重新关上房门时，发现餐间的门开着，蒙塔格小姐和上尉一起站在门口谈话，这使他大为震惊。他们大概一直站在那儿，故意不让K发现他们在看着他，他们压低嗓门讲话，用漫不经心的眼光注视着 K 的每一个动作——侃侃而谈的人们打量从身旁经过的行人时，用的就是这种眼光。尽管这样，他们的目光还是给 K 造成了很大压力，他贴着墙，尽可能快地朝自己的房间走去。

第六章 打手

　　几天后的一个晚上，K离开办公室，顺着楼道，朝楼梯走去——他差不多总是最后一个离开，只有函件分发处的两个职员还在暗淡的光线下继续工作。他突然听见一阵哀叹声从一间屋子的门后传来。他一直以为这间屋子是废物贮藏室，虽然他从未打开过这间屋子的门。他诧异地停下脚步，再仔细听听，以便证实自己没有听错———一切静悄悄的。可是，没隔多久，哀叹声又传出来了。他开头想找一个函件分发处的职员一块去，作为证人，但是后来他在一种不可遏制的好奇心的驱使下，猛地把门推开。正像他一直认为的那样，这是一间废物贮藏室。一捆捆没用的旧报纸和陶制空墨水瓶在门后乱七八糟地堆着。然而屋内却站着三个男人，他们弓着身子，因为天花板很低。一支蜡烛插在架子上，发出微光。

"你们在这儿干什么？"K问，他问得很快，心情很激动，但声音不高。三人中的一个显然能镇住其他两个人，此人披着一件深色皮外套，脖子、前胸的很大一部分和两只胳臂全露着。他在三人中第一个看见K，但没有反应。另外两个人看见K后大声说道："先生！我们要挨鞭子啦，因为你在预审法官面前控告了我们。"只是在这时K才发现，他俩原来是弗朗茨和威廉，就是那两个看守，第三个人手中拿着桦木条，准备打他们。"怎么回事？"K惊奇地看着他们，"我从来没有控告过谁，只是如实讲过我屋里发生的事情。况且，你们在那儿的行为并没有什么可指责的地方。""先生，"威廉说，而弗朗茨则显然想闪到威廉背后去，以便躲开那个人，"如果你知道我们的工资少得可怜的话，你就不会对我们这么无情了。我要养活一家子，弗朗茨要娶媳妇，大家只能各显神通，光靠拼命干活是富不起来的，白天黑夜地干也不行。你的漂亮睡衣当时是一种诱惑，我们很想据为己有，但那种事情是不准许看守干的，那样干不对。不过，囚犯身上的衣服是看守们的外快，这种做法历来如此，已经形成了传统。你可以相信我，这是可以理解的，因为对一个倒霉透顶、身陷囹圄的人来说，身上的衣服还会有多大用处呢？但他如果公开说出去，看守们就肯定会受到惩罚。"

"我从来也不知道这种情况，也从来没有要求过惩处你们，我当时只是在捍卫一个原则。""弗朗茨，"威廉对另一个看守说，"我不是跟你说过，这位先生从来没有请求过惩罚我们吗？现在你也听到了，他甚至不知道我们应该受到惩处。""别信他们说的那一套,"第三个人向 K 指出,"惩罚他们是公正的,也是不可避免的。""别听他的,"威廉刚开口就住了嘴,因为他的手被桦木条狠狠抽了一下,他赶紧把手凑到嘴边。"我们受惩罚了,只是因为你控告了我们,你如果不控告我们,什么事也不会有了,即使他们发现了我们干的事,也不能拿我们怎么样。你难道把这叫作公正吗?我们两人,尤其是我,常年当看守,忠心耿耿,这是有案可查的——你应该承认,老实说,我们把你看守得够好的——我们有各种机会可以晋升,肯定很快就会升任打手,就像这个人一样。他只不过是交了好运,因为谁也没有控告过他,要知道,这种类型的控告确实是很少有的。现在一切都完了,先生,我们的前途给断送了,我们不得不去做比看守还要低下得多的工作。此外,我们现在还得在这里挨一顿打,我们会痛得死去活来。"

"那束桦木条能打得这么痛吗?"K 问道,他细细察看那人在他面前来回挥动的桦木条。"我们得先把衣服脱光。"威廉说。"噢,我知道了。"K 说,他更仔细地看了打手一眼,打手晒得像水手那样黝黑,长着一脸横肉,粗壮结实。"没有办法使这两个人不挨打吗?"K 问打手。"没办法。"那人笑着摇摇头说。"把衣服脱掉。"他向两个看守下命令,然后对 K 说:"你别信他们说的那一套,他们怕挨打怕得失去了理智。比如说,这个家伙,"他指指威廉,"说什么可能晋升,完全是胡说八道。瞧,他多胖呀,桦木条抽在他身上,最初几下连印子也不会留下。你知道他为什么会这么胖吗?他去逮捕谁,就把谁的早点吃掉。他把你的早点也吃掉了吧?你瞧,我没说错吧。像他这样一个大腹便便的人永远也不可能晋升成打手，这是肯定的。""也有像我这样胖的打手。"威廉坚持己见，同时解开了裤腰带。"别说话，"打手一面说，一面挥动桦木条，朝他的脖子抽去，他赶紧往后退，"你们不许说话，快把衣服脱下来。""如果你放他们走，我就重重赏你。"K说，他再也没看打手一眼——干这种事情时，双方都得睁只眼，闭只眼——就拿出自己的钱包。"你大概打算以后也告我一状，"打手说，"让我也挨一顿打吧？不，不！""你好好想想，"K说，"如果我当初想让这两个人受罚，现在就不会花钱要求饶恕他们了。我可以掉头就走，随手关上门，闭上眼睛，塞住耳朵；回家去；但我不愿意这样做，我确实希望看见放他们走。如果我当时知道他们会挨打或者可能会挨打，那我绝不会说出他们的名字。因为我认为他们是没有罪的，有罪的是机构，高级官员们才是有罪的。""正是这样。"看守们大声说道，他们脱得光光的背上立即挨了一鞭。"如果你打的是一位高级法官，"K一面说，一面夺下打手重新举起的鞭子，"我就不会让你住手，相反，会再给你一份钱，鼓励你干这件好事。""你讲的话很合乎情理，"打手说，"但是我拒绝受贿。我是在这里打人的，我得打他们。"那个名叫弗朗茨的看守大概希望K的干预能成功，因此，原先他尽量往后缩，现在却朝门口走来。他只穿着裤子，一到K面前，立即双膝着地，拽着K的手低声说："如果你无法劝他饶恕我们俩，那你就想想办法，起码让他饶了我吧。威廉年纪比我大，比我耐打得多，另外他以前也挨过打，是几年前的事，我还从来没有这样丢过面子，况且我只是跟威廉学样而已，不管怎么说，他是我的师傅嘛。我那可怜的心上人正在银行门口等着结果呢。我真惭愧，真可怜。"他把脸伏在 K 的外衣上，揩干了脸上的泪水。

"我不能再等了，"打手说，他用两手握住桦条鞭，抽了弗朗茨一下，威廉吓得赶紧藏到角落里，偷偷地看着，连头都不敢转动一下。弗朗茨的喉咙里随即发出一声尖叫，凄厉而无望，好像不是人发出来的，而是某种刑具发出来的，叫声在过道里回荡，大概整座楼里都能听见。"别嚷。"K 大声说道，他像发了疯似的站在那儿，朝着职员们可能闻声赶来的方向看，同时推了弗朗茨一把，他虽然没用多大力气，但也足以使这个已经失去一半知觉的人跌倒在地了。弗朗茨浑身抽搐，双手抠着地板，但即使这样他也免不了继续挨打。桦条鞭朝着躺在地上的弗朗茨猛抽，鞭梢随着他在地上翻滚的频率而有规律地上下挥舞。远处已经出现了一个职员，在他后面几步，还有另外一个。K 赶紧"砰"的一声把门关上，走到近处的、临着院子的一扇窗子跟前，打开了窗。尖叫声完全停息了。K 为了不让职员们走近，便嚷道："这是我。""晚安，先生，"他们回答道，"发生了什么事？""没事，没事，"K 答道，"院子里有一条狗在叫，就这么回事。"由于职员们仍然站着不动，K 又说了一句："你们可以回去工作了。"他不想和他们多谈，便朝窗外探出身去。

过了一会儿，他又朝过道里看了一眼，发现他们已经走了。但是他仍然留在窗前，不敢回废物贮藏室去，也不想回家。他的眼睛看着窗下，这是一个方形的小院子，周围全是办公室，所有的窗子现在都是黑洞洞的，只有最上面的几块窗玻璃反射出月亮的微光。K 怔怔地注视着院子的一个角落，那儿很黑，胡乱堆着几辆手推车。他因为自己没有能够使看守们避免挨打而深感失望。但是，这件事没有成功并不是他的错，如果弗朗茨不尖叫起来——那一定很疼，但在这种时候应该控制自己——那么K大概就能找到别的办法说服打手了。如果这个机构的所有下层人员都是坏蛋，那么，干这个最无人性的工作的打手又怎么会是例外呢？何况K清清楚楚地看见，他看到钞票后，眼睛转动了一下，他扬言自己奉公守法显然只是为了抬高要价而已。K不会吝啬几个钱的，他真的急于让那两个看守脱身，既然他准备和整个腐败的司法机构搏斗，对这件事进行干预当然是他的职责。但是，弗朗茨张口一嚷嚷，K就无法进行任何干预了，因为函件分发处的职员以及其他各种人闻声赶来后，会发现他也在场，正和这几个家伙一起挤在废物贮藏室中——不能让他们知道他在这里，任何人也不能要求他做出这种牺牲。如果确实需要他做出某种牺牲的话，他倒情愿脱掉自己的衣服，代替看守挨打，这更为简单。打手当然不会同意K代替看守挨打，这是肯定的，他这样做得不到任何好处，反而有可能被控严重失职，因为只要诉讼还没结束，法院的低级职员就不能伤害K。当然，一般标准也许在这儿是不适用的。总而言之，K除了把门"砰"地关上以外，毫无办法，但关上门以后也不能把所有的危险都摒除在外。很遗憾，他最后还推了弗朗茨一把，他当时很激动——这是他唯一的借口。

他听见职员们的脚步声继续从远处传来，为了不引起他们的注意，他关上窗，开始朝楼梯口走去。经过废物贮藏室门前时，他驻足听了一会儿。室内一片寂静，好像是座坟墓。打手可以对两个看守为所欲为，可能已经把他们打死了。K伸出手去，打算转动门把手，但突然又把手缩回来。这次帮不了他们的忙啦，因为职员们任何时候都可能出现，但是他决心不包庇这件事，要尽一切可能，彻底揭露那些真正的罪犯——那些迄今为止一直不敢露面的高级官员们。他走下银行外的台阶，注意察看所有的行人，但是，即使在附近的街道上也看不见一个正在等人的姑娘。因此，弗朗茨胡诌什么心上人在等着他，纯粹是说谎，不过这完全可以原谅，因为他只是想多博取一些同情。

第二天，K一整天都在想着那两个看守。他心不在焉，误了公事，为了赶完工作，不得不在办公室里留得比头天还晚。他走出办公室，从废物贮藏室门前经过时，控制不住自己，便打开了贮藏室的门。那儿并非预料中的一片黑暗，眼前的景象把他完全搞糊涂了。每样东西都照旧，和他头天傍晚开门时见到的一模一样。一捆捆旧报纸和一个个墨水瓶还在门后堆着，手上拿着桦条鞭的打手和衣服穿得整整齐齐的两个看守仍旧站在那儿，书架上插着一根燃着的蜡烛。看守们一见K，马上喊道："先生！"K立即把门重新关上，又在门上擂了几拳，以便确信门已经关严实了。他差不多是哭着跑到职员们跟前，他们正有条不紊地在拷贝机旁忙着。职员们抬起头，诧异地看着他。"把那间废物贮藏室腾出来，行吗？"他嚷道，"脏得连气也透不过来了！"职员们答应第二天去清理。K点点头，他不能硬要他们马上动手，因为已经很晚了，他原先倒是有这个意图的。他坐下待了一会儿，想和这些人做个伴，他翻翻复印件，希望能造成一个他在检查工作的印象，后来，他发现这些人不大敢和他一起离开大楼，便拖着疲惫的身体，脑子里几乎一无所思地回家了。

第七章　K的叔叔—莱妮

一天下午,当天的函件即将送走,K忙得不亦乐乎。两个职员拿来几份文件请他签字,他们被粗暴地推到一边,原来K的叔叔卡尔———一个从农村里来的小地主,大步走进了屋。叔叔的到来并不使K感到奇怪,因为K早就担心他会来。叔叔肯定会来的,差不多一个月之前K就对此深信不疑。他常常想象叔叔的模样,现在出现在面前的叔叔和他想象中的毫无区别:背略微有点儿驼,左手拿着一顶巴拿马式草帽。叔叔一进门就伸出右手:这只手鲁莽地越过桌面,伸到K跟前,碰翻了桌上的每一样东西。叔叔老是匆匆忙忙的,因为脑子里总有一个可悲的想法:不管什么时候进城,原定计划中的所有事情都得当天办完。另外,还不能放过任何一个跟人交谈、办事和娱乐的机会。K必须竭尽全力,帮他办妥所有这些事,有时还得给他安排住处,因为以前他是K的监护人,K对他特别感激。"一个属于过去的幽灵。"K习惯于这么称呼他。

他刚打完招呼,就请K和他私下里谈一谈,他没有时间在K端给他的椅子上坐下。"很有必要谈谈,"他气喘吁吁地说,"很有必要谈谈,这样我才能放心。"K马上吩咐两位职员出去,并让他们别放任何人进来。"我听到的消息是怎么回事,约瑟夫?"当屋里只剩下他们两个人时,K的叔叔大声问道。他一屁股坐在办公桌上,拿过几份文件,连看也没看一眼,就垫在屁股下面,以便坐得舒服点儿。K一言不发,心里明白是怎么回事,不过,因为刚从紧张、繁杂的工作中解脱出来,得让自己舒舒服服地清闲一会儿,于是他透过窗子,眺望着马路对面。从他坐着的地方,只能看见马路对面一个小小的三角地带,这是夹在两个商店橱窗中间的一所住宅的正墙,上面什么也没有。"你坐在这儿看着窗外!"K的叔叔挥动双臂嚷道,"看在上帝的面上,约瑟夫,请你回答我。是真的吗?这可能是真的吗?""亲爱的叔叔,"K说,他已从遐想中回到现实,"我一点儿也不明白,你说的是什么意思。""约瑟夫,"叔叔忧虑地说,"据我所知,你一直是说实话的。我应该把你刚才讲的这些话当作一个坏兆头吗?""我肯定能猜出,你想知道什么,"K随和地说,"你大概听见了一些关于审判我的事。""是这么回事,"叔叔回答道,他心情沉重地点点头,"我听见了关于审判你的事。""你是从谁那儿听说的?""是艾尔娜写信告诉我的,"叔叔说,"她和你不常见面,这我明白,你对她不大关心,我很遗憾,不得不这么说。可是她还是听说了。今天上午我收到信后,便立即乘上头班火车,赶到这儿来。我来这儿没有别的原因,不过光是这个原因看来就已经足够了。我可以把她信中提到你的部分念给你听听。"

他从皮包里拿出信。"就在这儿。她写道:'我好久没看见约瑟夫了,上星期我到银行里去找他,可是他很忙,我见不到他。我等了差不多一个钟头,后来不得不离开那儿,因为我得去上钢琴课。我真想跟他谈谈,说不定很快就会有机会的。他寄给我一大盒巧克力祝贺我的生日,他真好,考虑得多周到。我当时给你写信时,忘了提这件事,只是当你这次问起我时,我才想起来。原因嘛,我可以告诉你:巧克力在寄宿学校里不翼而飞了。礼物丢失后,你是很难想起有人给你送过东西的。关于约瑟夫,还有件事情我想应该告诉你。刚才我说过,我那天无法见到他,因为他被一位先生缠住了。我老老实实地等了一会儿以后,问一位侍从,他俩的谈话是不是还要延续很久。他说很可能这样,因为这或许与牵涉到襄理的一件案子有关。我问是什么案子,问他是否搞错了。他说他没搞错,是有一件案子,案情还很严重,然而除此之外,他也一无所知。他自己倒很愿意帮助 K 先生,因为 K 先生心地善良、为人正直,可是他不知道从何处着手,只好盼着某个有影响的人物会站在襄理这一边。当然,事情是会顺利的,最后结果一定是百事如意。不过据他从 K 先生的心情推测,目前情况似乎颇为不妙。我当然不把这件事看得过于严重,因此劝那个头脑简单的家伙放心,同时也请他别把这事告诉任何其他人。我深信,他讲的话只是无稽之谈而已。不管怎么说,亲爱的父亲,如果你下次进城的时候能去了解一下,那就太好了。你会轻而易举地查明事实真相,如果需要的话,也可以请你的一些有影响的朋友进行干预。即使你认为不必要这样做——这是很可能的——至少你也可以给你女儿一个提前用亲吻来欢迎你的机会,她想到这种可能性,顿觉心花怒放。'真是个好孩子。"K 的叔叔念完信后说道,随即拭干眼中的泪水。K 点点头。近来他遇到许多麻烦事,已经把艾尔娜撇在脑后了,至于巧克力的事,显然是她瞎编的,只是为了给他在叔叔婶婶面前留点儿面子,这真令人感动。他本想定期给她送戏票,以示回报,但看来这是很不够的;到寄宿学校里去找她,和这么一个不太懂事的十八岁少女聊天,目前也不合适。"你现在有什么要说的?"K 的叔叔问,女儿的信使他忘了自己的匆忙和不安,看来他在重读这封信。

"是的,叔叔,"K 说,"全是真的。""真的?"K 的叔叔嚷了起来,"怎么会是真的?怎么可能是真的?是一件什么案子?肯定不是一桩刑事案件吧?""是一桩刑事案件。"K 回答道。"既然一件牵涉到你的刑事案件至今悬而未决,你怎么能安安稳稳地坐在这儿呢?"K 的叔叔大声问道,他的嗓门越来越高。"我越冷静,结果就会越好,"K 不耐烦地说,"你别担心。""你向我提的这个要求可真妙。"叔叔嚷了起来,"约瑟夫,我亲爱的约瑟夫,为你自己想想吧,为你的亲戚们想想吧,为我们家的名誉想想吧。到目前为止,你一直为我们争了光,你可不能给这个家带来不幸啊。你的态度,"他稍稍抬起头,看着 K,"使我很不高兴,一个无辜的人如果还有理智的话,是不会采取这种态度的。快告诉我,到底是怎么回事,我好帮你的忙。准是和银行有关吧?""不对,"K 一面说,一面站了起来,"你讲话的声音太大,叔叔。我敢肯定,侍从在门口听着呢,我不喜欢这样。咱们最好还是到外面找个地方吧。我将尽量回答你的一切问题。我很清楚,我应该对全家做出解释。""好,"叔叔大声说道,"很好,不过请你动作迅速点儿,约瑟夫,快走!"

"我还需要向他们交代几件事,"K说,他打电话请他的主要助手来,几分钟后助手就到了。K的叔叔很激动,朝助手摆摆手,说明是K请他来的,这其实用不着说也能明白。K站在办公桌旁边,拿起几份文件,开始低声向助手解释,助手冷静而专注地听着,当K不在的时候自己应该做些什么。叔叔圆睁着眼睛,神经质地咬着嘴唇,站在K身旁,使K觉得很不自在。叔叔并没有听K在说些什么,但他那一副似乎在听的样子就足以使K心烦了。后来他开始在屋里走来走去,常常在窗口或者某幅画前停一会儿,猛地迸出一句话,比如"我一点儿也不明白"或者"天晓得这事会怎么样"。助手好像什么也没觉察到,聚精会神地听着K的指示,边听边记下要点。K讲完后,助手向K和K的叔叔点点头,离开他们走了。K的叔叔这时正好背对着他,双手拿住窗帘,瞧着窗外。门刚关上,他就嚷道:"这个笨蛋总算走了,现在我们出去吧,总算可以走了!"

他们来到正厅,这里站着几个职员和侍从,副经理刚好迎面走来。K的叔叔在这里就想了解案子的情况,倒霉的K没法让他住口。"现在是时候了,约瑟夫,"叔叔开口说,门厅里恭候着的职员们向他鞠躬致意,他点点头表示回答,"坦率地告诉我,到底是一桩什么案件。"K似是而非地说了几句,笑了笑,直到下楼的时候才向叔叔说明,他不愿意当着职员们的面说这些事。

"不错,"叔叔说,"可是现在你有什么事就全说出来吧。"他低头静听,不停地抽着雪茄。"首先要说明的是,叔叔,"K说,"这不是一桩由普通法院受理的案子。""这很糟。"叔叔说。"你这话是什么意思?"K看着叔叔问道。"我说的是,这很糟。"叔叔又说了一遍。他们站在银行门外的台阶上,看门人好像在听他们讲话,K急忙拉着叔叔走开,他们马上汇入街上的人流之中了。

叔叔挎着K的胳膊,不再急于打听案情了,他们默默无言地走了一阵。"但是,这事是怎么发生的?"叔叔突然停下脚步,向K提了一个问题,走在他后面的行人赶紧避开,"这类事情不会突如其来的,准是有一个日积月累的过程,事前肯定有征兆。你为什么不写信告诉我?你知道,我可以为你做任何事情,在某种意义上说,我仍然是你的监护人,直到今天我还为此感到自豪。我当然会尽自己的力量帮助你,不过,现在由于案子已经开始审理,就很难帮上忙了。不管怎么说,最好的办法是你请几天假,到我们乡下来住一段时间。我发现这些日子你瘦多了,在乡下你能恢复元气,对你会有好处的,因为这次审判一定把你折磨得够呛。可是,咱们抛开这点不说,从一种意思上讲,你得避一避法院的淫威。他们在这儿拥有各种机器,可以随心所欲地在任何时候把它们开动起来对付你;但是如果你在乡下,他们要找你就得派人来,或者发信、拍电报、打电话来。这么一来,效果自然就差了。你并不能彻底摆脱他们,但至少能得到一点儿喘息的时间。"

"不过他们可能会禁止我离开这儿,"K说,他已经开始按叔叔的想法思索了。"我并不认为他们会这样做,"叔叔胸有成竹地说,"何况你的离开并不会给他们带来多大损失。""我本来以为,"K说,同时挽起叔叔的胳臂,让他别站着不动,"你会比我更不在乎这件事,现在看来你把它看得很严重。""约瑟夫!"叔叔嚷道,他想挣脱胳臂,以便继续站在原地不动,可是K不让,"你变得很厉害,你的头脑向来很清醒,现在怎么糊涂了?你想输掉这场官司吗?你知道这意味着什么吗?这意味着你会彻底毁掉。你的所有亲戚也会跟着倒霉,至少会蒙上奇耻大辱。约瑟夫,鼓起劲来。你这种无所谓的样子会使我发疯的。人们看着你,几乎会相信那句老话:'这种官司,一打准输。'"

"亲爱的叔叔,"K说,"激动是没有用处的,对你没用处,对我也没用处。靠感情冲动是打不赢官司的,你稍许考虑一下我的亲身经验吧。你看,我是很尊敬你的,即使你让我感到很惊讶的时候,我也照样尊敬你。既然你告诉我说,全家都会卷入由这件案子所引起的丑闻中——我其实看不出怎么会这样,不过这是题外话——那我就服从你的决定。我只是觉得,即使从你的观点来看,到乡下去这件事也是不可取的,因为会被人认为是畏罪潜逃,换句话说,等于承认自己有罪。此外,虽然我在这里受的压力较大,但我也可以凭自己的力量,更使劲地为我的案子奋争。""这话说得很对,"叔叔说,他的语调变得较为轻松,好像他已发现他俩终于想到一块了,"我只不过提个建议而已,因为我认为,如果你留在此地的话,你的无所谓态度会危及案子,还不如我来为你奔走更好。但是,如果你愿意自己使劲为案子奋争,这当然要好得多。"

"这么说来,在这一点上我们的意见是一致的,"K说,"现在请你给我出个主意：我第一步该怎么走？""我得好好思考一下，"叔叔说，"你要考虑到这个事实：我在乡下已经住了二十年，几乎从未离开过，我在这种事情上的眼光不会像从前那么敏锐了。有几位有影响的人在处理这类事情上或许比我内行，可是年长日久，我和他们的关系已经渐渐疏远。我在乡下几乎不和人来往，这点你是知道的。只是在发生像眼下这样的紧急情况时，我才认识到这样做的坏处。何况你这事多多少少是出乎我的意料的，虽说奇怪得很，收到艾尔娜的信后，我却猜到了某种类似的事情，而今天一见到你，我几乎就确信了。不过，这些都无关紧要，重要的是现在别浪费时间啦。"他还没讲完，便踮起脚尖，叫来一辆出租汽车。他大声地把地址告诉司机后，就钻进车内，并把K也拽了进去。"我们直接去找霍尔德律师，"他说，"他是我的同学。你当然知道他的名字，对不对？你不知道？这真奇怪。作为辩护人，作为穷人的律师，他享有很高的声望。他是富有人情味的，我准备把这件案子全部委托给他。"

"我愿意试着全按你的意思去办。"K说，尽管叔叔处理事情的仓促和轻率方式使他颇为不安。他作为一个有求于人的人，被带到一个穷人的律师那儿去，觉得心里很不是滋味。"我原先不知道，"他说，"在这种案件中可以聘请律师。""当然可以，"叔叔说，"这是用不着说的。为什么不能呢？现在，你把迄今为止发生的事情全部告诉我，好让我心中有数，知道我们的情况到底如何。"K立即讲起这件事的前后经过，一个细节也没遗漏，因为只有绝对坦率，才能使叔叔不再认为这桩案子会带来令人心寒的耻辱。布尔斯特纳小姐的名字K只是捎带着提过一次，这并不说明他的不坦率，因为布尔斯特纳小姐与案件没有关系。他一面讲，一面透过车窗，看着外面，他发现他们已经驰近办公室设在阁楼上的法院所在的那个郊区了。他请叔叔注意这个事实，可是叔叔似乎不大理会这个巧合。

出租汽车在一座深色的房子前停下。叔叔按响底层第一家的门铃，当他们等人开门的时候，叔叔露齿而笑，低声说道："现在是八点钟，委托人很少在这种时候来找他，但霍尔德不会见怪的。"门上有个警窗，一双黑色的大眼睛在窗口出现，盯着两个来客看了一会儿后，又消失了，然而门还是没开。K和叔叔互相证实，他们的确看见了一双眼睛。"一个新来的女仆，大概害怕陌生人。"K的叔叔说，他又敲敲门。那双眼睛再次出现，这回的眼神似乎很忧伤，但也许是煤气灯造成的错觉。煤气灯没有灯罩，正好在他们上方点着，发出刺耳的"嘶嘶"声，但光线却甚为暗淡。"开门！"K的叔叔喊道，他开始用拳头擂门，"我们是霍尔德先生的朋友。""霍尔德先生病了。"一个微弱的声音从他们背后传来。位于这条短门廊另一边的那扇门打开了，一个穿着睡衣的男人在门口出现，他压低嗓门把这个消息告诉了他们。K的叔叔因为等得过久而怒气冲冲，他转过身来嚷道："病了？你说他病了？"他气势汹汹地走到那人跟前，好像那人就是所谓疾病的化身。"门已经开了。"那人蓦地指着律师的门说，接着裹紧身上的睡衣，进了屋。

门真的开了，一位年轻姑娘——K认出了那双有点儿向外凸的黑眼睛——系着一条白色长围裙，手上拿着蜡烛，站在前厅里。"下次开门请你麻利点儿。"K的叔叔没有跟她寒暄，而是教训了她一句,她行了个屈膝礼。"来吧,约瑟夫。"他对K说,K正向姑娘暗递秋波。"霍尔德先生病了。"K的叔叔径直朝里屋走去时,姑娘说。K还在打量着姑娘,她转身把门插上。她长着一张圆圆的娃娃脸,苍白的双颊、下巴,连她的太阳穴和前额也是圆的。"约瑟夫!"K的叔叔又喊了一次,接着他问那姑娘,"是心脏病吗?""我想是的。"姑娘说,她端着蜡烛,走到他前面,把里屋的房门打开。

在烛光照不到的一个屋角里,一张蓄着长胡子的脸从枕头上抬起来。"莱妮,谁来啦?"律师问,他被烛光照花了眼,看不清来客。"是你的老朋友阿尔伯特。"K的叔叔说。"噢,阿尔伯特。"律师说,他又躺倒在枕头上,好像没有必要在这个客人面前强打精神似的。"你真的很不舒服吗?"K的叔叔在床沿上坐下后问律师,"我简直不相信。不过,这只是心脏病再次发作而已,像前几次一样,很快就会过去的。""也许吧,"律师说,他的声音微弱,"不过这次比以前任何一次都厉害。连呼吸都困难,睡不着觉,浑身一天比一天没劲。""我明白了,"K的叔叔说,他的那只粗壮的手使劲把巴拿马草帽压在膝头上,"这真糟糕。不过,佣人对你的照料周到吗?这儿光线很暗,阴沉沉的。我最后一次到这里来,是很久以前的事了,那时这儿的气氛要欢快得多。另外,你现在的这个年轻女佣人好像不怎么伶俐,也许是装成这样。"那姑娘拿着蜡烛,还站在门口。从她那扑朔迷离的目光推测,她好像在看着K,而不是在看K的叔叔,即便后者在谈起她的时候,她也不看他一眼。K推过一张椅子,放在她身边,自己靠在椅子背上。"一个人得了病,像我现在这样,"律师说,"就需要安静。我并不觉得这儿是阴沉沉的。"他略微停顿了一下,又补充一句:"莱妮把我照料得很好,她是个好姑娘。"但是K的叔叔并不相信,他显然对女看护有成见。他没有回答病人的话,只是用严厉的目光注视着那姑娘。她走到床前,把蜡烛放在床头柜上,朝病人俯下身去,一边摆好枕头,一边对他轻声说话。K的叔叔几乎忘记了自己是在病人的房间里,猛地站起身来,在姑娘身后踱来踱去。如果这时他去拽姑娘的裙子,把她从床边拖开,K也不会觉得奇怪的。K以旁观者的态度看着这一切。

律师生了病,K倒并非完全不满意:叔叔对他的案子的关心越来越热切,他没有办法遏制这种热情;现在,谢天谢地,出现了这种情况,用不着他插手,叔叔的热情就会受挫。不久,他叔叔大概想惹女看护生气,大声叫道:"小姐,劳驾让我们单独待一会儿,我有些私事要和我的朋友商量。"姑娘还俯着身,正在把靠着墙的那部分床单抚平,她听了这话,侧转头,心平气和地说:"你要知道,我的主人病了,不能跟他商量任何事。"这和K的叔叔的暴躁、结巴和唾沫四溅形成了鲜明对比。她还不由自主地重复了一遍。尽管如此,即使是一个没有成见的局外人也会认为她是在冷言相讥。K的叔叔好像被黄蜂蜇了一下,顿时暴跳如雷。"他妈的,你——"他破口大骂起来,由于愤怒过度,他的话很难使人听懂。K虽然预料到叔叔会突然爆发,但听了这话后仍然惊讶不已地站了起来,朝叔叔奔去,决定伸出双手堵住叔叔的嘴,使他平静下来。幸好姑娘身后的病人这时从床上直起了腰,K的叔叔赶忙做了个鬼脸,好像吞了一瓶令人恶心的药水,接着用较为温和的口气说道:"我请你相信,我们并没有完全失去理智,如果我请求的事情没有办得到的可能,我是绝不会开口的。现在请你走吧。"姑娘在床边挺直身子,转身正对着K的叔叔,不过她的一只手仍然在轻轻拍着律师的手,至少K是这么臆想的。"你可以当着莱妮的面跟我商谈任何事情,"律师用恳求的语调说。"这事与我无关,"K的叔叔说,"不是我的秘密。"他转过身去,好像不想再过问这件事似的,不过他是想让律师有时间再斟酌一下。"那么是关于谁的?"律师重新躺下,有气无力地问道。"与我侄子有关,"K的叔叔说,"我把他带到这儿来了。"他开始介绍他的侄子:约瑟夫·K,襄理。"噢,"病人说,他活跃多了,并朝K伸出手来,"请你原谅,刚才我没有看见你。现在你走吧,莱妮。"他对女看护说,紧接着便久久地握住她的手,好像在跟她告别似的,莱妮顺从地走了。

"这么说,你到这儿来,"他对K的叔叔说,K的叔叔已经息了怒,重新来到床前,"不是因为我有病而来看我的,你是有事来的。"他好像一想起别人把他当病人来探望,就浑身动弹不得,从现在开始才好些。于是他支着胳膊坐起来,显得年轻多了,当然这么做要花费很大力气,他把手指伸进胡须中,捋着,缠绕着。"自从那个小妖精走后,"K的叔叔说,"你看上去已经好多了。"他突然住了嘴,低声说道:"我敢打赌,她在偷听。"他奔到门口看了看,门后没有任何人,他又走回来,并不觉得很难堪,因为他觉得,她不想偷听也完全是出于恶意,出于怨恨。"你对她不公道。"律师说,不过没有多为女看护再辩解,他大概认为,自己的缄默就意味着她根本不用别人为她辩解。接着他用十分友好的口气说下去:"过问你侄子的这件案子是一项极为艰巨的任务,如果我的力量能够胜任,我将认为自己是十分幸运的。我很担心我的力量不够,不过,不管怎么样,我将竭尽全力。如果我一个人不能成功,你还可以去请别人来助我一臂之力。老实说,这件案子使我深感兴趣,我不能放弃过问这件案子的机会。即使我心有余而力不足,在这个障碍面前受阻也是值得的。"

这番话K连一个字也没有听懂,他瞅了瞅叔叔,希望能得到解释。然而叔叔手里拿着蜡烛,坐在床头柜上,一个药瓶从床头柜上滚了下来,掉到地毯上,不管律师说什么,叔叔都点头,显然完全同意律师说的一切,他有时还瞥K一眼,似乎要求K也表示赞同。难道叔叔已经把和这件案子有关的一切情况都告诉律师了吗?但这不可能,事情的进展排除了这种可能性。"我不明白——"于是他开口说。"噢,我大概误解了你的意思?"律师问,他和K一样惊奇和困惑。"也许我太急躁了。那么,你到底要跟我商讨什么事呢?我原以为是关于你的案子的事呢。""当然是这事,"K的叔叔说,然后转过头去问K,"你担心些什么?""嗯,可是,你是怎么知道有关我和我的案子的情况的?"K问道。"噢,是这么回事,"律师笑着说,"我是一个律师,你知道,我经常出入辩论各种案件的司法界,其中最堪注意的案子肯定会深深印在我的脑子里,更不必说是一桩有关我的一个老朋友的侄子的案件了。这事并不十分蹊跷。""你到底担心些什么?"K的叔叔又问了一遍,"你太神经过敏了。""这么说来你经常出入司法界?"K问。"是的。"律师回答道。"你问起问题来像个小孩子。"K的叔叔说。"我如果不和我的同行交往，那该跟谁交往呢？"律师补充说。这话听起来是无可非议的，K无以置答。"不过，你准是和位于司法大厦中的那个法院有联系，而不是和设在阁楼上的法院有联系。"他本想这么说，可是没有说出来。"你要知道，"律师接着说，他讲话的口气像是在草草解释一件不言自明的事，"你应该知道，这种交往使我能够通过各种途径为我的委托人办妥事情，其中有的途径甚至不便公开说明。当然，由于现在我病了，所以出现了一些不利条件；但是这也不要紧，因为我在法院里的好朋友常常来看我，我可以从他们那儿了解到很多情况，也许比很多身体健康、整天待在法院里的人知道的情况还要多。例如，现在就有我的一个好朋友在这儿。"他朝屋里一个黑洞洞的角落摆摆手。

"在哪儿？"K问，他吃了一惊，因此问得很唐突。他半信半疑地环视着四周。小蜡烛的亮光几乎照不到对面的墙，那个黑洞洞的屋角里隐隐约约出现了一个身影。K的叔叔把蜡烛举过头，K借助烛光看见一位年事已高的先生坐在屋角的一张小桌旁。他坐在那里大概连气都没有透，以至于待了这么久居然没有被人发现。他急忙站起来，显然因为自己让人发现而感到不快。他的双手像小鸟的翅膀一样摆动着，似乎想表明他不赞成任何形式的介绍和寒暄，似乎想让人家知道，他不愿意打扰别的先生，只希望重新进入黑暗中，别人最好忘掉他的存在。但他无法再享有这种特权了。"我可以说，你使他们吃了一惊。"律师解释道，他招手请那位先生走上前来。那位先生慢慢挪动脚步，犹豫不决地看着四周，然而举止很有风度。"法院书记官——啊，请原谅，我还没有给你们介绍——这是我的朋友阿尔伯特·K，这是他的侄子约瑟夫·K，这是法院书记官——我再说一遍，蒙他热忱相待，今天来看我。这种探望的价值只有在法院中混迹多年的人才能真正认识到，因为他们知道，书记官的工作忙得要命。尽管这样，他还是来看我了，在我的病体尚能坚持下来的情况下，我们愉快地谈论着。我们没有禁止莱妮引进来客，确实如此，因为我们没想到会有人来，我们当然以为我们不会被人打扰的；可是，阿尔伯特，后来传来了你的暴躁的敲门声，法院书记官于是带着他的桌椅退到屋角里去了。不过现在我觉得，如果你愿意的话，咱们总算有机会一块谈谈了，因为这件案子和咱们大家都有关系，咱们可以聚在一起聊聊。请，亲爱的书记官先生，"他朝书记官鞠了一躬，带着彬彬有礼的微笑，指指床边的一把扶手椅说。"遗憾的是我只能再待几分钟，"法院的书记官客气地说，他坐到扶手椅上，看了看表，"我还有公事。不过我不愿意放过一个在这里认识我的朋友的朋友的机会。"他朝K的叔叔微微躬了躬身，K的叔叔看来由于结识了这个人而感到很荣幸，但是他生来不善于表示自己的崇敬心情，而是用一阵令人莫名其妙的大笑来回答法院书记官的这番话。真滑稽！

　　K可以自由自在地观察一切，因为谁也没有注意他。法院书记官既然已经处于突出地位，便当仁不让地首先发表意见，这好像已成了他的习惯。律师当初装作身体虚弱，大概只是为了谢绝来客，现在他伸出手，拢在耳朵边，聚精会神地听着。K的叔叔作为执烛人——他把蜡烛放在大腿上保持平衡，律师经常向他投射一瞥不安的目光——很快就脱离了尴尬局面，现在正兴致盎然地听着法院书记官的妙语连珠的演讲,欣赏着书记官讲话时一只手附带做出的波浪式动作。K靠在床架上,法院书记官完全把他忘了,也许是故意怠慢他,结果他只能成为那几位老人的听众。K本身也没有心思听他们讲话,脑子里先是想起了女看护,想起了叔叔对她的粗暴态度,后来则自问以前是否见过法院的书记官:大约初审的时候书记官在听众当中吧?K可能猜错了,不过法院书记官——这个胡子硬撅撅的老先生——坐在第一排听众中倒是非常合适的。

门厅里突然传来一阵像是陶器打破的声音,大家都竖起了耳朵。"我去看看是怎么回事。"K说,他慢悠悠地走出去,想给其他人提供一个叫他回屋的机会。他刚走进门厅,伸出脚在黑暗中摸索时,一只比他的手小得多的手按在他那只仍然扶着门的手上,轻轻把门带上了。这是女看护,她在那儿等着呢。"没事,"她悄悄地说,"是我往墙上扔了个盘子,想把你引出来。"K忸怩地说:"我当时也在想着你。""那就更好了,"女看护说,"到这边来。"他们走了一两步,来到一扇厚玻璃门前,她把门打开。"进去吧!"她说。这间屋显然是律师的办公室。月光透过两扇大窗子照进屋来,照亮了窗前地板上的两个小方块,借着月光可以看见屋里摆满了古色古香的旧式家具。"到这儿来。"女看护指着一把椅背雕花的深色椅子说。K坐下后继续打量着这间屋子。办公室很大,天花板很高,这位"穷人的"律师的委托人来到这儿会有茫然若失的感觉。K给自己描绘了这么一幅图画:委托人个个局促不安,他们慢慢朝律师的大桌子走来。可是后来他把这些全抛在脑后,只望着女看护,她紧挨K坐着,差不多把他挤得靠在椅子的扶手上。

"我本来想,"她说,"你自己会出来的,用不着等我来叫你。你的行为真古怪。你一进门,眼睛就始终盯着我,可是你却让我等了好久。你就叫我莱妮吧!"她匆匆补充道,这句话突如其来,好像她没有时间可以浪费似的。"我很高兴这样称呼你,"K说,"至于说我的行为古怪,莱妮,这很容易解释。首先,我必须听那几个老头唠叨。我不能没有任何借口就离开他们走出来。其次,我不是一个在女人面前胆大妄为的小伙子,说实话我很害臊;而你,莱妮,看样子也不像是个一说就愿意的姑娘。""不对,"莱妮说,她的手臂搭在椅子背上,眼睛看着K,"而是你开始时不喜欢我,现在没准仍然不喜欢我。""喜欢这个字眼太没有力量。"K含糊其辞地说。"啊!"她微笑着说。K的话和这个短促的感叹使她略微占了上风,于是K一时什么也说不上来。

他已经对这间黑暗的屋子习惯了,现在已能看清某些摆设的细节。给他留下特殊印象的是一幅挂在房门右侧的大型油画。他朝前倾着身子,想看清楚点儿。画面上是一个穿着法袍的人,那人坐在一个像宝座一样的高脚椅子上,这是一张镀金椅子,在整幅画里占据着一个突出地位。奇怪的是法官的坐姿看来并不威严,因为他的左臂搭在宝座的后背和扶手上,右臂却悬空吊着,手掌下垂,搁在另一个扶手上。法官似乎正要站起来,做一个激烈的、也许是愤怒的手势,发表一个带有决定性意义的看法,甚至做出判决。我们可以设想,被告站在通向法官宝座的最下面一级台阶上,最上面几级台阶上铺着的黄地毯已经画出来了。"或许他就是审理我这个案子的法官。"K伸出手指,指着那幅画说。

"我认识他，"莱妮说，她也在看着画，"他常到这里来。这幅画是他年轻时请人画的，但一点儿也不像，既不像他年轻时，也不像他现在。因为他个子矮小，几乎是个侏儒，可是他却让别人把自己画成了这个样子，原因是他和这儿所有的人一样，爱虚荣爱到了发疯的程度。然而我也是一个爱虚荣的人，说话颠三倒四，你肯定不会喜欢我的。"K听了最后这句话没有回答，只是伸出两臂抱住她，把她搂到胸前，她默默地把头枕在他肩上。

他对她说的其他话倒做出了反应："他担任什么职务？""他是一位预审法官。"她一面说，一面握住K搂着她的那只手，抚弄起他的手指来。"只是一位预审法官而已，"K失望地说，"高级官员们全藏得好好的。可是，他却坐在这样一个令人望而生畏的宝座上。""全是瞎画的，"莱妮说，她把自己的脸伏在他手上，"其实他是坐在一张厨房里用的椅子上，屁股下垫着一条叠成双层的旧马毯。可是，你干吗总是闷闷不乐地惦记着你的案子呀！"她慢条斯理地问道。"不，我一点儿也没惦记我的案子，"K说，"相反，我考虑得可能太少了。""你的过错不在这里，"莱妮说，"你太倔强，这是我听说的。""谁告诉你的？"K问，他能感到她的身体贴近了自己的胸部，他朝下凝视着她那头浓密、乌黑、梳得整整齐齐的头发。"如果我告诉你，我付出的代价就太大了，"莱妮回答道，"请别问我他们叫什么名字，记住我的忠告就行啦，以后别再那么倔强，你斗不过法院，你应该认罪。一有机会就认罪吧。你不认罪，就不可能逃出他们的魔爪，谁都无能为力。当然，即使认了罪，如果没有外来援助，你也达不到目的。不过，你用不着为此煞费苦心了，我来想办法吧。""你很熟悉法院和法院里的种种阴谋诡计！"K说，他把她抱起来，让她坐到自己的膝盖上，因为她紧紧靠着他，他觉得太重。"这样更舒服。"她一面说，一面在他的膝盖上坐好，抚平裙子，拉直上衣。然后她伸出双手，搂住他的脖子，身体向后微仰，久久端详着他。

"如果我不认罪，你就不能帮助我吗？"K试探着问。我好像一直在找女人帮忙，他想道，几乎吃了一惊，先是布尔斯特纳小姐，后来是门房的妻子，现在是这个小看护。她看来对我怀有一种莫名其妙的欲望。她坐在我的膝盖上，好像这是她唯一该坐的地方！"不能，"莱妮慢慢摇着头说，"那我就无法帮助你。不过你一点儿也不想要我帮忙，你无所谓，你很傲慢，从来不听别人的话。"过了一会儿，她问道："你有女朋友吗？""没有。"K说。"嘿，不对，你有！"她说。"嗯，对，我有。"K说，"你瞧，我否认有女朋友，可是我兜里却明明揣着她的照片。"在她的恳求下，他把艾尔莎的照片拿给她看，她蜷缩在他膝上，久久凝视着照片。

这是一张快相，拍的是艾尔莎在跳粉面舞的最后一场，她常在酒吧间里跳这种舞。她的裙子在飘拂，犹如一把扇子，她把双手按在结实的臀部上，扬起下巴，对某个没拍进照片的人笑着。"她的衣服紧紧裹在身上，"莱妮一面说，一面指着她认为衣服绷得过紧的部位，"我不喜欢她，她太粗犷，太俗气。不过，她也许对你很温柔体贴，从照片上可以猜得出来。像她那样高大健壮的姑娘往往不由自主地对人温柔体贴。但是她能够为你而牺牲自己吗？""不能，"K说，"她既不温柔也不体贴，更不能为我而牺牲自己。到现在为止,我既没有要求她做到前者,也没有要求她做到后者。说实在的,我从来没有像你这样仔细端详过这张照片。""这么说来,她在你心目中的位置并不很重要,"莱妮说,"她根本不是你的女朋友。""噢,她是我的女朋友,"K反驳道,"我不想食言。""好吧,就算她是你的女朋友吧,"莱妮说,"不管怎么说,如果你一旦失去她,或者换一个女朋友,比如说换上我吧,你不会太想念她的,对不对?""当然对。"K笑着说,"这是可以理解的,不过她有一点比你强得多:她对我的案子一无所知,即使她知道了,也不会为此伤脑筋。她更不会设法让我变得随和点儿。""这并不是她比我强的地方,"莱妮说,"如果她比我强的地方就是这一点,那我还有希望。她有什么生理缺陷吗?""生理缺陷?"K问。"对,"莱妮说,"因为我有一个小小的生理缺陷,瞧。"她抬起右手,伸出当中两个手指,其间长着一层蹼状皮膜,一直连到指尖,皮膜和手指一样,很短。K在黑暗中一时没弄明白她想给他看什么,莱妮便抓过他的手,让他摸摸皮膜。"确实是只畸形的手!"K说,他仔细看了看整只手后又补充道,"但也确实是只美丽的小手!"莱妮颇为得意,她看着K不胜惊奇地把两个手指头掰开,然后又并拢,在放开它们之前还轻轻吻了一下。

"啊!"她立刻嚷道,"你吻了我!"她匆匆欠起身子,张大嘴巴跪在他的双膝上。K抬眼看着她,惊讶得几乎目瞪口呆,她此时紧紧地挨着他,身上散发出一种胡椒粉似的很有刺激性的气味,她一把搂过他的头,俯下身去,咬着和吻着他的脖子,一直咬到他的头发根。"你已经用我代替她了,"她一次又一次地大声说,"瞧,你毕竟用我来代替她了!"她双膝发软,有气无力地喊了一声,几乎倒在地毯上,K伸手想把她抱起来,结果却被她拽倒在地。"你现在属于我了。"她说。

"这是门钥匙,你什么时候想来都可以。"这是她讲的最后一句话。他向她告别时,她无目的地在他肩上亲了最后一下。他走出门,来到马路上,外面正下着小雨。他朝街心走去,希望能最后看一眼也许正站在窗旁的莱妮,但是他的叔叔突然从一辆停在房子前面的汽车里走了出来,心不在焉的K刚才没有发现这辆汽车。叔叔抓住他的双臂,把他朝门口推去,好像要把他钉在门上似的。"约瑟夫!"叔叔嚷道,"你怎么能这样!你的案子本来有了点儿眉目,现在又被你搞糟了。你偷偷和一个不要脸的小荡妇溜走了,一待就是几个钟头,何况她显然是律师的情妇。你连一个借口也不找,什么也不回避,便明目张胆地跑到她那儿去,待在她身边。我们三个人在这段时间里一直坐在那儿,一个是你的叔叔,正在为你尽力奔走的叔叔;一个是应该努力争取过来的律师;特别是还有法院书记官,一个目前正在审理你的案子的重要人物。我们三个人坐在那里商量怎么帮助你,我不得不小心翼翼地和律师打交道,律师又谨小慎微地和法院书记官打交道。我原想你起码该助我一臂之力,可是你却溜走了。你离开了这么长的时间,谁都瞒不住。当然,这两位先生老于世故,没提起你不在的事,他们要照顾我的情绪。最后,连他们也不能再无视事实了,只是因为此事不便提起,他们才一句话也没说。有好几分钟之久,我们坐在那儿静听着,希望你能回来,但一切都白搭了。法院书记官在这儿待的时间已经大大超过原定计划。最后他只好站起身来，道了夜安。他显然为我感到十分遗憾，因为他没能帮助我，他的热情确实是数一数二的。临走前，他在门口又等了一会儿。老实告诉你吧，他走后，我倒觉得宽心了，在那以前，我简直喘不过气来。身体欠佳的可怜的律师情况更糟，我和他告别时，这位好心人居然一句话也讲不出来。你很可能会促使他的身体完全垮掉，很可能会催他早日走进坟墓，而你却有赖于他的善意斡旋。你让我——你的叔叔——在雨中站了好几个钟头。我真为你发愁，你摸摸，我浑身都湿透了！"

第八章 律师—厂主—画家

　　一个冬天的上午，窗外下着雪，多雾，阴暗，K 坐在他的办公室里。时间还早，但他已经精疲力竭了。为了至少在下属面前保全面子，他指示自己的事务员不让任何人进来。借口说正忙着办一件要事。但他并没有工作，而是在椅子里扭动着身子，懒洋洋地整理好摊在办公桌上的东西，然后不由自主地伸出手，搁在办公桌上，低下头，一动也不动地坐着。
　　他现在一直在考虑着自己的案子。他经常想，也许写一份辩护书呈交法院会更好些。他将在辩护书中简述自己的生平，每说到一件大事就解释几句：当时为什么要那么做，现在他对那时的做法是赞同还是谴责，理由是什么。这种成文的辩护书与一位本身并非无懈可击的律师的口头辩护相比，优点很多，这是无疑的。K不知道律师正在为这件案子忙些什么，反正成果不大。一个多月以前，霍尔德派人来找过他，他和律师初步接触几次后，便留下了律师帮不成什么大忙的印象。

开始时，律师很少盘问他，尽管有许多问题值得问。提问肯定是重要的。K觉得自己也能提出所有必须提的问题来。可是律师却从不提问，不是瞎聊，便是默默地坐在K的对面。他微微朝自己的办公桌倾着身子，可能是听觉不灵敏的缘故。他捋着下巴中间的那撮胡子，凝视着地毯，大概正瞧着K和莱妮躺过的那块地方。他常常会给K提出一些毫无意义的劝告，就像人们对小孩儿提的劝告一样。这些告诫既没用处又令人厌烦，最后算账时K肯定不会为此付一文钱。律师认为已经把K足足奚落了一番后，通常又要说几句安慰话，稍稍给K鼓一下劲。他会声称，他已经打赢过很多类似的官司，有时全部赢，有时部分赢。虽然那些案子其实没有这个案子棘手，但是乍看起来更加没有打赢的希望。他办公桌的一个抽屉里——他拍拍其中的一个抽屉——有一份这些案子的单子，但他抱歉地说，单子不能拿给别人看，因为这是官方秘密。不过他在过问这些案子时所积累起来的丰富经验现在会对K有好处的。

他当然已经为K的案子出力了，第一份抗辩[①]书已基本就绪，准备向上呈交。第一份抗辩书很重要，因为辩护所造成的初次印象常常决定日后的整个诉讼过程。不幸的是——他觉得有责任提醒K——有时发生这样的事：法院根本不看前面的几份抗辩

[①] 被告提出特殊的或新的情况，使诉讼不能成立。——译者注

书。法官们把抗辩书往别的文牍里一塞，说什么：此时审察和审讯被告比看任何正式申诉书更为重要。如果申诉人坚持己见，他们往往补充一句：做出判决前会认真研究全部案卷的，当然包括与本案有关的各种文件，其中也有第一份抗辩书。可惜这样的事在许多案子的审理中不能完全做到，第一份抗辩书常常放错地方，甚至不翼而飞，即使幸存到最后，也很少有人看过。当然——律师承认——上面说的情况只是谣传而已。

这一切都很令人遗憾，但并非完全没有道理。K应该记得，诉讼过程是不公开的，如果法院认为必要的话，诉讼过程当然也可以公开，但是法律并未规定它们必须公开。当然，涉及本案的法院文件——首先是起诉书——是不能让被告及其辩护律师看见的，因此，人们一般不知道，或者至少不能确切了解，在第一次抗辩中应该反驳哪些指控。所以，只有在完全碰巧的情况下，抗辩书中才会包含具有实质性的内容。人们只有在了解到或在审讯过程中猜到指控及指控依循的证据后，才能递呈击中要害的、说服力强的抗辩书。在这种情况下，辩护律师面临的局面是棘手和繁难的。但他们执意这么做。因为法律不鼓励辩护，只是允许辩护，甚至在是否可以理解成法律允许辩护这一点上也有意见分歧。严格地说，法律不允许为被告辩护，作为辩护律师出庭的人事实上只被人们当作讼师而已，这给所有律师的脸上抹了黑。

K下次参观法院办公室的时候，得去看看律师办公室，这一辈子应该开开眼界。他大概会被聚集在那儿的人吓得魂不附体。那间办公室又小又挤，这说明法院根本不把律师放在眼里。室内只靠一个小天窗采光，天窗很高，你想看看外边，就得让某个同僚把你驮起来，但这时附近烟囱里冒出的浓烟会呛得你喘不过气来，并且把你的脸熏得污黑。再举一个例子，以说明这个地方到底是什么样子。一年多以前，地板上就有了一个洞，虽然没有大到能掉进一个人，但足够滑进一条腿去。律师办公室位于阁楼顶部，所以，如果你失足滑进洞里，你的腿就会穿过阁楼的地板，高悬在那些委托人等待接见的过道上方。如果律师们认为这种状况很丢脸，那么他们并非言过其实。他们向当局反映后，没有丝毫结果，而自费进行彻底修缮和改建则是严格禁止的。

当局采取这种做法是有所考虑的：他们打算取消辩护律师，最好一个也不剩，辩护的责任完全由被告自己担负。这种看法很有道理，但如果从这点出发得出结论说，被告在这个法院里出庭时不需要辩护律师，那就大错特错了。相反，这个法院比任何其他法院更需要律师在场，因为诉讼过程对公众和被告都是保密的，当然只能保密到一定程度，不过事实证明，保密的范围可以很广。因此，既然被告不能看到法院的文件，人们——尤其是被告，他们是当事人，有许多忧虑使他们分心——很难从一次审讯过程中猜出法院手中有哪些材料，于是便只好让辩护律师插手干预了。一般说来，辩护律师不能参与审讯，得在审讯后立即询问被告，可能的话，在预审法院的门口就询问，然后对他得到的大都是十分纷乱的材料进行整理，以便得到一点儿辩护时可能用得上的材料。但这也不是最重要的事情，因为通过这种方式并不能获取很多材料。当然这儿和别处一样，有本事的人可以比别人多摸到一些情况。最重要的事情是辩护律师与法官的个人关系，辩护律师的主要价值便在于此。

K现在大概已从亲身体验中发现，法院组织的底层并不是洁白无瑕的，其中有不少贪官污吏，使这个天衣无缝的司法系统出现了一个相当大的裂口。许多小律师采取行贿，或是搜集流言蜚语等方法，企图钻这个缺口的空子，文件失窃的情况实际上已经出现过，至少过去有过这种事。不可否认的是，上述办法可以暂时取得对被告有利的结果，律师们因此感到骄傲，并以此为诱饵，来招揽新的委托人。但是这些方法对案件的发展起不到作用，或者只能起坏作用。除了与地位较高的官员的令人羡慕的私人关系外，任何东西都没有真正价值，这儿说的地位较高的官员当然是指基层的地位较高的官员。只有借助这种关系，才能对诉讼过程施加影响。这种影响开始不易觉察，但随着案子的进展，将变得越来越显著。

　　当然有这类关系的律师为数甚少，K的选择可以说是很幸运的。也许只有其他一两位律师才能自夸他们有像霍尔德博士那样的关系。这些人不屑理睬坐在律师办公室里的那班蠢货，他们和那班平庸的律师没有任何来往，而和法官们的关系则十分密切。霍尔德博士甚至用不着法院开庭时每次必到，用不着在预审法官们的前厅中恭候接见，也用不着为了取得一个虚假的成功或者更无聊的结果而在他们面前低三下四。这些都用不着，K自己亲眼看见，法官们，其中不乏职位很高的法官，主动找到霍尔德门上来，心甘情愿、毫不隐瞒地向他提供情况，至少对他进行大胆暗示，和他议论各件案子下一步的转折，有时他们甚至会被他说服，接受他的一种新观点。他们也许很快就能被说服，但是对此可别指望过高，因为他们可能会爽快地接受一种有利于为被告辩护的新观点，但他们会立即回到办公室，做出完全相反的决定，给被告判以重刑，比他们已经表示要放弃的原判重得多。反对已经做出的判决当然是办不到的，因为他们私下里对你说的，只是私下里对你说说而已，不能在公开场合中照办，即使辩护律师以别的理由竭力博取了这些先生的支持也没用。

另一方面应该考虑到，这些先生来拜访辩护律师——他们当然只拜访经验丰富的律师——并非出于善意的考虑或友好的感情，在某种意义上说，他们事实上离不开辩护律师。他们都知道，这个从一开始就坚持要保密的司法体系弊病甚多。法官们深居简出，无法和公众接触。他们训练有素，足以处理一般案件，这类案件的审理过程几乎全是十分机械的，只需推一把就行；然而，如果案子过于简单，或者特别棘手，他们便往往一筹莫展。他们完全不能正确理解人与人之间的关系，因为他们白天也好，夜里也好，只接触司法体系的工作——而对人性的了解在处理这些案件时是必不可少的。因此，他们到律师那儿去的目的是求教，他们身边总跟着一个带着机密文件的仆人。许多人们料想不到能碰见的先生们会坐在律师家的窗前，绝望地看着外面的街道；而律师则坐在办公桌后面，研究他们的文件，以期帮他们出个好主意。只有在这种场合，人们才会发现，这些先生们是如何看重自己的职务，如何在遇到不可逾越的障碍时，陷入绝望。换句话说，他们的处境并不容易，如果认为他们的处境甚为容易的话，那就对他们太不公道了。在这个司法体系中，官员的级别层层上升，无边无际，甚至连内行也不知道这个等级制度的全貌。法院的诉讼程序一般对低级官员保密，因此连他们也很难知道，他们曾经为之工作过的案子下一步是如何进展的。他们常常不知道，进入他们的职权范围，由他们来审理的特殊案件来自何处，也不知道将要转呈到哪儿去。他们只了解案件的几个孤立阶段中的一些情况，这些官员们对终审判决及做出终审判决的理由均一无所知。他们被迫把自己束缚在法律规定他们过问的那个办案阶段内，而对于后来的情况——换句话说，对于自己办案的结果——的了解则往往不如辩护律师。辩护律师通常可以和被告保持接触，这种接触几乎可以一直保持到案子审理完毕。因此，从这方面来说，低级官员们可以从辩护律师那儿了解到许多值得了解的情况。

既然K对这些情况已经心中有数，那么，当他发现法官们脾气暴躁，对待被告态度蛮横时，就不会大惊小怪了。这是人人皆有的经验。法官们的脾气都很暴躁，无一例外，哪怕在他们表面上看来镇静自若的时候也是如此。小律师们尤其会为此而感到不愉快。举例来说，下面这个故事流传得很广，看来是完全属实的。一位心地善良、心平气和、年岁已高的法官，手头有一桩难办的案子，律师提出几份申诉书后，事情变得更复杂了。他已经琢磨了整整一天一夜——法官们确实认真得出乎任何人的预料。就这样，经过二十四小时几乎毫无成效的苦干，到了拂晓时分，他走到门口，躲在门后，把每一个想进来的律师都推下楼去。律师们聚在楼下，商量着对策。从一方面来说，他们确实没有什么权力可以进去，因此很难采取任何反对法官的法律行动，况且正像上面已经讲过的那样，他们总是尽量避免冒犯法官们。可是从另一方面说，他们少进法院一天就意味着损失了一天时间，因此，争取进去是很关键的一举。最后他们一致认为，把那位老先生拖累是上策。律师们依次奔上楼去，做出最有效的消极抵抗的姿势，听凭法官把他们推下楼，反正楼下的同事们会伸出手臂接住的。这种情况持续了差不多一个钟头后，那位老先生——他通宵未眠，确实已经精疲力竭了——渐感不支，便回自己的办公室了。楼下的律师们起先不相信，指派一个人上楼，躲在门后观察了一阵，确知屋里真的没人了，他们才进去。

据大家说，他们进去后连嘀咕一声也不敢，因为虽然那些不起眼的小律师在某种程度上也会贸然对法院里的情况做出自己的分析，但他们从来不敢提议或坚持改善司法制度。然而，几乎每个被告，即使是其中头脑很简单的人，从一开始起就显露出一种建议改革的热情，这是很有代表性的。但是，这种热情往往只是徒费时间和精力而已，这些时间和精力完全可以更有效地用到别的方面去。唯一理智的做法是使自己适应现存条件。即使可以在这儿或那儿做一些局部改进——但是这么想的人准是个疯子——由此得到的好处也只能对将来的被告有利，而提建议的人本身的利益反而会大受损害，因为他冒犯了报复心理极重的法官们。这种犯上的事情千万做不得！不管多么违背自己的意愿，你也应该委曲求全。你要懂得，这个庞大机构可以说正保持着一种微妙的平衡状态，如果有人想改变周围事物的排列次序，他就会冒摔跟头和彻底毁灭的危险，而这个机构则可依赖本身其他部分的补偿作用而恢复平衡，因为它的各部分是相互关联的。它一点儿也不会改变，相反，还很有可能变得更加僵硬、更加警惕、更加严酷、更加残忍。应该真正放手让律师们工作，不要干涉他们。指责是没有多少用处的,当指责别人的人自己也不十分明白为什么要做出这样的指责时更是这样。

不管怎么说,霍尔德博士指出,K对法院书记官的失礼已经给这桩案子带来了很大损害。这位有影响的人物的名字差不多可以从有可能为K帮忙的人的名单上划掉了。他现在故意不关心与K的案件有关的任何情况。法官们在很多方面很像小孩子,为了一点儿小事——不幸的是,K的行为不能列入小事之类——他们就会大动肝火,甚至连老朋友也不理睬,见了他们扭头就走,并且以各种想象得出来的方式和他们作对。可是后来,他们又会因为你开了一个小小的玩笑——你只是在万无一失的情况下才敢开这样的玩笑——而以最令人吃惊的方式,莫名其妙地捧腹大笑,接着便和你重归于好。总之,你想要摆布他们既难也不难,你和他们打交道,很难定下一个固定原则。你有时会感到吃惊,一个人在平凡的一生中,怎么可能积累起使自己能在这种职业中取得一些成绩所必需的全部知识。你有时当然会觉得面前一片漆黑——每个人都有这样的时刻——你以为自己一无所获,你觉得只有那些命中注定能打赢的官司才能得到好的结果——不管发生什么情况,不管有没有律师的帮助,那些官司准能打赢;而那些注定要打输的官司,则不管你怎么使劲,怎么费力,怎么醉心于一些虚假的小成功,也终归要打输。这当然只是一种精神状态,一种似乎什么都没把握的精神状态。你无法驳斥人家对你做出的下述指责:由于你的插手,某些案子出了岔子,如果你不干预的话,本来会进展得很顺利的。你失去自信,濒于绝望的边缘,这种时候,你只能处于这类精神状态。

这种情绪——这当然只能是一种情绪，别无其他——使律师们十分痛苦，特别是当他们正十分满意地使案子达到预定目的时，委托人却不让他过问案子了。这无疑是律师可能碰到的最坏的情况。不过，委托人解聘律师，不让他过问案件的事情从来没有过。被告一旦聘请律师后，无论发生什么事情也要和律师在一起。因为他既然已经请人来帮忙，又怎么能自己单干呢？因此，这种事情从来没有发生过，不过却发生过几次这样的情况：案情发生了转折，律师无法继续过问案子了。案子、被告和其他一切突然把律师甩开，这时，哪怕他和法官们的关系再好，也无济于事，因为连法官们也一无所知。案子已经发展到不许继续列席旁听的阶段，转到一些遥远的、常人进不去的法院里去审理，在那儿被告甚至无法找到律师。然后，哪天你回到家里，会在桌子上发现无数与本案有关的抗辩书，这些抗辩书是你苦思冥想、满怀希望写成的。抗辩书退还给你了，因为在审判的这个新阶段中，它们已不再作为有关材料被接受，而是成为一堆废纸了。但这并非意味着官司已经打输，完全不是，至少没有确切的证据可以表明这点，你只是再也不知道有关案子的任何事情了，以后也永远不会知道。幸运的是，这只是例外情况，K 的案子即使属于同一性质，也得很久以后才能达到这个阶段。在目前阶段，采取合法手段的机会还很多，K 可以相信，这些手段将得到最大限度的利用。

　　刚才已经讲过，第一份抗辩书还没有递交上去，不必太着急，和有关的法官们进行磋商是更为重要的事情，这点已经做了。坦率地说，只取得了部分成功。目前最好别透露细节，因为这有可能从坏的方面影响K，不是使他过于高兴，便是使他过于沮丧。可以肯定的是，有的法官讲得娓娓动听，也表示愿意帮忙；而另一些法官虽然说讲得不怎么好听，但并不拒绝合作。总的来说，结果是令人满意的，尽管不应从中得出最后结论，因为所有谈判在最初阶段都是这样进行的，人们只是在以后的发展过程中才能判断，这些谈判是否真有价值。不管怎样，迄今为止，没有任何一件事是失策的，要是法院书记官能既往不咎，被他们争取过来——为了达到这个目的，他们已经采取了一些行动——那么这个案子可以看作是一个——用外科医生的话来说——已经清理过的伤口，人们在等待下一步的进展时就用不着紧张了。

　　K的律师就这样不知疲倦地大谈一阵。K每次来见他，他就把上述内容重复一遍。每次总有进展，可到底是什么性质的进展他却不说。律师一直在为第一份抗辩书忙碌，可是总也完不成，然而等K下次来访时，这却成了一件好事，因为最后那几天很不适宜往上递抗辩书，而这种事是谁也无法预料的。如果K对律师的滔滔不绝的讲话感到厌倦了——这样的事发生过几次——而向他指出，即使把所有困难都考虑在内，案件的进展看来也实在太慢了，律师就反驳道，进展得一点儿也不慢。当然，如果K能及时到他这儿来，就会进展得更快一点儿。遗憾的是K没有这么做，这种疏忽给K造成了不利，况且并非只是暂时的不利。

　　打断这种谈话的莱妮是深受欢迎的，她总是利用K在场的当儿给律师端上茶来。她会站在K的椅子后面，好像是在看着律师贪婪地朝茶杯俯下身去，往杯里倒上茶水，呷上一口，其实她一直让K偷偷捏住她的手。一片寂静。律师在啜茶，K捏着莱妮的手，有时莱妮也壮起胆子摸摸他的头发。"你还站在这儿呀？"律师喝完茶后会问她。"我得把茶盘端走啊。"莱妮会这样回答。接着，K最后捏一下莱妮的手，律师则揩揩嘴巴，以新的精力重新开始向K发表宏论。

　　律师是想安慰K呢，还是想让K绝望？K说不上来，但他不久便断定，自己找错了辩护人，这已经是既成事实了。律师说的当然有可能完全符合事实，尽管他想夸大自己的重要性的企图十分明显，他很可能从未过问过一件在他看来像K的案子这么重要的案件。然而他喋喋不休地吹嘘自己和法官们的私人交情，这种做法实在令人起疑。谁能肯定，他利用这些关系仅仅是为了K的利益呢？律师从来不会忘记说，这些法官级别甚低，也就是说，他们听命于他人，各种案件中的某些转折很可能会对他们的晋升起着甚为重要的作用。他们有可能利用律师，使案子发生这类必然对被告不利的转折吗？或许他们并非一贯这么做，这不可能，有时他们可能会让律师略占上风，以此作为赏给他的劳务报酬，因为维护律师的声誉也是符合他们的利益的。但如果事情真的如此，他们到底想把K的案子归入哪一类呢？律师坚持认为，这个案子很棘手，因此也很重要，法院也从一开始就对它产生了强烈的兴趣。用不着多怀疑他们会做些什么，一条线索已经有了：直到现在第一份抗辩书还没有交上去，虽然案子已经拖延好几个月了。据律师说，诉讼过程仍然处于开始阶段，这些话显然是经过深思熟虑之后才说的，目的是哄哄被告，使他处于被动地位，以便最后用突然做出的判决来制服他；或者起码对他说，预审已结束，结果对他不利，本案已转交上级机构审理。

K亲自干预是绝对必要的。这个冬天的早晨，他觉得精疲力竭，无力摒除上述信念，他的脑子里翻腾着这些想法。他一度不把这个案子当作一码事，现在已经不能这样做了。如果世界上只有他一个人，他就会轻而易举地对整个事件一笑了之，虽然在那种情况下，这类事本身也不会发生。可是现在，把他拽到律师这儿来的是他叔叔，因此他得把家庭因素考虑在内。他的职位也并非完全与此案的进展无关了，因为他自己用一种无法解释的得意心情，在他的几个熟人面前欠考虑地提起了这件事。另外一些人也知道了，至于通过什么方式他并不清楚。他和布尔斯特纳小姐的关系也随着案子本身而波动——总之，他现在已经不能从接受审判和拒绝接受审判这两种可能性中进行选择了，因为他已置身于审判中，必须小心从事。他认为自己疲惫无力是个坏兆头。

但是，目前仍然不必过于紧张。他经过努力，已经在较短的时间内谋取到银行中的一个高级职务，他保持住了自己的位置，赢得了许多人的承认，如果他把在这方面奏效的才干用来处理这件案子，那肯定也会取得良好的结果。要是他想达到目的，首先必须彻底抛弃自己有可能犯罪的想法。他没有犯过罪。这次法律行动最多像一桩银行业务，K在经手类似业务时，总能使银行受益。当然，这次法律行动中潜伏着风险，必须予以排除。正确的策略是：避免只想到自己的不足之处，应该尽量看见自己的有利条件。从这个观点出发，做出把案子从霍尔德博士手中撤回的结论是不可避免的。而且越早越好，最好是当天晚上。在律师眼里看来，这是前所未闻的事，很可能是个侮辱，但是K不能忍受的是，他在本案中做出的努力竟可能被他的代理律师在办公室里采取的一些行动所抵消。一旦摆脱掉律师，抗辩书就可以立即递上去，他就可以天天去催法官，如果可能的话，还可以提请他们对本案予以特别重视。K永远也不会像其他人那样，把帽子塞在凳子下面，温顺地坐在顶层过道里恭候。K本人应该天天到法官们那儿去，或者请一个女人或派个其他人去，逼着法官们别再透过木格子窗监视过道，而是在办公桌后面坐下来，研究K的案卷。应该坚持不懈地采取这种策略，每样事情都要有组织、有检查。法院总算遇到一个知道应该怎样维护自身利益的被告了。

但是，尽管K相信他能设法做到这一切，草拟抗辩书的困难却似乎难以克服。不到一个星期之前，他曾想到草拟抗辩书时可能会有羞愧之感，可从来没想到拟稿过程中会有这么多困难。他还记得，有一天上午他正埋头工作时，忽然心血来潮，把手头的东西推向一边，拿起拍纸本，打算拟一个抗辩书的提纲，交给霍尔德博士，催上一催。但是，正好在这个时候，经理办公室的门打开了，副经理一面哈哈大笑，一面走进屋来。这对K来说，是个十分痛苦的时刻，尽管副经理肯定不是在笑他写抗辩书，因为副经理对这事一点儿也不知道。副经理是刚刚听到证券交易所里传出来的一个笑话，为了说明这个笑话的真正含义，需要画图表示，于是副经理便向K的办公桌俯下身去，从K手中拿过铅笔，在K准备起草抗辩书的那页拍纸本上，画出所需要的图。

今天K没有再感到羞愧，抗辩书非写不可。如果在办公室里没时间——这看来是十分可能的——那就得夜间在家里写。假如夜里的时间不够，就只好请假。怎么都行，但绝不能半途而废。谈业务也好,干任何别的事也好,半途而废都是最愚蠢的。毫无疑问,这是一项需要付出无休止的劳动的任务。不一定非得胆小怕事,顾虑重重的人才会相信,拟成这份抗辩书其实是完全不可能的。并非因为K懒惰或有意拖延——只有律师才会有这种弊病——而是因为他不知道自己为何受控,更不知道由此而引起的其他指控了。他只得回忆一生的经历,甚至最微不足道的行为和事件也得从各个角度讲清楚、分析透。这将是一项啰唆透顶的任务!

这种事情也许让一个处于生命的第二个童年时代、总得把每天的时间消磨掉的退休人员来做是甚为合适的。可是K现在需要把全部精力集中到工作上,他的每一个小时都排得满满的,一晃眼就会消逝,因为他仍在竭力往上爬,很快会成为副经理的对手。作为一个单身汉,晚上和夜间本来就嫌太短促,因为他需要享乐。可是他现在却不得不坐下来,完成这项任务!他再次浮想联翩,感到自己很可怜。得结束这种局面了!他不由自主地把手指按在按钮上:接待室的铃响了。他按铃的时候,看了一下表。十一点,他在胡思乱想中浪费了两个小时,这是一段很宝贵的时间。他当然比先前更加疲乏了,然而这段时间并没有完全白白浪费掉。他做出了几个月后可能会被证实是有价值的决定。侍者送来了几封信和两位已经等了很久的先生的名片。他们是银行的极为重要的主顾,根本就不应该让他们等这么久。他们为什么在这么一个不合适的时候来呢?可是,他们可能在门外会反问:勤奋的K为什么会听任自己的私事把一天中最好的时间糟蹋掉呢?K对已经过去的事情感到烦恼,但又不得不厌倦地等待着将要到来的事情,他站起身来,去接待第一个主顾。

这是一个性格开朗、身材矮小的男人,是一位K很熟悉的厂主。他对自己打扰了正在忙着干要事的K表示遗憾,而K则对自己让厂主等了这么久而向他道歉。但是K表示歉意的方式甚为呆板,语调中缺乏诚意,如果厂主不是专心致志于手头的业务,就一定能觉察到这点。厂主从几个口袋中掏出一大把写满统计数字的文件,摊在K面前,向K逐条解释,顺便纠正一些小错——他即使看得如此匆忙,也能发现这些错误。厂主向K提起大约一年前他和K做成的一桩相似的交易,漫不经心地提醒K说,当前另一家银行正在做出巨大牺牲,打算揽过这笔生意。最后他不说话了,焦急地等着K回答。开始时,K听得很仔细,这么重要的一项交易对K也产生了吸引力,可是不幸的是,没过多久K就不听他讲话了。厂主倒仍旧讲得兴致勃勃,K却只是不时点点头,最后K对此完全失去了兴趣,只是凝视着厂主低俯在文件上的光秃秃的脑袋。K心里自问,厂主什么时候才能明白自己的演说纯粹是白费唇舌。厂主住口不讲了,K一时以为厂主略作停顿是为了让他有机会声明,他现在的处境不适于谈业务。他遗憾地觉察到,厂主眼中露出专注的目光,脸上显出警觉的神色,似乎已经准备好自己的提议遭到拒绝,这意味着谈话要继续下去。于是K便像听到命令似的,低下头,使铅笔尖在那些文件上来回移动,偶尔也停笔沉思,凝视着某个数字。厂主怀疑K是在表格中挑错,那些数字可能并不可靠,或者在这项交易中不起决定作用,反正厂主伸出手,遮住这些数字,凑近K的脸,向他介绍这桩交易后面的总设想。"这很难。"K噘起嘴说,这些文件是他唯一必须了解的东西,现在被遮住了,他便无精打采地斜靠在椅子扶手上。

他稍稍抬起眼向上看了一下,经理室的门开了,副经理走了出来:只是一个模糊的身影,好像裹在一层薄纱中。K不想了解副经理出现的原因,只是记住了副经理的出现所产生的效果,K很高兴看到这种效果:原来,厂主一见副经理,便从椅子上跳起来,朝他跑去。K真希望厂主的速度能再增加十倍,因为他怕副经理会重新消失。他的担心是多余的:这两位先生见了面,握握手,然后一起走到K的办公桌前面来了。厂主指着K发牢骚,说他的建议没有受到襄理的足够重视。K当着副经理的面,再次低下头去研究文件。接着,两位先生倚在他的办公桌上,厂主千方百计地想说服副经理接受他的设想,而K却觉得,这两位大亨正在他头顶上高谈着有关他的事。他慢慢抬起头,壮着胆子向上看,打算弄明白他们到底在谈些什么。然后他从桌上随意拿起一份文件,平摊在自己的手掌上,慢慢举起手,自己也随着站起来,站得和他们一样高。他这么做并没有什么确定的目的,只是觉得,当他完成了这项艰巨任务——草拟那份能彻底开脱自己的抗辩书——以后,便应该这么做。

副经理把全部注意力都集中在谈话中,只是瞥了一眼文件,连上面写着什么也没看,因为凡是襄理认为重要的东西,他都认为是鸡毛蒜皮。他从K手里接过文件,对K说:"谢谢,我都知道了。"然后把文件轻轻放回桌上。K痛苦地看了他一眼,但副经理没有察觉,或者是,即使察觉了,也只是觉得好玩而已。副经理大笑了几次,还机智地反驳了厂主一次,显然使厂主很难堪,然后他又立即收回前言,最后他请厂主到他的私人办公室里去,一起把这桩交易谈妥。"这个提议很重要,"他对厂主说,"我完全同意。至于说襄理——"他即使提到襄理,也只是对着厂主说,"我深信,如果我们把它接过手来,他会感到如释重负的。这桩交易需要认真考虑,而他今天似乎忙得不可开交,另外,有几个人已经在前厅里等了他好几个钟头啦。"K还有足够的自制力,他转过脸去,故意不看副经理,只对厂主报以一个友好而专注的微笑,除此之外,他没有做出任何干预。他两手支在桌子上,身体微向前倾,像是一个毕恭毕敬的职员。他看着那两个人一边说话,一边收拾文件,走进经理室。厂主走到门口的时候,转过身来说,他还不想和K告别,因为一会儿要把谈话的结果告诉襄理,这是理所当然的,另外,他还有一桩小事要和K谈谈。

K终于独自待着了。他没有丝毫愿望再接见任何顾客。他恍恍惚惚地想道:外面等着的那些人以为他还在和厂主交谈呢,这真使人愉快,这样的话,任何人——甚至包括侍者在内——都不会来打扰他了。他走到窗前,坐在窗台上,伸出一只手扶着窗框,俯视着下面的广场。雪还在下着,天还没有放晴。

他就这样坐了好久,不知道到底是什么事情使自己心烦意乱,只是时时转过头去,不安地朝前厅方向看一眼。他似乎听到那边发出了一个声响,其实是幻觉,谁也没有进来,他又恢复了平静。他走到洗脸池边,用冷水擦把脸,清醒一下头脑,又回到窗前,坐在窗台上。他现在感到,决定为自己辩护这件事,比以前想象的要严肃得多。此案由于一直由律师负责,K实际上还没有真正操心过。他总是用某种超然的态度观察此案，没有直接与此案接触。他可以监视案子的进展，也可以完全游离于案子之外，这都随他高兴。现在则是另一码事了，他打算自己进行辩护，这样，他就完全受控于法院，至少目前如此。这种做法可能导致彻底宣判无罪的判决，但同时也可能，至少暂时可能使他卷入一个更严重的危险之中。假如他以前对此还有疑问的话，今天他看见副经理和厂主时的思想状态便足以使他信服了。他只是由于决定自己行使辩护权，便头脑发昏到这种地步！那以后会发生什么事呢？等待着他的是些什么样的日子呢？他能从重重困难中找到一条正确的道路吗？要进行彻底的辩护——任何其他形式的辩护都是白费时间——不就意味着他得抛弃其他所有活动吗？他有能力坚持到底吗？他在银行里怎么能过问自己的案子呢？这不只是拟一份抗辩书而已——写份抗辩书只要请几个星期假就可以了，尽管目前要求离开是十分冒险的——这还牵涉到审判的全过程，而审判到底会延续多久，现在不可能预言。这是一个突然出现的、使K的事业受阻的障碍！

　　目前难道是他为银行尽力的时候吗？他俯视着自己的办公桌。现在是接见顾客、与他们洽谈业务的时候吗？他的案子正在进展中，法官们正在阁楼上斟酌起诉书，在这种时候，他应该把全部注意力投入银行业务吗？看样子这是法院授意加在他身上的一种刑罚，一种来自案件并与案件有关的刑罚。当人们评价他在银行里的工作时，会不会考虑到他地位特殊而原谅他呢？不会的，永远也不会的，谁也不会这样做。银行里并不是完全不知道他的案子，虽然到底谁知情，知情程度如何，还不十分明白。不过，这个消息显然还没有传到副经理耳中，否则K准会觉察到，因为副经理会不顾同事关系和为人的准则，尽量用这件事大做文章。还有经理，他会怎么样？他当然对K很友好，一旦知道案子的事，还可能会在力所能及的范围内减轻K的工作负担；但是他的好意会受挫，因为K的日益衰落的声望已经无法与副经理的影响抗衡。副经理对经理的控制已经越来越紧，正利用经理有病这一点来为自己谋好处。既然这样，K还能指望什么呢？他转着这些念头，也许只会削弱自己的抵抗能力；然而，不抱幻想，尽可能对形势有一个清醒的认识，还是应该的。

他打开窗，没有任何特别的动机，只是不想回到办公桌前去。窗很不容易打开，他不得不用双手使劲推着窗档。一股雾气和烟尘随即通过窗口涌进来，室内充满一种淡淡的煤烟味。几片雪花也飘了进来。"一个可怕的冬天。"K身后传来厂主的声音，他和副经理谈完话后，神不知鬼不觉地进来了。K点点头，焦虑不安地看了一眼厂主的公文包：厂主准会从包里拿出所有的文件，向K介绍谈判的经过。但是厂主注视着K的双眼，只是拍了拍公文包，并没有打开。他对K说："你希望知道结果吗？最后达成的解决方法很合我的意。你们这个副经理挺讨人喜欢，不过跟他打交道也很危险。"他笑出声来，握住K的手，想让K也笑起来。然而，K现在正疑心厂主不愿意让他看文件，因此觉得没什么可笑的。"K先生，"厂主说，"你今天不舒服吧，你看起来精神不好。""是的，"K说，他用手按住眉头，"头痛，家里有点儿事。""噢，是这么回事，"厂主说，他是个急性子，从来也不会安安静静地听人讲完，"我们都有自己的烦恼事。"

K不由自主地朝门口走了一步,好像是送厂主出去,可是厂主却说:"K先生,还有另外一件小事,我想跟你谈一谈。我怕现在用这事来打扰你不合适,好像不是时候,可是我前两次上这儿来时,把这事给忘了。如果我再不提,这事就要彻底失去它的意义了。这会很可惜的,因为我提供的消息也许对你会有真正的价值。"K还没有来得及回答,厂主就已走到他面前,伸出一个指头,敲敲他的胸口,低声对他说:"你牵涉到一件案子里去了,是吗?"K朝后退了一步,大声说道:"准是副经理告诉你的。""根本不是,"厂主说,"副经理怎么会知道呢?""那你是怎么知道的?"K镇静下来问道。"我经常搜集有关法院的消息,"厂主说,"我要对你讲的事也是这么知道的。"

"看来和法院有联系的人真是不少啊!"K低下头说,他把厂主带回办公桌跟前。他们像先前那样坐好,厂主开口说:"遗憾的是,我不能向你提供很多情况。在这种事情里,应该尽量多想办法。我有强烈的愿望要帮助你,尽管我的能力很有限。到今天为止,我们在业务上一直是好朋友,对不对?既然这样,我就该帮助你。"K想为上午的做法表示歉意,可是厂主不想听K道歉,他把皮包紧紧夹在腋下,表明他急着要走。他接着说:"我是从一个叫蒂托雷里的人那儿听说你的案子的。他是画家,蒂托雷里是他的笔名,我根本不知道他的真名叫什么。他常常到我的办公室里来,几年来已经成了习惯。他给我带几幅小画,我给他一些钱,类似于施舍——他简直像个要饭的。那些画倒并不差,画的是荒野、丛林等。这种交易进行得甚为顺利,我们已经习惯了。可是有一段时间,我觉得他来得太频繁了,我把自己的想法告诉了他,我们开始交谈起来。我感到好奇的是,他怎么能完全靠卖画谋生,我吃惊地发现,他其实是靠给人家画肖像来维持生活的。他说,他在给法院里的法官们画像。我问他,为哪个法院。他便给我讲了关于这个法院的事。根据你的经验,你很容易想象得出,我听了他讲的话后感到多么吃惊。从那以后,他每次来的时候,都给我带来一些法院里的最新消息。久而久之,我对法院内部的事情有了相当深刻的认识。当然,蒂托雷里说话太随便,我常常得让他闭上嘴,这并不只是因为他爱说谎,主要是因为像我这样一个实业家,本身就有很多头痛的事,不想再为其他人多费脑子了。"

"这些只不过附带说说而已。也许,我心想,蒂托雷里可能会对你有用的,他认识很多法官,虽然他本人没有多大影响,但他至少可以告诉你怎样跟有影响的人物挂上钩。另外,即使你无法把他当作一个预言家,但我觉得,他提供的消息一旦到了你手里,将会十分重要。因为你和律师一样精明。我常常说:襄理差不多就是位律师。噢,我用不着为你的案子操心多虑。好吧,你愿意去看看蒂托雷里吗?有我的介绍,他肯定会尽力为你效劳的,我确实认为你应该去一趟。当然不必今天就去,以后找个时间去,任何时间去都行。请允许我补充一句:别因为我建议你去,你就觉得非去不可,千万别这样。如果你认为不用去找蒂托雷里照样能行,那当然最好别让他跟这件案子有丝毫瓜葛。你自己大概已拟定了一个详细计划,蒂托雷里一介入,很可能会打乱这个计划的。如果是这样的话,你还不如不去找他。去向这么一个家伙求教,准会使人感到丢脸。不管怎么说,你爱怎么干就怎么干吧。这是我的介绍信，这是地址。"

K接过信，塞进口袋里，精神很颓丧。即使一切十分顺利，这封介绍信能给他带来的好处也会被下面这个事实所包含的坏处所抵消：厂主知道审判他的事，画家正在宣扬这个消息。他很难说出一句感谢厂主的话来，厂主已经在往外走了。"我会去看画家的，"K在门口与厂主握手告别时说道，"或者写封信让他到这儿来，因为我很忙。""我早就知道，"厂主说，"你能找到一个最好的解决办法。不过，我得坦白告诉你，我认为你最好避免在银行里会见像蒂托雷里这样的人，避免在这里和他讨论你的案子。另外，和这种人通信也不大合适。当然我相信你已经慎重考虑过了，你知道该怎么办。"K点点头，陪厂主穿过会客室，又送了他一段路。K表面上镇静自如，内心则因自己这么欠考虑而感到害怕。他说要给蒂托雷里写信，只不过向厂主表明，他珍视厂主的介绍，打算尽快和画家联系。可是从他自己这方面来说，只有当他认为画家的帮助确实非常重要，他才会打消顾虑，给画家写信。但他居然还需要厂主来告诉他，采取这类行动潜伏着那些危险。难道他已经如此丧失自己的判断能力了吗？如果他想公开请这个品行可疑的人到银行里来，在和副经理只有一门之隔的地方，与这个人商谈自己的案子，那他就有可能——完全有可能——忽略了其他危险，或者会陷入危险而仍不知道。难道不是这样吗？他身边并非总有人告诫他。在他想集中精力考虑案子的时候，却开始怀疑起自己的警觉能力来了！他在办公时遇到的困难也会影响这件案子吗？总而言之，他不明白自己怎么会想到给蒂托雷里写信，还请那家伙到银行里来。

他思索着这些事，不住地摇着头，侍者走到他跟前，指着坐在会客室长凳上的三位先生。他们要见K，已经等了好久啦。他们看见侍者走到K身边，便匆忙站起来，每个人都争取先引起K的注意。既然银行职员毫不在乎地让他们在会客室里浪费时间，他们便认为自己也可以不必拘泥礼节。"K先生。"其中一个人开了口，然而K已经派人去取大衣了。在侍者帮他穿大衣的时候，他对这三位先生说："请原谅，先生们，十分遗憾，我现在没有时间和你们商谈，很抱歉。我有要事，必须出去，马上就得离开银行。你们自己也看到了，最后那位客人占了我多少时间。你们可以明天或其他日子再来吗？或者，咱们也许可以在电话里商量吧？你们也可以现在用三言两语把事情简单说说，然后我给你们一个详细的书面答复，行不行？当然，更好的办法是你们另约一个时间。"那三位先生已经白白浪费了这么多时间，听见这些建议后，惊愕得面面相觑，一句话也说不出来。"就这么办吧，好吗？"他转向侍者，侍者已经给他拿来了帽子。办公室的门开着，他看见门外雪越下越大了。于是，他竖起大衣领子，把扣子一直扣到脖子上。

正在这时，副经理从旁边的办公室里走出来，他微笑着看了一眼穿着大衣和顾客讲话的K，问道："你要出去吗？K先生？""是的，"K说，他挺直了身子，"我得出去办点儿事。"副经理已经朝那三个顾客转过身去了。"这些先生怎么办？"他问道，"我相信他们已经在这里等了很久啦。""我们已经讲妥怎么办了。"K说。可是这几位顾客现在可不那么好说话了，他们围在K身边，抱怨说：他们之所以等了几个钟头，是因为他们的事情十分重要，而且很紧急，需要在没有旁人在场的情况下，立即进行详细讨论。副经理一边听他们说，一边观察着K。K拿着帽子站在那儿，痉挛似的弹着帽子上的灰。副经理说："先生们，有一个很简单的解决方法。如果你们同意的话，我很高兴代替襄理，为你们效劳。你们的事当然应该马上商议。我们和你们一样，都是搞实务的人，我们知道，对一位实业家来说，时间是多么可贵。劳驾，你们愿意跟我走吗？"他打开了通往他的办公室会客厅的门。

副经理闯进K被迫抛弃的领地，干得多巧妙啊！可是，K是不是绝对有必要抛弃这些领地呢？他如果怀着最渺茫——他不得不承认这点——最微弱的希望，跑去找一个素昧平生的画家，他在银行中的声望肯定会受到无可挽回的损害。或许，他应该脱掉大衣，至少满足那两个还在等着副经理接见的顾客的要求，这样对他来讲要好得多。K完全可以试着这么做，可是K正好在这时发现副经理在K的办公室中乱翻K的文件，好像这些文件是属于他的。K局促不安地走到办公室门口。副经理高声说道："噢，你还没走啊。"他朝K转过脸来——脸上一条条深陷的皱纹似乎是权力的象征，而不是岁数的象征——随后立即继续翻寻。我在找一份协议书的副本，"他说，"商行代理人说，副本应该是在你的文件堆里。你能帮我找找吗？"K向前迈了一步，但是副经理说："谢谢，我已经找到了。"他拿着一大沓文件，回自己的办公室去了，其中不仅有那份协议书的副本，显然还有许多其他文件。

"我现在还不能和他平起平坐，"K自言自语道，"但是，等我的个人困难一解决,他将第一个知道我是不好惹的,我得让他吃点儿苦头。"想到这一点,K稍微得到了一些安慰。侍者开着过道的门,已经等了很长时间。K让侍者在合适的时候跟经理打个招呼,就说他有事出去了,接着他离开了银行。他想到终于可以完全为自己的案子奔走一段时间了,心里很愉快。

他按地址径直开车来到画家住的地方,这是郊区,正好位于法院办公室所在的那个郊区的相反方向。这个地区更为贫穷,房子更加陈旧,满街的污泥和融化了的雪混在一起,缓缓流动。画家住的那座公寓的大门是两扇对开式的,其中一扇门开着,另一扇门的下面有一块长条砖,紧贴着地面,砖块上有一个缺口。K走上前去,发现一股直冒热气、令人作呕的黄色液体正从缺口中流出来,几只耗子随着液体跑出来,并立即钻进附近的水沟里。台阶下趴着一个小孩,正在大哭大叫,但是人们很难听见他的叫声,因为大门的另一侧有一家白铁铺,里面发出震耳欲聋的响声。白铁铺的门开着,三个学徒围成半圆形,站在一件东西周围。他们抡起锤子,正往那上面锤打着。墙上挂着一大块白铁片,白铁片上发出的苍白闪光映照着两个学徒当中的那个空间,映亮了他们的面孔和围裙。K对这些只是匆匆扫了一眼,他想尽快找到画家,向画家提几个试探性的问题,然后马上回银行。如果他这次拜访成功,将对他在今天剩下的时间内在银行里的工作有好处。

他走进公寓,刚上四楼就快喘不过气了,于是不得不放慢脚步。梯级和楼层都高得不成比例,而画家据说住在顶层的一个阁楼里。这儿空气令人窒息,楼梯很窄,没有通风口,两边夹着光秃秃的墙,隔老长一段距离才有一个开在高处的小窗子。K停下来喘口气的当儿,几个小姑娘从一套房间中跑出来,笑着抢在K前面,朝楼上奔去。K慢吞吞地跟在她们后面,和其中的一个小姑娘同行。这个女孩子准是绊了一脚,所以才掉了队。K和她一起上楼梯,他问她:"有个名叫蒂托雷里的画家是住在这儿吗?"女孩子有点儿驼背,看上去不满十三岁,她用胳膊肘捅了他一下,会意地瞧着他。她虽然年纪很小,身体畸形,但已经过早地变得淫荡了。她不笑,而是用她那双精明、大胆的眼睛,目不转睛地看着K。K假装没有注意她的神情,只是问道:"你认识画家蒂托雷里吗?"她点点头,然后反问道:"你找他干什么?"K觉得这是一个好机会,可以多了解一点儿关于蒂托雷里的情况,反正现在还有时间。

"我想请他给我画像。"他说。"给你画像?"她重复了一遍,嘴张得大大的,接着拍了K一下,好像他讲的话是完全出乎人们意料之外的,或者是愚蠢可笑的。然后,她用双手提起短裙,跑了几步,赶上了其他姑娘。她们的喧闹声在远处消失了。然而,在楼梯的下一个转弯处,K却又置身于她们中间了。那个驼背姑娘显然已经把K到这儿来的目的告诉其他姑娘了,所以她们在这儿等着他。她们依次站在楼梯两侧,紧贴着墙,给K留出一条道,好让他通过,与此同时,她们用手抚平身上的裙子。她们的脸上露出天真幼稚和老于世故相结合的表情,难怪她们能想出让K从人墙中穿过的主意。姑娘们现在紧跟在K后面,爆发出一阵阵哄笑声,驼背姑娘走在最前面,给K领路。多亏她,K才一下子便找对了门。他本来打算沿着楼梯一直往上走,但她指指旁边的一道小楼梯说,那道楼梯才是通向蒂托雷里的房间的。那道楼梯窄长笔直,一眼就能看出它的长度,楼梯尽头就是蒂托雷里的房门。整个楼梯光线暗淡,这扇门相形之下倒比较亮。门的上方有一个扇形楣窗,光线从那儿透进来,把门照得很亮。门没有刷过漆,上面歪歪扭扭地写着蒂托雷里的名字,是用画笔蘸上红颜料写的。K和跟在他后面的这些女孩子刚走到楼梯的中段,他们的脚步声显然把上面的某人吵得不耐烦了。门开了一条缝,一个好像只穿着睡衣的男人出现在门口。"啊!"他看见来了一群人,喊了一声,很快消失了。驼背丫头高兴得直拍手,其他姑娘则围在K身后,催他赶快上去。

他们还在继续朝楼梯顶部前进的时候,画家已经把门打开了,他深深鞠了一躬,请K进去。至于姑娘们,不管她们如何苦苦哀求,也不管她们得不到允许时又如何硬要进屋,他把她们全撑走,一个也不让进。只有驼背丫头一个人从他伸开的手臂底下钻了过去,他立即追上去,揪住她的裙子,把她举过头顶转了一圈,然后把她放到门口,使她回到其他女孩子中间去。他后来虽然离开了门口,姑娘们却仍旧不敢跨过门槛。K不知道这是怎么回事,因为看来他们关系非常好。门外的女孩子们一个个伸直脖子,高声嚷嚷,和画家打趣,K听不懂她们说的是什么。画家也在哈哈大笑,他差不多是把驼背姑娘从空中抛出去的。然后他关上门,又对K鞠了一躬,伸出手,自我介绍说:"我是画家蒂托雷里。"姑娘们在门外叽叽喳喳,K指着门说:"你在这里看来很受欢迎。""噢,这班小鬼!"画家说,他打算把睡衣的纽扣一直扣到脖子上,但是没有成功。他光着脚,除了睡衣外,只穿了一条黄亚麻宽腿裤,裤腰上束着一根长裤带,带梢在来回摆动。"这班小鬼真讨厌。"他接着说。画家不再在睡衣上浪费时间了,因为最上边的那粒扣子刚才掉了。他拿过一把椅子,请 K 坐下。

"我曾经给她们当中的一个画过像——那个姑娘你今天没有看见——打那以后,她们便老来折磨我。我在屋里的时候,只有在我同意的情况下,她们才能进来;但是当我出门的时候,她们中起码有一个人准会溜进屋里来。她们配了一把能打开我房门的钥匙,互相转借。你很难想象,这有多么讨厌。比如说,我带一位年轻女士到家里来画像,我掏出钥匙,打开房门后,忽然发现驼背丫头坐在写字台旁边,正用我的画笔把她的嘴唇涂红,而那些归她照看的小妹妹正在屋里东奔西跑,把屋子的每个角落都弄得乱糟糟的。昨天晚上还发生了这样的事:我很晚才回家——正是因为这个缘故,我现在衣冠不整,屋里也一塌糊涂,请你原谅——接着说吧,我回家的时候,已经很晚了,正要上床时,忽然有什么东西拽住了我的腿,我看看床底,拉出来一个讨厌的小姑娘。她们干吗要这样,我不知道,你大概自己也已经发现,我并不鼓励她们这样做,另外,这当然也妨碍我画画。如果不是因为我住的这个画室用不着付房租,我早就离开这儿了。"正好在这时,门外传来了一个细微的声音,一个姑娘用半是焦急、半是撒娇的语气说:"蒂托雷里,我们现在可以进来了吗?""不行。"画家回答道。"我也不能进来吗?"那个声音又问道。"你也不行。"画家说,他走到门口,把门锁上了。

与此同时,K 打量了一下屋子,他永远也不会相信,有谁会把这个肮脏狭小的窝棚叫作画室。你朝任何一个方向也不能迈出两步。整个房间，包括地板、墙壁和天花板，是由一个没有刷漆的木板拼凑而成的大盒子，木板之间有明显的裂缝。K对面的那堵墙边摆着一张床，上面堆着几条各种颜色的毯子。房间正中是一个画架，上面有块画布，画布上盖着一件衬衫，袖管耷拉在地板上。K的身后是窗子，窗外浓雾弥漫，只能看见隔壁的屋顶上覆盖着积雪，再远点儿就什么也看不见了。

钥匙在锁孔里转动的声音提醒K，他原先不打算在此久待。于是他从口袋里掏出厂主的信，交给画家，说道："我是从这位先生嘴里听说你的，他是你的熟人，他建议我到这儿来。"画家匆匆看完信，把它扔到床上。如果厂主事先没有讲明，他的这个熟人蒂托雷里是个靠他施舍过活的穷光蛋，那么人们现在可能会认为，蒂托雷里根本不认识厂主，或者至少已经把他忘了。后来画家居然问道："你是来买画的，还是来画像的？"K诧异地看着他。信里写着什么呢？K理所当然地认为，厂主准是告诉蒂托雷里说，K到这里来没有别的目的，只想打听有关案子的事。他匆匆赶到画家这里来，看来未免太鲁莽、太轻率了。当然，他应该做出一个多少都切题的回答，所以他看了一眼画架说："你正在画画吗？""是的，"蒂托雷里说，他从画架上扯下衬衫，把它扔到床上，就扔在那封信旁边，"是一幅肖像。挺不错，不过还没有完工。"K看来运气不错，一下子便遇上了提起法院的机会，因为画上画的显然是一位法官。它和律师办公室里挂的那幅画惊人的相像。当然，这幅画上面的法官完全是另外一个人，此人身材矮胖，长着浓密乌黑的络腮胡子；再者，那幅是油画，这幅则是用彩色粉笔轻描淡写地勾勒出来的。不过，其他方面则很相似，因为这幅画里的法官也是一副气势汹汹的样子，他坐在高脚椅子上，两只手紧紧按着扶手，好像要站起来。

"这大概是位法官吧。"K刚想说出口来，忽然住了嘴，走到画跟前，似乎要仔细研究一番。他不知道，占据着画面中心部分的那个站在高脚椅子后面的高个子是谁，于是他就问画家那是什么人。"还有几个细节没画完。"画家回答说。他从桌上拿起一支粉笔，在那人的轮廓上又添了几笔，但是K仍然认不出来。"这是司法女神。"画家最后说。"现在我认出来了，"K说，"她眼睛上蒙着布，这边是天平。可是，她的脚后跟上不是长着翅膀吗？她不是在飞吗？""是的，"画家说，"我得到指示，要画成这个样子，实际上这是司法女神和胜利女神的结合体。""这种结合肯定不是很好，"K笑着说，"司法女神应该站稳双脚，否则天平就要摇晃，做出的判决就不可能公正。""我得按顾客的指示办事。"画家说。"当然。"K说，他并不想多提意见得罪人，"你把这个人物画成好像站在高脚椅子上方似的。""不对，"画家说，"我既没看见任何人，也没看见高脚椅子，全是想象出来的。人家告诉我该怎么画，我就怎么画。""你这是什么意思？"K故意装出不懂的样子，"那么，坐在法椅上的这个人肯定是一位法官吧？""对，"画家说，"但他不是高级法官，一辈子没有在这种椅子上坐过。""然而他被画成这种威风凛凛的模样了，对不对？这是为什么？他坐在这儿，俨然是位法院院长。""不错，这些先生们虚荣心很强，"画家说，"但他们的上司允许把他们画成这种模样。他们每个人都得到过确切的指示，知道自己的肖像应该怎么画。遗憾的是，你不能对服饰和座椅的细节做一番评价，用彩色粉笔画这种画确实不合适。""对，"K 说，"真奇怪，你怎么用起粉笔来了？""因为我的顾客愿意用粉笔，"画家说，"他想把这幅画送给一位女士。"

他看着这幅画，似乎激发出了作画的热情，便挽起衬衫袖子，随手拿起几支粉笔画了起来。K 看着粉笔轻轻画下的线条使法官头部周围逐渐出现了一个略带红色的环圈，环圈越变越细，到了画面边缘竟成了一束束细长的光线。这个红色的环圈像是光环，也像是表示法官地位显赫的晕圈。但是司法女神的轮廓仍然不明显，周围只有一道几乎无法觉察的影子。由于轮廓浅淡，司法女神似乎跃到了画面的前方，看起来已不再像司法女神了，甚至也不像胜利女神了，倒像是正在追逐猎物的狩猎女神。

画家的动作使 K 不觉入了神。后来他开始责怪自己待了这么久，居然连正事还没有触及。"这位法官叫什么名字？"他突然发问。"我不能告诉你。"画家回答道，他朝画像倾过身去，故意冷落这位他刚才还十分尊重的客人。K 认为这是画家脾气古怪的缘故，他为自己的时间就这么被糟蹋掉而感到恼火。"我想，你很受法院的信任吧？"他问。画家立刻放下粉笔，挺直身子，搓搓手，笑眯眯地看着 K。"你说实话吧！"他说，"你想了解有关法院的一些事，介绍信里是这么写的。我可以说，你先和我谈起我的画，只是为了赢得我的好感。我并不认为这是坏事，不过，你也许不知道，这不是跟我打交道的好办法。嗨，请你别辩解！"K 想找些借口，却被他一下子堵住了嘴。他接着说："另外，你说得很对，我很受法院的信任。"他停顿了片刻，好像想给 K 一点儿时间，用来回味他讲的这些话。现在他们又能听见姑娘们在门外发出的声音了。她们好像正聚集在钥匙空附近,也许她们能透过门缝看清屋内发生的事。K抛弃了一切为自己辩解的念头,因为他不想让谈话离题,也不想使画家自以为有多么了不起,以至使人无法接近。

于是他问道:"你的职务是正式任命的吗?""不是。"画家草草回答道,这个问题好像打断了他的思路。K急于让他讲下去,便说道:"噢,这种不被人承认的职务往往比正式职务更有影响力。""我的情况正是这样,"画家皱起眉峰,点点头说,"厂主昨天跟我谈起了你的案子,他问我是不是可以助你一臂之力,我对他说:'让那人抽个时间到我这里来一趟。'我很高兴看到你这么快就来了。看来你很关心这件案子,这当然一点也不奇怪。你想把大衣脱掉一会儿吗?"尽管K不想在这儿久待,但这个建议同样受到了他的欢迎,因为他已经开始感到屋里空气闷热了。他有几次惊奇地看见,屋角里有一个小铁炉,虽然似乎没有点火,屋子里却热得令人难以忍受。他脱掉大衣,解开上衣扣子。画家抱歉地说:"我需要暖和点儿。这儿顶暖和,对不对?我在这里感到很舒服。"K听了这话,一声不吭,使他感到不自在的不是热,而是那种沉默壅塞、令人窒息的气氛,屋里准是好久没有流进新鲜空气了。当画家请他坐到床上去的时候,他感到更不好受了。画家坐在画架边的一把椅子上,屋里只有这么一把椅子。蒂托雷里看来也不理解K为什么只是坐在床沿上,他请K坐得舒服点儿,并把满心不情愿的K推到毯子、床单和枕头中间。然后他重新坐到自己的椅子上,向K提出第一个严肃的问题,使K忘记了其他所有事情。

"你是清白无辜的吗?"他问道。"是的。"K说。他回答了这个问题,感到十分愉快,尤其是因为他只和画家一个人在谈话,用不着顾忌后果。任何其他人也没有这么坦率地问过他。为了使自己更加愉快,他又补充了一句:"我是完全清白无辜的。""我明白了。"画家说,他低着头,好像在思索。突然,他扬起头说:"如果你清白无辜,那事情就很简单。"K的眼睛暗淡了:这个自称受到法院信任的人讲起话来竟像一个无知的孩子。"我清白无辜,并不能使事情变得简单些,"K说,他忍不住笑了一下,然后慢悠悠地摇着头,"法院里有数不清的阴谋诡计,我不得不与之进行斗争。他们到后来会无中生有,给你编造出一大堆罪状来。""对,对,当然。"画家说,好像K根本没有必要打断他的思路,"不过,你反正是清白无辜的,是不是?""当然,这用不着问。"K说。"这是最主要的。"画家说。他没有被K所说服,虽然他讲得斩钉截铁,但K仍然不明白,他说这话到底是出于真的相信还是权作敷衍。K为了弄清这一点,于是便说道:"你对法院的了解要比我深刻得多,这是肯定的,我只是从三教九流那儿听说一点儿关于法院的情况,别的事我知道的很少。他们倒是一致认为,起诉不是轻率做出的,法院一旦对某人起诉,就认定被告有罪,要使法院改变这种信念简直难上加难。""难上加难?"画家说,他的一只手在空中挥舞,"是永远不会改变这种信念。如果我把所有法官都画在一幅画布上,你站在这张画布前就本案进行申诉,成功的希望也会比在真的法院里要大一些。""我知道。"K自言自语道,他忘了他只是想让画家吐露情况。

门外又传来一个姑娘的声音:"蒂托雷里,他一会儿就走吗?""别闹,乖点儿!"画家转过头来嚷道,"你们不知道我正跟这位先生讲话吗?"可是姑娘并不罢休,又问道:"你要给他画像吗?"画家没有回答,她继续说下去:"请你别给他画像,他太难看了。"其他姑娘叽叽喳喳一阵,表示赞同。画家一步蹦到门口,开了一条缝——K看见了姑娘们伸出的一双双交叉紧握着的、苦苦哀求的手——对她们说:"你们再不住口,我就把你们全推到楼下去。乖乖地坐在楼梯上。安静点儿。"她们看来没有立即服从,因为画家又怒吼道:"坐下,坐在楼梯上!"接着便是一片寂静。

"请原谅。"画家重新回到K的身边,对K说。K没有心思朝门口看,他让画家自己决定,有没有必要,以及采取什么方式来保护他。画家朝他俯下身来,在他耳旁低声说话,即使在这时,K也几乎一动也不动。画家的声音压得很低,这样门外的姑娘们就听不见了:"这些姑娘们也是属于法院的。""什么?"K嚷道,他转过头,注视着画家。可是蒂托雷里又坐到椅子上,半开玩笑地解释道:"你要知道,一切都是属于法院的。""我以前不知道这一点。"K简短地说了一句,画家的这句总的声明使刚才说的"姑娘们属于法院"那句话不再令人不安了。不过K在随后的一段时间内仍然坐在那儿注视着房门。门外的女孩子们现在正安分守己地坐在楼梯上,一个姑娘从门缝里塞进一根麦秆来,慢慢地上下移动。

"看来你对于法院的全貌还不了解,"画家说,他朝前伸开两条腿,用脚跟敲着地板,"不过,既然你清白无辜,那就没有必要了解法院的全貌。我一个人就能让你解脱。""你怎么能办到这点呢?"K问,"因为几分钟前你还对我说过,法院根本不理会证词。""法院只是不理会当面陈述的证词,"画家说,他跷起一个指头,对K居然不懂其中的微妙区别表示吃惊。"但如果在幕后活动,情况就迥然不同了。幕后指的是在审议室和休息室里,或者,举个具体例子来说吧,就在这间画室里。"

K完全相信画家现在讲的话,因为这和他从别人那儿听说的基本一致。在高级法官那儿,这样做确实是有希望的。如果像律师说的那样,法官很容易受私人关系的影响,那么画家和这些虚荣心很重的官员们的关系就显得特别重要了,在任何情况下都不能低估。K已在自己周围物色了一批可以帮助自己的人,画家和法官的关系将使他成为其中最突出的一位。K的组织能力一度是银行的骄傲,现在,这些人完全由他负责物色,这就使他得到了充分证实自己的组织能力的机会。

蒂托雷里观察着他的话会在K身上产生什么效果,然后略带不安地说:"你也许很奇怪,为什么我讲起话来像个法学家?我一贯和法院里的先生们合作,所以变成了这样。我从中得到了很多好处,这是理所当然的,但是我也失去了许多作为一个艺术家应有的热忱。""你当初是怎么和法官们拉上关系的呢?"K问,他想先取得画家的信任,然后再把画家列入那个可以帮助他的人的名单中。"这很简单,"画家说,"我继承了这种关系,我父亲是法院的前任画家。这是一个世袭的职位,不能录用新人。给各种不同级别的官员画画，需要掌握许多复杂、全面、不能外传的规则，这些规则只能让几户人家知道。比如说，那边那个抽屉里保存着我父亲画的所有画，我从来没有给任何人看过。只有研究过这些画的人，才有能力为法官们画像。不过，即使我把这些画丢了也没关系，我脑子里记住的规则已经多得足以保证我的位子不会被新来的人抢去。因为每个法官都坚持要把自己画得与以前的那些大法官一模一样，除了我以外，谁也做不到这一点。""你的职位实在令人羡慕，"K说，他想到了自己在银行里的职位，"这么说来，你的位置是别人抢不走的喽？""对，别人抢不走，"画家得意扬扬地扭了扭肩膀，回答道，"也正是由于这个原因，我才敢经常帮助一些可怜虫打官司。""你用什么方式进行帮助呢？"K问，好像自己不属于画家说的那些可怜虫的范畴。但是蒂托雷里不让K把自己的思路岔开，而是接着往下说："例如，在你这个案子里，你是完全无辜的，我将抓住这点不放。"

画家再次提到K的无辜，K已经觉得不耐烦了。有时K感到，画家是在审判结果肯定良好的假设前提下，愿意提供帮助的，但这么一来，他的帮助便毫无意义了。然而，尽管K心里有这样的疑问，嘴里却没说出来，而是听任画家不停地讲下去。他不准备拒绝蒂托雷里的帮助，在这一点上他已经打定主意，画家和律师一样站在他一边，这是不会有疑问的。其实他更愿意接受画家的帮助，因为画家的提议更诚恳、更坦率。

蒂托雷里把椅子拉到床边，压低嗓门，继续说道："我忘了先问一句，你想得到哪种形式的无罪开释处理。有三种可能性，即彻底宣判无罪、诡称宣判无罪和无限期延缓审判。当然,彻底宣判无罪是最好的方式,不过我对这种判决不能施加任何影响。据我所知,没有任何人能促使他们做出彻底宣判无罪的判决。唯一的决定性因素似乎是被告的清白无辜。既然你是无辜的,你当然可以把自己的无辜作为在本案中为自己辩护的根据。不过,在那种情况下,你就不需要我和任何其他人的帮助了。"

这种清醒的分析开始时曾使K吃了一惊,但他用同样轻的声音向画家回答:"我觉得你自相矛盾。""怎么自相矛盾?"画家耐心地反问道,他微笑着把身体向后仰去。画家的微笑使K怀疑,他即将摆出的也许不是画家讲话中的矛盾,而是法院诉讼程序本身的矛盾。不过他并未气馁,还是接着往下讲:"你刚才说过,法院不理会证词,后来你又说,那种说法只适用于法院公审时,而你现在却认为,在法院里,一个无辜的人根本不需要别人的帮助。这本身就包含着矛盾。此外,你开始时讲过,私人的斡旋可以使法官改变看法,而现在你却否认个人的斡旋可以得到你称之为彻底宣判无罪的结果——这就产生了第二个矛盾。"

"这些矛盾很容易解释,"画家说,"我们应该区别两样东西:一是法律明文规定的,一是我通过亲身体验发现的,你不能把这两者混淆起来。在法典中——我承认没看过——肯定写着无辜者应无罪开释,那上面不会指出法官可以被影响。我的经验则与此截然相反。我没有见过任何一个案子的判决结果是彻底宣判无罪,但我见过许多有影响的人物干预判决的例子。当然,也可能在我所知道的这些案子中,没有一个被告是真正无辜的。然而,这真的可能吗？那么多案件中，居然没有一个被告是无辜的吗？我小时候就很注意听父亲讲他听说过的那些案件，到他画室里来的法官们也总要谈起法院里的事，在我们这个圈子里，这实际上是唯一的话题。我自己开始为法官画像后，也充分利用了这种好处，了解到无数案件在最关键阶段的情况，我还尽可能注视这些案件的整个审理过程。但是——我得承认——我从来没有听说过一个彻底宣判无罪的例子。""这么说，没有一件案子的判决结果是无罪开释，"K说，他好像在对自己和自己的希望说话，"这证实了我对这个法院业已形成的看法：从任何角度来看，法院都是一个毫无意义的机构，其全部工作一个刽子手就能胜任。"

"你不能把这种情况普遍化，"画家不高兴地说，"我只是讲了我自己的经验。""这就足够了，"K说，"还是你听说过更早以前有过无罪开释的事？""据说，"画家回答道，"曾经有过这种无罪开释的例子。然而，要证实这点却十分困难。法院的最终决定从来不做记录，甚至法官也不知底细。因此，提及过去的案例，我们只能凭传闻。这些传闻肯定提供了宣判无罪的案例，实际上传闻中的大多数案子的判决结果都是无罪开释，这些传闻可以相信，但不能证实。不管怎么说，不能完全置这些传闻于不顾，其中总有些部分是属实的。此外，里面有些情节很动人，我自己就根据类似的传闻画过几幅画。""光是传闻不能改变我的看法，"K说，"我想，人们总不能在法庭面前求助于这些传闻吧？"画家笑了起来。"不能，不能那样做。"他说。"那谈论这些传闻就没有用处了。"K说，他当时想要接受画家的看法，即使这些看法似乎很荒谬，或者跟 K 以前听说的有矛盾也无妨。

他现在没有时间去调查画家讲的话是否全部符合事实，更不想反驳，他只希望画家能以某种方式帮助他，即使得不到任何结果也没关系。于是他说："那咱们就不谈彻底宣判无罪了，你刚才还提到过其他两种可能性呢！""诡称宣判无罪和无限期延缓审理。只剩下这两种可能性了。"画家说，"不过，在咱们继续往下谈之前，你是不是把上衣脱掉？你好像很热。""好的，"K说，他刚才只顾听画家讲话，把其他事情全忘了，现在经画家一提，他才发现这屋里真的很热，自己的额头上已经渗满汗珠，"简直热得难受。"画家点点头，好像他十分理解 K 不舒服的感觉。"咱们不能开窗吗？"K 问。"不行，"画家回答，"那上面只有一块玻璃，固定在屋顶上，没法打开。"K 这时才明白，他刚才一直盼着他自己或者画家会突然走到窗前，把窗打开。他只要能呼吸到新鲜空气，哪怕同时吞进几口烟雾也行。与新鲜空气完全隔绝的感觉使他顿时头昏脑涨起来。他把手掌平放在羽毛褥垫上，用微弱的声音说："这既不舒适，又不卫生。""噢，不对，"画家为自己的窗子辩护，"它是密封的，虽然只有一层玻璃，但比双层玻璃更保暖。如果我想通通空气——这其实毫无必要，因为墙缝全透风——只要打开一扇门，或者把两扇门全打开就行了。"

听了这个解释，K 稍微安心了，立即扫了周围一眼，寻找第二扇门。画家猜出了 K 在干什么，便说道："在你后面，我不得不用床把它顶上了。"K 这时才发现墙上有个小门。"这间屋子作为画室实在太小了，"画家说，好像他知道 K 会发表评论，于是便抢先说了一句,"我尽量做了安排,床紧挨着门,当然摆得不是地方。就拿我现在正给他画像的那位法官来说,他总是从这道门进来,我得把钥匙交给他,这样的话,如果我不在画室里,他可以自己先进来等我。他嘛,一般总是早晨来,我还睡着呢。当然,不管我睡得多熟,只要床后面的这扇门一打开,我就会醒过来。他一早就从我床上爬过来,如果你能听见我怎么用骂声欢迎他,你就会失去对法官的一切崇敬心理。我当然可以从他那儿取回钥匙,但是只能使事情更糟。撞开这里的任何一扇门都很容易。"

他们在交谈时,K一直在考虑是否把上衣脱掉,最后他明白了,如果上衣不脱掉,他就无法在屋里再待下去。于是他脱掉上衣,搁在膝盖上,这样做的好处是,谈话结束后,再穿起来就省时间了。他刚脱下上衣,一个姑娘就叫道:"现在他把上衣脱掉了。"他知道,现在她们全挤在门口,想透过门缝亲眼看看。"姑娘们以为,"画家说,"现在我要给你画像了,你是因为这个缘故才脱外衣的。""我明白了。"K说,他并不觉得多么有趣,他现在虽然只穿着衬衫,却比刚才舒服不了多少。

他闷闷不乐地问道:"你刚才说的另外两种可能性是什么?"他已经忘掉这两种可能性的名称了。"诡称宣判无罪和无限期延缓审理,"画家说,"应该由你来选择。我能够帮助你实现其中的任何一种可能性,尽管肯定会遇到一些麻烦。这两种可能性的区别在于,诡称宣判无罪要求在短时间内集中全部精力,而无限期延缓审理则用的力气较少,但要坚持不懈。"

"咱们先讲讲诡称宣判无罪吧。如果你决定争取这种可能性,我就去拿张纸来,写份宣誓书,保证你是清白无辜的。我父亲把这种宣誓书的写法告诉我了,绝不会有问题的。然后我将带着这份宣誓书到我认识的所有法官那儿去游说,先从现在正让我画像的那个法官开始,比方说,从他今天晚上来画像的时候开始,我就把宣誓书摊在他面前,向他解释你是无罪的,并且以我本身的名义保证你是清白无辜的。这不是一种徒具形式的保证,而是名副其实,具有约束力的保证。"画家的眼睛中露出一丝略带嗔责的目光,好像K不该让他担负这么重大的责任似的。"你太好了,"K说,"可是,法官对你固然是相信的,但是仍旧不愿给我做出彻底宣判无罪的判决,是不是?""关于这点,我已经解释过了,"画家回答道,"此外,是不是每个法官都相信我,还很难肯定。比如说,有的法官会要求亲自见见你。那样的话,我就得带着你去见他们。当然,如果出现了这种情况,就已成功了一半,尤其是因为我事先会确切地告诉你,在每个法官面前应该采取什么策略。真正的困难来自那些一开始就把我打发走的法官,这样的事肯定会有的。我当然会继续向他们申诉,但是咱们也许不得不甩开他们。当然,咱们是可以这样做的,因为个别法官的不同意见不至于影响判决结果。好吧,咱们再说下去,如果能争取相当数量的法官在宣誓书上签字,我就把宣誓书呈递到现在正在过问你的案件的主审法官手里,我或许也能让他在宣誓书上签名。这么一来,用不了多久,一切事情就能顺利解决了,解决的速度要比平常快得多。一般说来,在这个阶段以后,就不会有什么值得一提的困难了,被告到了这一阶段会感到信心十足。人们在这时要比正式宣判无罪时信心更足,这是很值得注意的,也确实如此。他们不必再做更多的事情了。主审法官手头有其他法官签名的宣誓书,他就能放心大胆地判处无罪开释了,虽然还有一些手续需要履行,但他肯定会判无罪开释,以取悦我和他的其他朋友。到那时,你就能作为一个自由的人,走出法院了。"

"这么说,到那时我就自由了。"K半信半疑地说。"对,"画家说,"但是仅仅是表面上自由,或者说得更确切一些,是暂时自由。因为我的熟人都是些低级法官,他们无权做出终审判决,无罪开释的终审判决权属于最高法院,你、我以及我们大家都无法接近它。那儿的情况怎么样,我们不得而知,顺便说一句,我们甚至也不想知道。总之,我们的法官没有判处无罪开释的权利,但是他们有权暂时卸掉你身上的罪责。这就是说,他们可以宣布你无罪,暂时把罪责从你身上卸掉,但是这个罪名仍旧是在你头顶上,一旦上面来了命令,他们就把罪责重新安在你身上。我和法院的联系很密切,因此我也能够告诉你,法院各办公室在具体处理彻底宣判无罪和诡称宣判无罪时采取哪些不同做法。

彻底宣判无罪时,与案子有关的文件据说都要销毁,它们消失了,再也看不见了,不仅起诉书被销毁,庭审记录和判决书也要销毁,所有东西都要销毁。诡称宣判无罪就不是这样。各种文件均需保留,包括宣誓书、判决记录和判决说明书。所有卷宗都得按照正常办公原则的要求,继续呈转,转到最高法院后,又转回低级法官,就这样转来转去,这儿耽搁几天,那儿积压一些日子。卷宗的往返次数是无法计算的。局外人有时会以为，整个案子已经被忘却，文件已经遗失，诡称宣判无罪已经成为彻底宣判无罪。但实际上，任何一个熟悉法院情况的人都不会这么想。任何文件也不会遗失，法院从来也不会忘记任何事情。有一天，某个法官会出其不意拿过卷宗来，仔细阅读，他会认为这起案件的起诉仍然有效，于是便下令立即逮捕人。我这么说，有一个假设前提，即从诡称宣判无罪到重新逮捕人犯之间，已过了很长时间，这是可能的，我听说过类似的情况。但也有这样的可能：得到无罪开释的人刚从法院回到家，便发现刑警已经等在那里要重新逮捕他了。于是，他的全部自由当然便就此告终了。"

"这个案子又得从头开始审理吗？"K有点儿不相信地问道。"当然啰，"画家说，"案子需要全部从头开始审理，但是结果也有可能和上次一样，诡称宣判无罪。于是人们又得为这个案子全力以赴，任何时候也不能松劲。"他讲出最后这句话，大概是因为发现K的脸上露出了绝望的表情。"可是，"K说，他好像不想再听画家说下去了，"第二次争取得到无罪开释的结果是不是比第一次更难？""在这一点上，"画家说，"谁也不敢说死。我觉得，你的意思是，第二次被捕会影响法官们对被告的看法？不是这样。法官们第一次宣布被告无罪时，就预见到有可能再次逮捕被告。因此，你的这种顾虑是完全多余的。但是，由于各种各样的原因，有时倒会发生这样的事：法官们对这件案子的看法变了，甚至从司法观点上说也产生了变化；因此，你就得根据业已变化的情况，采取相应的努力，争取第二次无罪开释。一般说来,要像争取第一次无罪开释时那样想尽法子、竭尽全力。""但是,第二次无罪开释也不是终审判决呀。"K说,他不以为然地转过头去。"当然不是,"画家说,"在第二次无罪开释后面跟着的是第三次被捕,在第三次无罪开释后面跟着的是第四次被捕,依次类推。诡称宣判无罪这个概念本身就包含着这些内容。"

K无以置答。"看来,你对诡称宣判无罪不感兴趣,"画家说,"也许无限期延缓审理对你更为适合。我是不是需要向你解释一下,无限期延缓审理是怎么回事?"K点点头。画家懒洋洋地重新躺到椅子上,他睡衣前面的纽扣脱开了,他伸进一只手,轻轻抚摸着自己的胸部。"无限期延缓审理,"他说,他凝视着前方,停了一会儿,像要找出一个十分确切的解释,"无限期延缓审理就是诉讼停留在开始阶段,不再继续往下进行。为了取得延缓审理的结果,被告和他的代理人,尤其是他的代理人,必须与法院不断保持个人接触。请允许我再次指出,这虽然不像争取诡称宣判无罪那样,需要全力以赴,不过从另一方面来说,却需要更加保持警觉。你得经常注视着案子的情况,除了在紧急情况下要去找主管法官外,每隔一定时间也得去找他一次,而且要尽可能和他搞好关系。如果你本人不认识这位法官,那就应该通过你认识的那些法官尽量给他施加影响,同时要继续努力,争取亲自和他见一次面。如果这些事情中的任何一件你都没有忽略,那你就肯定能使诉讼不至于超越开始阶段。这并不意味着不再审理了,但是被告基本上可以不受判决的约束,就像一个自由的人一样。"

"与诡称宣判无罪相比,无限期延缓审理有其优越性,即被告的前景较为明朗，没有突然被捕的危险，用不着担心、紧张和焦虑，而这在争取诡称宣判无罪时是不可避免的，类似情况很可能在一个最不合宜的时刻出现。当然，对被告来说，无限期延缓审理也有一些欠缺之处，这也不容忽视。我这么说，并不是因为考虑到被告在这种情况下永远也不会真正获得自由，因为他在得到诡称宣判无罪后，也不见得能够真正获得自由。无限期延缓审理的弊端在其他方面。要想把案子无限期地搁置起来，就必须找到几条站得住脚的理由。因此，每隔一段时间便得做做样子，采取各种措施，审问一次被告，收集一点儿证据等，这当然只是走走过场而已。因为案子还得让它继续向前进展，尽管只是局限在人为画定的一个小圈子中。这当然意味着被告会偶尔遇到一些不愉快的事情；不过，你别以为这些事情会使人很不愉快，因为一切都是走走过场而已。比如说，审讯被告只消三言两语，如果你没有时间，或者不想去，你可以表示抱歉而不出庭，你还可以事先安排和某些法官见面。总之，你要做的一切只是隔一段时间到你的主审法官那儿去一次，以这种方式从形式上承认你处于被告地位。"画家讲最后这句话的时候，K 已经把上衣搭在手臂上站了起来。

"他现在站起来了。"门外立即传来了喊声。"你就要走了吗？"画家问，他也站了起来。"我相信，是这儿的空气促使你离开的，我很遗憾。我还有好多话要对你说，我不得不讲得很简短。但是我希望已经解释得够清楚了。""啊，是的。"K 说，他不得不聚精会神地听画家讲话，头都疼了。虽然 K 承认画家已经讲清楚了，可是画家又接着总结了几句，想利用最后一次机会使他放心："这两种方式的共同点是，可以避免被告受到判决。""但是，它们也使被告不能真正无罪开释。"K低声说，他似乎因为自己做了这么一个尖锐的判断而感到窘迫。"你抓住了事情的核心。"画家紧接着说。K伸手去拿外套，但还没有决定是否把上衣穿上。他很想把外套和上衣捆成一捆，拿在手里，奔到外面去呼吸新鲜空气。他想到了姑娘们，尽管她们已经做出预报，说是他已经在穿衣服了，他还是不想把衣服穿上。画家急于猜度K的意图，便说道："我觉得，你对于我的那几个建议还没有做出决定。这是对的。你如果想要匆匆决定的话，我还会劝阻你呢。需要细细斟酌，权衡利弊。每件事情都要仔细掂量。但是，从另一方面来说，你也不应该拖得太久。""我不久会再来找你的。"K说，他顿时下定决心，穿好上衣，把外套往肩上一搭，匆匆朝门口走去，门外的女孩子们立即尖叫起来。

"你得守信用，"画家说，他没有跟着K，"否则我只好自己到银行里来了解情况了。""请你开门，好吗？"K说，他拉了一下门把，觉得有阻力，他知道是门外的姑娘们在拽着。"你不想受到女孩子们的纠缠吧？"画家问，"最好还是从这边出去吧。"他指指床后的那扇门。这正中K的下怀，他赶紧走回床边，可是画家却没去开门，而是钻到床底下，在那儿说道："等一会儿，你想看一两幅画吗？你可能会想买的。"K不想失礼，要知道画家确实很关心他，还答应今后帮助他呢。此外，K一直到现在都没提怎么付给画家报酬的事，这完全是他的疏忽，既然画家自己提出卖画，他当然不能推诿。于是他同意看一看，尽管他急着想出去，已经不耐烦到了极点。

蒂托雷里从床底下拽出一堆没有镶框的画来，画上盖着厚厚一层灰尘，轻轻一吹便满屋子飞扬起来，弄得 K 睁不开眼睛，喘不过气来。"大自然，荒野景色。"画家一面说，一面把画递给 K。画面上是两棵低矮的树，分别位于一片深绿色草地的两端，背景是色彩斑斓的落日景象。"很漂亮，"K 说，"我买。"K 的回答短得出乎自己的预料，但画家并没有觉得受辱，而是从地板上又拿起一幅画来，所以 K 很高兴。"这幅画正好和那幅配对。"画家说。这幅画和那幅画倒真可以配对，两者没有丝毫区别：这幅画上也是两棵树、一片草地和一轮西斜的红日。不过 K 并不计较这点。"是两幅极美的风景画，"他说，"我都买下，我要把它们挂在我的办公室里。""看来你喜欢风景画，"画家一面说，一面又挑出一幅画来，"碰巧的是，我还有一幅这样的习作。"可是，它不仅画的是同样的题材，而且是又一幅一模一样的荒原风景画。画家显然正在尽量利用这个机会，推销过去画的画。"这幅我也买下，"K 说，"三幅一共多少钱？""下次再说吧，"画家说，"你今天急着要走，反正咱们会保持联系的。老实说，你喜欢这些画，使我很高兴，我以后要把床底下的所有画都附送给你。全是荒野风景画，当初我画了几十幅。有些人不喜欢这类题材，说是格调太低沉，可是我相信总能找到一些像你这样的人，喜欢格调低沉的画。"然而，K 再也没有心思听这位兜售自己作品的画家发表他的艺术见解了。"请把这三幅画包好，"他打断蒂托雷里的絮叨，大声说，"我的仆人明天会来取的。""不必要，"画家说，"我可以找个搬运工，现在就跟你走，把画给你送去。"他终于走到床后面，把门打开。"别怕踩在床上，"他说，"从这扇门出去的人都从床上踩过去。"画家即使不这么说，K也会这么做的，他的一只脚已经踩在羽毛褥垫的正中间，可是，他透过开着的门朝外一望，又把那只脚收了回来。

"怎么回事？"他问画家。"什么东西使你这么奇怪？"画家反问道，他也觉得奇怪了，"这些是法院办公室。你原先不知道这儿有法院的办公室吗？几乎每栋房子的阁楼上都有法院的办公室，这栋房子为什么应该是例外呢？我的画室实际上也是属于法院办公室的，不过法院把它交给我使用了。"使K大吃一惊的倒并不是发现了法院办公室，而是发现自己居然对有关法院的事情如此一无所知。他承认，对于一个被告来说，一条根本原则是事事提防，永远不处于措手不及的地位，如果法官在左面出现，被告的眼睛绝不能漫不经心地看着右面——而他却一次又一次地违反了这条原则。他的面前是一条长长的过道，画室里的空气和这里的空气一比，就算很新鲜了。过道两边摆着长凳，和审理K的案子的那些办公室之间的过道一模一样。这么看来，办公室的内部布置有特定的规则。当时没有多少当事人来来往往。一个男人在长凳上半坐半靠着，双手捂着脸，好像睡着了，另外一个男人站在过道尽头一个光线阴暗的地方。

K这时从床上走过去，画家拿着画，跟在他后面。他们很快便找到了一个门房——这些人虽然穿着普通衣服，但衣服上除了一般的纽扣外，还有一颗金扣子，K现在已经能把他们辨认出来了——画家让他拿着画送K回家。K掏出手绢，捂着嘴，他不像走路，而是在跑步。他们快要走到过道尽头时，姑娘们拥了上来，K终于未能避免和她们相遇。姑娘们显然看见画室的第二扇门开了，她们赶快绕着圈子赶到这儿来了。"我不能再送你了，"画家笑着大声说道，他已经被女孩子们团团围住了，"下次再见吧，抓紧时间好好考虑一下！"K甚至没有回头看一眼。他来到马路上后，叫过头一辆驰来的出租马车。他得甩掉门房，因为门房的金扣子使他心烦，虽然它看来并没有引起任何别人的注意。忠心耿耿的门房上了车，坐在车夫旁边，但是K吩咐他下了车。K到达银行时，早已过了中午。他本想把画扔在车内，但又怕哪一天画家会问起这些画所表达的意境，所以他只好把画带进办公室，锁在写字台最下面的那个抽屉里，至少最近几天不能让副经理看见这几幅画。

第九章 谷物商勃洛克—解聘律师

K终于决定不让律师过问自己的案子了。采取这个步骤是否明智？他一直对此存着疑问。但是，非此不可的信念最后占了上风。他做了很大努力才下定了这个决心。在他决定去见律师的那天，他的工作效率很低，为了完成任务，他不得不在办公室里待到很晚才走。当他到律师家门口时，已经十点多了。他在按铃之前，又考虑了一遍，也许用打电话或写信的方式解聘律师更好，当面谈这事不免很难堪。但他不想放弃当面谈的好处，用别的方式解聘律师，律师会默认现状，或者会冠冕堂皇地写一两句话认可。除非K到莱妮那儿去了解情况，否则他永远也不可能知道，律师对解聘有什么反应，也无从知晓按照律师的看法这个举动会造成什么后果。律师的意见是应该重视的。他和律师面谈，可以出其不意地提出解聘要求，不管律师多么警觉谨慎，K也会轻而易举地从他的举止中知道自己想知道的一切。K甚至有可能发现，让律师过问案子更为明智，因而会改变自己的决定。

他在律师门上按的第一次铃和往常一样，没有产生任何结果。"莱妮的动作应该迅速一点儿。"K想道。不过，谢天谢地的是，这次不像往常那样，没有第二者来多管闲事，比如说，那个穿睡衣的男人或者任何其他爱管闲事的家伙都没有出现。K又按了一下门铃，同时看着旁边的那扇门，但是这一回两扇门都紧闭着。最后，律师门上的警窗后面露出了一双眼睛，但不是莱妮的眼睛。一个人拔掉了门插关，但仍旧挡着门，算是一种防范措施。过了一会儿，那人朝屋里喊了一声"是他"后，才开了门。K靠在门上，他能听见那人急匆匆地转动钥匙所发出的声音。门终于开了，K几乎是冲进了前厅。他看见莱妮穿着睡衣，沿着过道一溜烟跑开了。那人刚才朝屋里喊了一声，准是给她打招呼。他注视了一会儿她的背影，然后转过身去看看是谁开的门。

这是一个瘦骨嶙峋、个子矮小、蓄着长胡子的男人，他的一只手拿着蜡烛。"你在这里做事吗？"K问。"不是，"那人说，"我不是他们家的，我只是律师的一个委托人，有事找他来了。""你穿着衬衫就来了？"K指着那人的不合适的衣着问道。"噢，请原谅。"那人说，他借着烛光打量着自己，好像根本不知道自己衣冠不整。"莱妮是你的情妇吗？"K冷冷地问道。他微微叉开腿，手里拿着帽子，在背后攥紧了拳头。他只是因为自己穿了一件厚呢子大衣，便觉得比那个瘦小的家伙优越。"啊，上帝，"那人说，他伸出一只手，遮在面前，表示惊讶和否认，"不是，不是，你在想些什么呀！""你看样子是个老实人，"K笑着说，"但是，这无所谓，走吧！"K挥动着帽子，推着那人，要他先走。"你叫什么名字？"他们向前走的时候，K问道。"谷物商勃洛克。"小个子自我介绍时朝K转过身来，然而K并未允许那人站着不动。"是你的真名吗？"K接着问。"当然啰，"那人回答，"你为什么怀疑它不是真名呢？""我想，你可能有某种原因需要隐姓埋名。"K说。他现在觉得轻松了，恰似一个人到了外国，和一个不如自己的人讲话，自己的事可以守口如瓶，有关那个人的事，他却可以泰然自若地参加讨论，既有可能赢得别人的尊重，也可以随心所欲地撒手不管。

他们走到律师书房门口时，K停下来，打开门，叫住正沿着过道不紧不慢地走去的谷物商："别忙着往前走，照一照这儿。"K想，莱妮也许躲在书房里，他让谷物商端着烛台，把每个屋角都照了一遍：书房中没有人。K走到法官的肖像前，从身后拉着谷物商的背带，把他拽回来。"你知道他是谁吗？"他指着墙上那幅画问道。谷物商举起蜡烛，眨巴着眼睛，看了一会儿，对K说："是一位法官。""一位高级法官吗？"K问。他站在那人旁边，观察着这幅画会给那人留下什么印象。谷物商恭恭敬敬地向上看了一眼。"是一位高级法官。"他说。"你的眼力不大好，"K说，"他是一个级别最低的预审法官。""现在我想起来了，"那人放下蜡烛说，"以前他们曾经跟我这么讲过。""这是理所当然的，"K大声说道，"我怎么会忘记呢，你以前当然听人说起过。""可是，我为什么一定会听人说起过呢？"那人一面说，一面朝门口走去，因为K在后面推着他。当他们走到过道里的时候，K说："我想，你知道莱妮藏在什么地方吧？""藏在什么地方？"他说，"不，她可能在厨房里给律师做汤呢。""你为什么一开始不告诉我呢？"K问。"我正要把你带到她那儿去，可是你却把我叫住了。"那人回答道，这些互相矛盾的询问似乎把他搞糊涂了。"你以为自己很机灵吧，"K说，"带我到厨房里去！"

　　K从来没有到过厨房，这间厨房大得惊人，设备齐全。做饭的炉子比一般炉子大三倍，其他东西看不大清楚，因为只有一盏小灯挂在门旁。莱妮和平常一样，穿着白围裙，站在炉子旁边，正往搁在煤油炉上的汤锅里打鸡蛋。"晚上好，约瑟夫。"她转过脸，看了K一眼，说道。"晚上好。"K说，他把谷物商支使到较远的一张椅子跟前，谷物商顺从地坐下。K然后走到莱妮身后，贴近她，靠着她的肩头问道："这人是谁？"莱妮一只手搅着汤，另一只手挽着K，让他走上前来。"他是个可怜虫，"她说，"一个可怜的谷物商，名叫勃洛克。你瞧他这副模样。"他们两人都回过头去看谷物商。那人正坐在K指定的那把椅子上，已经把蜡烛吹灭了，因为没有必要再让它点着了，他正用手指掐灭烛芯。"你只穿着睡衣，"K说，他使劲把莱妮的头转过去，重新对着炉子。她没回答。"他是你的情人吗？"K问。她伸手去取汤锅，但是K抓住她的两只手说："回答我！"她说："到书房里去，我全讲给你听。""不，"K说，"我要你在这儿告诉我。"她悄悄挽着K的胳膊，打算吻他，但K把她推开，对她说："我不需要你现在吻我。""约瑟夫，"莱妮说，她用哀求和坦率的目光凝视着他，"你肯定不妒忌勃洛克先生吧？"接着她转身对谷物商说："卢迪，你来帮帮忙，你瞧，我被怀疑了，把蜡烛放下。"

人们可能会以为谷物商一直心不在焉,但是他马上明白了莱妮讲的话是什么意思。"我不能想象,你有什么可妒忌的。"他单刀直入地说。"我其实也不能想象我会吃醋。"K笑了笑,看着他回答道。莱妮听后哈哈大笑,乘着K暂时心绪不错,勾住他的手臂低声说:"现在让他一个人待着吧,你会明白他是个什么样的家伙。我对他稍微客气了一些,因为他是律师最好的委托人之一,这是唯一的原因。你自己怎么样?今天晚上你想见见律师吗?他今天身体很不好,不过没关系,如果你想见他,我就告诉他你在这儿。但是你一定要在我这儿过夜。你自从上次来这儿后,好久没露面了,连律师也问起了你。对你的案子不能漠不关心嘛!我也听说了一些情况,我会告诉你一些消息的。不过,你先把大衣脱掉吧。"

她帮他脱下大衣,接过他的帽子,跑到门厅里去挂好,然后又跑回来看一眼锅里的汤。"我先去通报一声,说是你来了,还是先给他端汤去?""先通报一声吧。"K说。他觉得很恼火,因为本来想把整个案子,尤其是解聘律师的问题,和莱妮彻底谈谈,可是谷物商在这儿,把事情全搞糟了。话又说回来,他认为这件事十分重要,不能听任一个小小的谷物商进行干扰,于是他把已经走进过道的莱妮叫了回来。"不,让他先喝汤吧,"他说,"这样他跟我讲起话来会更有力气,他需要这样。""这么说来,你也是律师的委托人啰。"谷物商坐在屋角,心平气和地说,他似乎想证实一件事。他的话引起了不良后果。"关你什么事?"K说。莱妮插嘴说:"你别嚷嚷。"莱妮又对K说:"好吧,我先把汤给他送去。"她把汤盛在碗里。"不过他很可能马上便会呼呼入睡，他每次吃完东西后都要睡一觉。""我将要对他讲的话会使他一夜睡不着觉。"K说，他想使别人明白，他和律师的会晤将是十分重要的，他盼着莱妮会来盘问他，到那时他再请她出主意。但是莱妮只是严格地按着他的吩咐去做。她端着汤，从他面前经过的时候，故意用胳膊肘捅了他一下，轻声对他说："他一喝完汤，我就向他通报你来了，这样你就可以尽快回到我身边来。""去吧，"K说，"你快去吧。""火气别这么大。"她说，然后便端着汤碗，在门口转过身走了。

K站在原地，目送着她。现在他已下定决心，一定把律师解聘掉，但他肯定没有机会先和莱妮商量一下。虽然这些事情远远超出她的能力范围，但她准会劝他改变主意。这一次她的意见很可能会占上风，她很可能会让他放弃原来的打算，使他继续成为疑虑和恐惧的牺牲品，直到他的决定最终能付诸实践为止。这个决定太重要了，不能放弃。这个决定实施得越早，他的痛苦也就越少。谷物商也许能在这件事情上开导他一下。

他于是向谷物商转过身去，谷物商猛地动了一下，好像要蹦起来。"坐着吧。"K说，他拽过一把椅子坐在谷物商身边。"你早就是律师的委托人了，是吗？""是的，"谷物商说，"很早就是他的委托人。""他过问你的案子有多久了？"K问。"我不明白你指的是什么事，"商人说，"在商务上——我是个谷物商——律师从一开始就是我的代理人，也就是说二十年来一直如此。至于说我个人的案子——你大概指的是这事——他也是从一开始，也就是说五年多以前，就是我的律师。是的，到现在已经五年多了，"他拿出一个旧笔记本，以证实自己说的话，"我在这里面全记着。如果你愿意的话，我可以把确切日期说出来。凭脑子记住这些日期是很困难的。我的案子也许还应上溯到更早的时候，比我说的还要早，我妻子一死就开始了，肯定在五年半以前。"

K把椅子挪得更加挨近那人。"这么说来，律师还兼管过问遗产纠纷？"K问。法院和法学之间的联系在他看来似乎牢固得不同一般。"那当然，"谷物商说，他接着低声补充了一句，"他们甚至说，他在处理遗产纠纷方面比在其他方面更内行。"接着，他显然后悔自己讲得太多了，便伸出一只手，搭在K肩上，对K说："别出卖我，求求你。"K轻轻拍拍他的大腿，说道："不会的，我不会告密。""你知道，他惯于打击报复。"勃洛克说。"他肯定不会伤害一个像你这样忠诚的委托人的，对吗？"K说。"噢，他会的，"勃洛克说，"他一旦发火，便六亲不认，此外，我其实对他也并不忠诚。""这是怎么回事？"K问。"我也许不该告诉你。"勃洛克犹豫不决地说。"我想你不妨说出来。"K说。"好吧，"勃洛克说，"我告诉你几件事，但是你也得把你的秘密讲一件给我听听，这样咱们就彼此捏着对方的一个把柄了。""你真谨慎，"K说，"我将要告诉你的那个秘密会使你的一切怀疑烟消云散。现在请你说说，你是怎么对律师不忠诚的。"

"好吧，"商人踌躇地说，好像在招认一件见不得人的事，"除了他以外，我还有其他律师。""这并没有什么了不起的。"K说，他有些失望。"据说这是不行的。"商人说，他从开始讲话起，一直紧张得喘不过气来，不过现在由于K的配合，他放心了。"不允许这样做。特别是当你有了一个正式的律师后，就更不准找那些讼师商量了。而我正在这么干，除了他以外，我还有五个讼师。""五个!"K嚷道,他为这个数字感到惊讶,"除了这位以外,还有五个讼师?"勃洛克点点头继续说道:"我还正在和第六个律师商谈呢。""不过,你需要这么多律师干什么?"K问。"他们中间的每个人都对我有用处。"勃洛克说。"告诉我这是怎么回事,愿意吗?"K说。"当然愿意,"谷物商说,"首先,我不想输掉官司,这点你很容易理解,所以我不敢放过任何可能对我有用的东西。如果有一线给自己带来好处的希望,哪怕这个希望很渺茫,我也决不放弃。正是由于这个原因,我为自己的案子花了所有的钱。比如说,我把做生意的钱全填上了,原先我的商行差不多占了整整一层楼,现在我只需要一间朝北的屋子和一个伙计就够了。当然我的生意之所以凋敝,并不仅仅是因为资金花光了,而是因为我精力不济。当你全力以赴为自己的案子奔走时,你不会有多少精力花在其他事情上。"

"这么说来,你也是自己为自己的事情奔走啰,"K打断他的话,"我正想问你这个问题呢。""这没什么可多说的,"谷物商说,"开始时我试图自己过问此事,后来我不得不作罢。太耗费精力了,结果也令人失望。光是到法院里去,看看事情的动向,也得付出很大代价,至少对我来讲是如此。即使你只是在那里坐着,等着来叫你,你也会觉得无精打采。你也知道那儿的空气怎么样。""你怎么知道我上法院去过?"K问。"你从过道里走过的时候,我正好在那儿。""真凑巧!"K嚷道,他被谷物商的话吸引住了,完全忘了他刚才还认为谷物商是一个十分可笑的人物,"这么说,你看见我了!我从过道里走过的时候,你在那里。不错,我是从过道里走过一次。""这并不是一次什么巧合,"谷物商说,"我差不多每天都要上那儿去。""我可能从现在起,也得经常上那儿去了,"K说,"不过,我大概不能受到像那次那么隆重的迎接了:当时大家都站了起来。我想,你们准把我当作法官了吧。""不对,"商人说,"我们站了起来,是因为门房的缘故。我们知道,你也是个被告。这类消息不胫而走。""这么说来,你那时就已经知道了,"K说,"你们也许以为我是个身居高位、有权有势的人物吧。没有人议论起这点吗?""没有,"谷物商说,"人们的看法完全与此不同,不过,全是无稽之谈。"

"怎么会是无稽之谈呢?"K问。"你干吗要追问呢?"谷物商愠怒地说,"你看来还不了解那儿的人,你会产生误解的。你要记住,在这些法院里,所有事情都要提出来进行讨论,这些讨论荒谬绝伦。人们累了,再也不能集中注意力思索问题了,于是便求助于迷信。我在这方面和其他人一样糟糕。按照一种迷信观点,人们可以从一个人的面相上,尤其是他的唇部线条上,看出他的案子的结局会怎样。比如说,人们会宣称,根据你的唇部动作判断,你将被认定有罪,而且就在不久的将来。我可以告诉你,这种迷信行为愚蠢之极,在很多情况下,这样做出的臆断与事实完全不符。但是,如果你生活在这些人中间,你就很难不受这种压倒一切的看法的影响。你想象不出,这类迷信行为会产生多么深刻的影响。你在那儿对一个人讲过话,对不对?他很难说出一句话来回答你。人们一到那儿便糊涂了,原因当然很多,他无言以答的原因之一是:看到你的嘴唇后,他受到了刺激。他后来说,他在你的嘴唇上发现了他自己要被定罪的迹象。""在我的嘴唇上?"K问,他从口袋里掏出一面小镜子,仔细端详着自己的嘴唇。"我在我的嘴唇上看不出任何特殊的东西来。你能看出来吗？""我也看不出，"谷物商说，"一点儿也看不出。"

"那些人真迷信！"K大声说道。"我不是告诉过你吗？"谷物商说。"那么，他们大概经常见面，交换看法吧？"K问，"我和他们从来没有打过任何交道。""他们一般不大来往，"谷物商说，"他们不大可能常见面，因为他们人数太多了。此外，他们的共同利益很少。有些人偶尔相信找到了一种共同利益，但是很快就会发现自己错了。人们无法采取统一行动来反对法院。每桩案子都单独审理，法院在这一点上毫不含糊。因此采取共同行动的可能性根本谈不上。个别人可能秘密地在这儿或那儿取得一些进展，但其他人只有到事后才能略知一二，谁也不会知道它的来龙去脉。因此，并没有真正的统一行动，人们在过道里虽然频频相遇，但交谈的次数很少。迷信是个古老的传统，正在自发地增长。"

"我看见了过道中所有的人，"K指出，"我心想，他们在这儿闲逛是多么无意义啊。""不是没有意义。完全不是，"勃洛克说，"唯一无意义的事是采取独立行动。我已经对你说过，除了这位以外，我还有五位律师。你可能会想——我也曾经这么想过——我可以高枕无忧、撒手不管这件案子了。你如果这么想就错了。我必须更密切地注视它，比我只有一个律师时更注意。我想，你不能理解这点，是吗？""是的，"K说，他伸出手，按在那人手上，请他别讲得这么快，"我想请你讲得稍微慢一点儿，这些事情对我极为重要，我跟不上你讲话的速度。""我很高兴，你提醒了我，"谷物商说，"当然，你是新来的，你在这类事情中还缺乏经验。你的案子刚六个月，对不对？没错，我听说过。六个月时间太短了！而我对这类事情却已经考虑过不知多少遍了，这已成了我的第二天性。""我想，当你想到你的案子已经进展到这一步时，内心一定充满了感激。"K 说，他不想直接打听谷物商的案子进行到什么程度了。他没有得到直接的回答。"是的，我这个包袱背了足足五年，"勃洛克低下头说，"这不是一件小事。"他接着沉默了一会儿。

K 注意倾听，莱妮是不是回来了。一方面，他不愿意莱妮这时进来，因为他还有许多问题要问，他不想让她看见他正和谷物商进行推心置腹的交谈；可是，另一方面，他又为莱妮明明知道他在这儿却仍旧在律师身边待这么久而烦恼：送一碗汤哪里用得了这么多时间呢！

"我还能清楚地回忆起开始时的情况，"谷物商重新开始说，K 立即聚精会神地听着，"当时我的案子正处于你的案子现在所处的阶段。我那时只有这么一个律师，我对他不十分满意。""现在我能够把一切都弄个水落石出了。"K 想，他亲切地点着头，好像这样做就能激励谷物商把所有情况都和盘托出。"当时我的案子一点儿进展也没有，"勃洛克接着说，"已经开过几次庭，我每次都出庭受审，我搜集了证据，甚至把所有的账册都送到法院里去。后来我发现，完全是多此一举。我常常到律师这儿来，他呈交过好几份申诉书——""好几份申诉书？"K 问。"是的，没错。"勃洛克说。"这一点对我很重要，"K 说，"因为他正为我的案子准备第一份申诉书呢。他到目前为止，什么都没写出来。我这下才明白他对我多么不关心，简直可耻。""申诉书至今还没有写好，可能他也有一些充分的理由，"勃洛克说，"老实告诉你吧，我的那些申诉书后来几乎毫无用处。多亏一位法官的好意，我看见过其中的一份。写得很深奥，但是空洞无物。开头塞了一句拉丁文，我看不懂；然后是满满几页向法院进行的一般性申诉；接着吹捧了某些法官，虽然没有指名道姓，但精于此道的人一看就知道夸的是谁；接下去是律师自我吹嘘一番，与此同时又对法院进行阿谀奉承；最后是分析几个据说和我的情况相似的过去的案例。根据我了解到的情况，我得承认，这种分析是很细致、很精辟的。你别以为我是在评价律师的工作，那份申诉书不过是许许多多申诉书中的一份而已。不过，不管怎么说，我没有看出我的案子有了任何进展。这就是我要说的意思。"

"你希望看到什么性质的进展呢？"K 问。"这个问题提得好，"谷物商笑着说，"这些案子很难取得明显的进展。但我当时不明白这一点。我是商人，当时的我比现在的我更像一个商人。我当时只想得到看得见的结果，我想，这一系列磋商要么结束，要么按正常途径，转入更高一级。可是随之而来的却只是一些走过场的传审，一次接着一次，内容大致相同，我可以像念祷文一样作答。法院的传令人每星期要到我的商行、我家里或者任何能找到我的地方来好几次，这当然很讨厌，现在这方面的情况大有改善，因为打电话找我并不使我太烦恼了。此外，关于我的案子的谣言到处流传，不仅传到我的实业界朋友耳中，甚至连我的亲戚们也知道了。所以，我到处碰壁，而法院则没有表现出任何意图，要在不久的将来依法审理我的案子。于是我便来到律师这里，向他发泄了我的怨愤。他让我详详细细地讲了一遍，但是断然拒绝按我说的意思采取行动。他说，任何人也不能促使法院确定听取案情的日期，在申诉书里写上这样的要求——我正希望他这样做——是前所未闻的，这只会毁了我自己和他。我心想：这位律师不想做或不能做的事，另一位律师准愿意和有能力做。于是我便去物色其他律师。我现在也得告诉你，他们之中谁也没有请求过法院确定审理我的案子的日期，也没有为了争取开庭审判而做过任何努力。这样做实际上是不可能的——这儿有一个例外，过一会儿我再解释。"

"这位律师其实并没有误我的事，但我也不认为有必要因为找了其他律师而懊悔。我想，霍尔德博士已经对你讲了很多有关讼师的事情了，他准是把他们贬得一钱不值，在某种意义上他们也确实如此。但是他在谈到他们时，把他们和他自己以及自己的同事们相比较时，总会犯一个小小的错误，我顺便提醒你注意这点。他总把自己圈子里的律师称为'大律师'，用作对比。这是不符合事实的，当然，任何人只要自己高兴，都可以在自己的头衔面前加上'大'字，但是这件事应该由法院的传统来决定。除了不学无术的律师外，所有大小律师都得到法院的承认，按照法院的传统，我们的律师和他的同事们只属于小律师的范畴，而真正的大律师们我仅仅听说过，从来也没有见到过，他们高踞于小律师之上，就像小律师高踞于讼师之上一样。"

"真正的大律师们？"K问，"他们到底是些什么人呢？人们怎么才能找到他们呢？""这么说，你从来没有听说过他们，"勃洛克说，"被告们听说大律师的事后，总会昼思夜想地盼着见见他们，难得有一个被告是例外。不过，你可别上当。我不晓得大律师们是谁，我也不相信能够找到他们。他们曾经确切无疑地干预过的案子我一个也不知道。因为他们只是在自己高兴的时候才为某些案子辩护。他们只为自己愿意为其辩护的人辩护。另外我想，他们只是在案子已经超出低级法院的审理范围时才采取行动。事实上，人们最好把这些大律师们统统忘掉，不然的话，他们听着普通律师说出的那些谨小慎微的主意和建议，会觉得这些谈话味同嚼蜡，是蠢人之举——我自己有过亲身体会，于是他们便想把一切统统抛弃，上床蒙头睡大觉。这么干当然就更蠢了，因为即使上了床也睡不安稳。""这么说，你当时没想去找大律师吗？"K问。"有一段时间是这样，但是没想多久，"勃洛克说，他又笑了笑，"不幸的是，人们无法把大律师们忘得一干二净，尤其是夜里。不过当时我需要立即见成效，因此我便去找那些讼师了。"

"你们两个挨得真近呀！"莱妮嚷道，她端着汤碗回来了，正站在门口。他们确实紧挨在一起坐着，头只要稍稍一动就会碰着。小个子勃洛克坐在那儿，身体向前倾，说话声音很低，K只好朝他俯下身去，才能听见他说的每句话。"让我们在一起安安静静地待一会儿。"K大声说道，他让莱妮走开，由于愤怒，他那只仍然按在谷物商手上的手在发抖。"他要我向他介绍我的案子。"谷物商对莱妮说。"好吧，你接着向他介绍吧。"她说。她对勃洛克讲话时用的是一种和气、然而略带傲慢的语气，这使K不悦。不管怎样，K已经发现，谷物商具有某种价值，他有自己的经验，知道怎样向别人介绍这些经验。莱妮起码是没有发现他的价值，这是可能的。更使K不高兴的是，莱妮拿走了谷物商一直握在手中的蜡烛，用围裙擦干净他的手，还俯下身去刮掉落在他裤子上的烛泪。"你刚才讲到你去找那些讼师了。"K说，然后默默地把莱妮的手推开。"你这是在干什么？"她问，并且轻轻拍了K一下，继续刮谷物商裤子上的烛泪。"是的，我去找讼师了。"勃洛克说，他用手摸着额头，像是在回想。K想帮助他回忆，因此又说了一句："你当时需要立即见效果，所以便去找那些讼师。""对了。"勃洛克说，但没有讲下去。他大概不愿意当着莱妮的面讲。K想道，他立即克制住急于听下文的心情，没有再催那人讲下去。

"你通报过了吗？"他转而问莱妮。"当然啰，"她说，"律师在等着你呢。现在你让勃洛克一人待着吧，你过一会儿可以再找他谈话，因为他总待在这儿。"K仍旧犹豫不决。"你总待在这儿吗？"他问谷物商，他想要那人自己说，不愿意莱妮来替他说话，因为她讲起话来旁若无人，好像那人根本不在场。K今天不知怎么回事，对莱妮很生气。可是，开口讲话的又是莱妮："他常在这儿睡觉。""在这儿睡觉？"K嚷道，他原以为谷物商只会等到他和律师的短暂谈话结束，然后他们就一起离开这儿，找个地方私下里彻底磋商一下这件事。"是的，"莱妮说，"谁都不像你，约瑟夫，爱什么时候来找律师就什么时候来。你甚至认为，如果你夜里十一点钟求见像律师这样一个病人，他也应该答应，你不会觉得这有什么奇怪。你以为朋友们为你所做的一切都是理所当然的。不错，你的朋友们，至少是我，愿意为你效劳。我不要你感谢我，我不需要任何人的感谢，我只希望你喜欢我。"喜欢你？K想，但他只是在脑中出现了这几个字后才想到，我是喜欢她的。不过,他不理会她讲的其他话,就其一点说道:"他答应会见我,因为我是他的委托人。如果我想找律师谈一次话,还需要其他人帮忙,那我就得不断鞠躬作揖了。""他今天真难对付,对不对?"莱妮对谷物商说。

现在轮到我受冷遇了,她只跟他说话,似乎我不在场。K 想道,他同时也对谷物商发火,因为谷物商讲话的方式也像莱妮一样没礼貌:"不过,律师答应会见他,还有其他理由。他的案子比我的案子要有意思得多。另外,他的案子仍处于开始阶段,可能还有希望,所以律师愿意过问。以后情况就会不同了。""不错,不错,"莱妮说,她看着谷物商,笑了笑,"你真会说话!"这时,她转而对 K 说:"他讲的话,你一个字也别相信。他倒是一个好人,就是太饶舌。律师也许就是因为这个缘故才无法忍受他。所以,律师除非心绪特别好,否则从来不见他。我尽量想办法改变这种局面,可是没有用处。你想想,我有几次对律师说,勃洛克在这儿呢,可是律师却过了三天才见他。如果律师想见他时,他正好不在,那么他的机会就丧失了,我就又得从头开始,为他重新通报。因此我得让勃洛克睡在这儿,因为以前曾经发生过律师半夜打电话来叫他的情况。所以勃洛克必须时刻准备见律师,不分白天黑夜。有时也会遇到律师改变想法的情况,有一次他发现勃洛克确实是在原地恭候,可是他却拒绝会见。"K 向谷物商投了一瞥询问的目光,那人点点头,用刚才那种直爽的口气,也许还夹杂着一种自惭形秽的不安心情说道:"是的,随着时间的过去,人们越来越离不开自己的律师。""他不过是无病呻吟而已,"莱妮说,"因为他喜欢睡在这儿,他经常这么对我说。"

她朝一扇小门走去，把它推开。"你想看看他的卧室吗？"她问。K跟着她走，从门口向里面看了一眼：这间屋子天花板很低，没有窗子，窄得只能放一张床，要上床就得爬过床架。床头边的墙上有个洞，里面放着一根蜡烛，一个墨水瓶和一支笔，这些东西都整整齐齐地摆在一叠文件旁边——可能是有关案子的文件。"这么说，你睡在女仆的房间里？"K转过头来问谷物商。"是莱妮让我睡在这儿的，"他说，"这儿很方便。"K久久地注视着他，他给K留下的第一个印象也许不错。勃洛克经验丰富，这是肯定的，因为他的案子已经拖了好几年，然而他为取得这些经验却付出了很高的代价。K突然觉得无法忍受他的那副模样。"让他上床去。"K对莱妮嚷道，她好像没明白他的意思。其实他是想到律师那儿去，通过解聘摆脱律师，不仅使霍尔德，而且也使莱妮和谷物商从自己的生活中消失。

但是，勃洛克在走到卧室门口之前，低声对K说："K先生。"K生气地转过身来。"你忘了自己的诺言，"商人说，他朝K伸出手，像是在哀求，"你得把你的一个秘密告诉我。""不错，"K说，并且扫了莱妮一眼，莱妮正全神贯注地看着他，"好吧，你听着，不过现在已经是一个公开的秘密了。我要到律师那儿去，解聘他，不要他过问我的案子。""解聘他！"谷物商惊奇地喊道，他从椅子上跳起来，举起双臂，在厨房里匆匆跑了一圈，一面跑一面嚷道，"他要解聘律师！"莱妮抓住K的胳膊，勃洛克却把他拉开，她攥起拳头打勃洛克。她握着拳，赶紧去追K，K已经走了好远了。她刚要追上K，K却一步跨进律师的房间。他打算随手把门关上，但是莱妮从门缝中挤进一只脚来，伸出手,抓住他的胳膊往后拽。K 使劲捏着莱妮的手腕,疼得她"哎哟"一声,不得不松开手。她不敢硬挤进屋来,K 钥匙一转,把门锁了。

"我等了你好久啦。"律师从床上对 K 说,他把刚才正借着烛光阅读的一份文件放在桌上,架上眼镜,凝视着 K。K 没有表示歉意,而是说:"我不会占用你很多时间了。"这句话并非道歉,所以律师没有理会,他说:"下次再这样晚,我就不见你了。""这和我的想法一致。"K 接过话头说。律师疑虑地向他瞥了一眼,说道:"坐下。""既然你让我坐下,我就坐下。"K 说,他拽过一把椅子,放在床头柜旁边,自己坐下。"我好像听见你把门锁上了。"律师说。"是的,"K 说,"这是因为莱妮的缘故。"他不想庇护任何人。律师接着问:"她又来缠着你啦?""缠着我?"K 反问道。"是啊。"律师说,他抿着嘴轻声笑了起来,直到咳嗽了一下才止住笑,咳完后又轻声笑了起来。"我想,你一定已经发现她在缠你了,对吗?"律师拍拍 K 的手问道。K 刚才心烦意乱,无意中把手放在床头柜上,现在赶紧缩了回来。"你不必太在意。"K 急忙说道。

律师接着往下说:"这更好。否则我就要为她道歉了。这是她的怪癖之一,我早就原谅了她,如果你刚才不把门锁上的话,我也不想再提起。我最不愿意向你解释她的这个怪癖,但因为看样子你困惑不解,我认为还是有必要解释一下。她的这个怪癖是,几乎觉得所有的被告都可爱。她追求他们每个人,爱他们每个人,并且显然也被他们所爱,当我同意的时候,她常常把这些事告诉我,让我开心。我并不为此大惊小怪,不过,看来你却着实感到吃惊。如果你在这方面的眼力不错，你也会发现，被告们往往是可爱的。这是一个值得注意的现象，可以说是一条自然规律。一个人被控告以后，他的外貌并不会立即发生明显的、一下子就能发现的变化。这些案子并不像普通刑事案件，大部分被告继续从事日常活动，如果有一个好律师过问的话，他们的利益不会受到多大损害。然而，有经验的人能在人山人海中把所有被告一个不漏地辨认出来。他们是怎么把被告认出来的？你会这么问。我怕我的答复不会使你满意。他们能认出来，因为被告们总是甚为可爱的。不是罪行使他们变得可爱了，因为——我起码作为一个律师，应该如实讲讲我的看法——他们并非全都有罪。也不是尔后的依法施刑事先使他们变得可爱了，因为他们并非都会受到惩处。因此，准是对他们的控告以某种方式使他们变得可爱了。当然有的人比其他人更可爱。不过总的来说，他们都很可爱，连那个名叫勃洛克的可怜虫也一样。"

律师发表了这番宏论后，K已经完全恢复了镇静，还点过几次头，好像对律师讲的最后几句话表示完全赞同。不过，他实际上更加认为自己的一贯看法有理，即律师总想讲一些泛泛的大道理，就像这次一样，使他的注意力从主要问题上转移开。这个主要问题是：律师在推动案子的进展方面到底做了多少实际工作？律师住了嘴，给K一个讲话的机会，他或许已觉察到，K比往常更咄咄逼人。他看见K仍旧一言不发，便问道："你今晚到这儿来，有什么特殊事情吗？""是的，"K说，他伸出一只手，遮住烛光，以便把律师看得更清楚些，"我来告诉你，从今天起，我不需要你过问我的案子了。""我没听错吧？"律师问道，他一只手撑在枕头上,微微欠起身来。"我希望你没听错。"K说,他坐得笔直,似乎处于戒备状态。"好吧,咱们可以围绕着这个设想商量一下。"律师停了一会儿说。"这不是设想,而是事实。"K说。"就算是吧,"律师说,"不过咱们用不着这么匆忙。"他用"咱们"这个词,好像不想让K离开他,如果实在不能当K的正式代理人,至少可以给K出几个主意嘛。"这不是一个匆忙做出的决定,"K说,他慢慢站起来,退到椅子后面,"我是深思熟虑过的,也许考虑的时间已经够久了,这是我的最后决定。"

"既然这样,请允许我发表一点儿看法,"律师说,他踢开鸭绒被,坐在床沿上。他的腿上稀稀地长着白色的汗毛,他由于没穿裤子而冷得直发抖。他请K把沙发上的毛毯递给他。K拿起毯子说:"你没有必要这么冻着。""我有充分的理由这么做,"律师说,他把被子披在肩上,用毯子裹着腿,"你叔叔是我的朋友,我也慢慢喜欢上了你。我公开承认这点,没什么可难为情的。"K不愿意听这个老头抒发感情,因为这就迫使他不能不把话讲得更明白一些,而他则想避免这么做。另外,他自己承认,律师的话虽然丝毫不能影响他的决定,但也使他很尴尬。"我感谢你的友好态度,"他说,"你竭尽全力,做了你认为对我有利的事,对此我表示欣赏。不过,最近一段时间以来,我慢慢懂得了,光有你的努力是不够的。我当然不应该试图把自己的看法强加给一个比我年长得多、有经验得多的人,如果我无意中似乎正在这样做,那就请你原谅我,可是——用你的话来说——我有充分的理由这么做。我相信,在我的案子中,应该采取比迄今为止强有力得多的措施。"

"我理解你，"律师说，"你感到不耐烦了。""我没有不耐烦，"K说，他有点儿恼火，因此不那么注意酌字斟句了，"我第一次跟叔叔一起来拜访你的时候，你就应该发现，我并不把我的案子当作一码事，如果别人不强迫我想起它，可以说，我早就把它忘得一干二净了。但我叔叔坚持要我聘请你做我的代理人，我这么做了，为的是使他高兴。从那时起，我当然希望，这件案子在我心头的压力会减轻一些，因为聘请律师的目的就是要把压力匀一点儿给律师。然而事实恰恰相反。自从我聘请你做我的代理人以后，这件案子反而使我更加苦恼了。我独自一人时，什么事也不想干，但我几乎毫无忧虑；而请了律师后，我觉得条件已经齐备，只等发生一件什么事了，我夜以继日地等着你的干预，等得我心焦如焚，但你却什么事情也没做。我承认，你给我提供了许多有关法院的情况，这些情况在别处也许是听不到的。可是这种帮助对我来讲远远不够，要知道案子正折磨着我，刺痛着我的心。"K把椅子推到一边，直挺挺地站着，双手插在上衣口袋里。

"当一个人的活动到了一定阶段以后，"律师压低声音、心平气和地说，"就不会出现什么真正新鲜的东西了。我的委托人中，不知有多少也像你这样，当案子到了一定程度后，就到我这里来，站在我面前，脑子里转着同样的念头，嘴里说出同样的话！""好吧！"K说，"这么说来，他们也和我一样是事出有因的。这并不能反驳我的论点。""我不想反驳你的论点，"律师说，"我只想补充一句，我希望你比其他人理智一些。尤其是因为关于法院的活动以及我自己的做法，我对你讲的要比我通常对一般委托人讲的多得多。而我现在却不得不看到，尽管这样，你却对我不够信任。你没有为我创造方便条件。"

律师真会在K面前低声下气！他丝毫不考虑自己的职业尊严，在这种时候，职业尊严最容易受到损害。他为什么要这样呢？如果人们的印象符合事实的话，他是一位阔绰的律师，登门求助的人很多，对他来说，失去K这么一位委托人，失去K的酬金，算不了什么。何况他身体有病，自己应该想到，少接受几个委托人是明智的。可是，他却紧紧抓住K不放！为什么？是因为他和K的叔叔有私人交情吗？还是因为他真的认为该案很特殊，他可以借为K辩护或通过讨好法院里的朋友等方式，来提高自己的声望呢？后面这种可能性是不能排除的。K仔细端详着他的脸，可是却发现不了任何迹象。人们几乎可以认为，律师故意装出一副冷若冰霜的表情，看看他的话会引起什么效果。

然而，律师显然把K的沉默做了太有利于自己的解释，因为他接着说："你大约已经发现，我的办公室虽然很大，但是我不雇助手。前几年可不是这样，那时有几位学法律的年轻学生在我这里工作，不过现在就剩我一个人了。我做了这种变革，一方面是为了适应我的业务活动的变化，因为我渐渐地只过问像你这样的案子了；另一方面是为了适应我心中逐渐形成和巩固的一种信念。我发现，我不能把过问这些案件的责任委托给其他人，否则肯定会使我的委托人蒙受不白之冤，使我已经着手做的事情冒失败的危险。但是，我决定把这种类型的案子全部接受下来以后，自然而然地就产生了这样的后果：我只好拒绝接受大部分委托给我的案子，只接受那些跟我有密切关系的案子。我可以告诉你，就在我家附近便有不少可怜虫，不管我给他们介绍哪个蹩脚的律师，他们都会急忙找上门去的。由于工作过度紧张，我的身体搞垮了。不过我并不为自己的决定感到后悔，我也许应该更果断一些，接受的案子更少一些。我应该专心致志地过问我所接受的那些案子，这种做法经证明是必要的，是有道理的。我有一次曾经读到过一篇出色的文章，介绍两类律师的区别：一类律师只过问一般法律权益问题，另一类律师过问像你们这样的案子。两者的区别在于：前者手里拿着一条细线，牵着他的委托人走，一直到判决做出为止；后者则从一开始就把委托人扛在肩上，背着他走，从不把他放下，一直背到做出判决，甚至背到判决以后。确实如此。但是，如果说我挑起这么重的一副担子而从来也不后悔，那也不大符合事实。比如说，在你的案子中，我的努力完全遭到误解了。这时，只是在这时，我才感到有一点儿后悔。"

这番话并没有使K心悦诚服，只是使他更加不耐烦了。律师讲话的口气提醒他，要是他让步的话，会面临什么后果：以前的那些规劝又会重复一遍，律师将再次介绍申诉书的进展情况和某些法官的谦恭温和态度，还会劝他别忘记在这个过程中存在的巨大困难——总之，那套陈词滥调又会搬出来，目的在于用虚幻的希望哄他，或者用同样虚幻的威胁折磨他。不能再这样下去了，应该到此止步，永远终结。于是他说道："如果我仍旧请你做我的代理人，你打算在我的案子中再采取一些什么措施？"律师对这个挑衅性的问题居然也逆来顺受，他回答道："我将继续采取我已经采取的那些措施。""我早就料到了，"K说，"好吧，再谈下去等于浪费时间。""我将再试一试。"律师说，好像有过错的是K，而不是他自己，"我有这么一个感觉：你在评价我的能力时大错特错了，你的一般表现也不对头，这都是由于你虽然是个被告，却受了太好的待遇的缘故。换句话说，或者更确切地说，他们对你疏忽了，这是表面上的疏忽。当然，他们这么做是有道理的：被告戴上镣铐往往比逍遥法外更感到安全。不过，我得让你瞧瞧，其他被告得到的是什么待遇，你也许能从中学到点儿东西。我现在就把勃洛克叫来，你最好去把门打开，然后坐在这儿，坐在床头柜旁边。""好吧。"K说，他执行了这些指示，他一贯愿意学点儿东西。然而，为了慎重起见，他又问了一句："你知道我要解聘你吗？""知道，"律师说，"不过你如果想改变主意的话，还来得及。"他重新躺到床上，盖上毯子，一直盖到下巴上，然后转过身去，脸朝墙躺着。接着他按了铃。

莱妮差不多在同一时刻就出现在眼前，她匆匆投过几瞥目光来，想弄明白发生了什么事。她看见K正安安静静地坐在律师的床边后，似乎放心了。她微笑着朝K点点头，但是K只是毫无表情地瞧着她。"把勃洛克领到这儿来。"律师说。但是莱妮没有去领勃洛克，而是走到门口，喊了一声："勃洛克！律师叫你！"然后，也许因为律师的脸对着墙，没有注意她，她便乘机悄悄走到K的背后，靠着椅子背，身子向前倾去，伸出手指，温情脉脉地拨弄着K的头发，或者抚摸他的太阳穴，使他一直神志恍惚。最后K不得不抓住她的手，让她别再摸，她反抗了一阵，只好屈服。

勃洛克一叫即应，当他走到门口时却犹豫不决起来，显然不知道是不是应该进屋。他睁大眼睛，抬起头，似乎盼着有人叫他第二遍。K本来想让勃洛克进来，但他已决定不仅和律师，而且也和在律师家里的所有人决裂，所以他一动也不动。莱妮也一句话没说。勃洛克发现，至少谁也没有撵他走，便蹑手蹑脚地进了屋。他的面部表情很紧张，双手拢在背后，门没有关，以便随时可以出去。他顾不上看K一眼，只盯着那条隆起的毯子，律师紧靠着墙蜷缩在毯子下面，所以没法看见。不过，床上倒传来了一个声音："是勃洛克吗？"勃洛克听到这个声音，像是被人打了一下，不由得向前走了好几步。他跌跌撞撞，似乎胸前刚挨了一拳，背后又被捶了一下，他接着深深鞠了个躬，双脚立定，答道："为您效劳。""你来干什么？"律师问，"你来得不是时候。""不是有人叫我来吗？"勃洛克说，他的话与其说是对律师说的，倒不如说是对自己说的，他伸出双手，好像在护着自己，同时准备随时溜出门去。"是有人叫你来，"律师说，"不过，反正你来得不是时候。"律师停了一会儿，又补充了一句："你总是来得不是时候。"勃洛克自从听见律师的声音后，便把目光从床上移开，凝视着一个屋角，他只是听着律师说话，不想看着律师，大概是太晃眼，他受不了。不过，他听律师讲话也很费力，因为律师脸贴着墙，声音又很轻，说得很快。"你希望我走开吗？"勃洛克问。"嗨，既然你已经到这儿了，"律师说，"你就待着吧！"勃洛克浑身直打战，人们可能会以为，律师没有满足勃洛克的愿望，而是威胁说要揍他一顿。

"昨天，"律师说，"我见到了我的朋友——第三法官，我们谈着谈着，提到了你的案子。你想知道他说了些什么吗？""噢，当然。"勃洛克说。由于律师没有立即回答，勃洛克又央求了他一次，看来准备跪倒在他面前。但是K大声插嘴道："你这是在干什么？"莱妮试图堵住他的嘴，不让他嚷嚷，于是K把她的另一只手也抓住了。他抓住她的手，这可不是一种爱抚动作：她"哎哟哎哟"地叫着，竭力想挣脱。由于K的暴怒，最后吃苦头的，却是勃洛克，律师冷不防向他提了个问题："你的律师是谁？""是您。"勃洛克说。"除了我以外还有谁？"律师问。"除了您以外，没有别人了。"勃洛克说。"那你就别理会任何其他人。"律师说。勃洛克对这句话心领神会，他恶狠狠地瞪了K一眼，朝K使劲摇头。如果把这些动作转换成语言，即是对K的一顿臭骂。而K竟想和这个人一起，友好地商谈自己的案子！"我决不会插嘴了，"K说，他的身子朝后一仰，靠着椅子背，"你想下跪也好，在地上爬一圈也好，只要你愿意就行，我再也不多嘴了。"

然则勃洛克身上还残留着一些自尊心，至少在K面前是这样，因为他走到K面前，壮起胆子，当着律师的面，挥舞着拳头，对K嚷道："不许你用这种腔调对我说话，不允许你这么做。你侮辱我，想要干什么？居然当着律师的面也敢这么做，你这是什么意思？他只是出于怜悯之心才让咱们两人到这儿来的。你比我好不到哪儿去，你也是个被告，你也和我一样，牵涉到一件案子里面去了。但是，假如你仍然是位绅士，那就让我告诉你，我也是一位和你一样有名气的绅士，如果不是比你更有名气的话。我得强迫你用绅士的口气对我说话，是的，你应该这样。如果你觉得比我占上风，因为你可以舒舒服服地坐在这儿，看着我在地上爬——你是这么说的——那就让我提醒你记住一句古人的警句吧：受到怀疑的人最好多活动，而别待着不动，因为待着不动就有可能被人认为真的有罪,而自己还蒙在鼓里。"

K一句话也说不出来,只是目瞪口呆地瞧着这个疯子。就在这个钟头内,这家伙身上发生了多么大的变化啊!他是不是为案子的事过分着急,以致连敌友也区分不清了?他难道没有发现,律师在肆意侮辱他吗?这回律师没有任何别的目的,只是想在K面前显显自己的威风。另外,他也许想强迫K默认他的这种权利。然而,如果勃洛克不能看出这一点,或者他怕律师怕得要命,不敢让自己看出这一点,那么,他又怎么会刁钻或者能干到骗过律师的程度?他居然否认曾经找过其他讼师。他明知道K可能会揭穿他的秘密,又为什么会鲁莽到出言攻击K的地步?他的鲁莽逐步升级,居然走到律师床前,埋怨起K来了。"霍尔德博士,"他说,"您听见这家伙对我说的话了吗?他的案子和我的相比,只有几小时的历史,可是,虽然我五年前就卷入案子了,他却大言不惭地要给我出主意。他甚至还辱骂我。他什么都不懂,居然还骂人,骂起像我这样一个煞费苦心、仔细研究过各种义务、公德和传统的人来了。""别理会任何人,"律师说,"自己觉得怎么对就怎么办。""一定照办。"勃洛克说,他好像取得了自信心,接着匆匆向旁边扫了一眼,紧挨着床跪下。

"我跪下了,霍尔德博士。"他说。然而律师没有回答。勃洛克伸出一只手,小心翼翼地抚摸着毯子。屋内一片静寂,莱妮挣脱了K,说道:"你把我捏疼了,放开,我要和勃洛克在一起。"她走过去,坐在床沿上。勃洛克看见她来,十分高兴,他频频做着手势,像是在演哑剧一样,哀求莱妮在律师面前为他的案子说情。他显然急于想从律师口中得到一些消息,不过,或许他只是想把这些消息转告给其他讼师,供他们参考。看来莱妮知道得很清楚,应该通过什么途径去套出律师的话。她指指律师的手,噘起嘴唇,做出吻手的样子。勃洛克立即去亲律师的手,并在莱妮的提示下,又把这个动作重复了两遍。但是律师一直不予搭理。于是莱妮便挺直她那娇美的身躯,俯下身去,凑近老律师的脸,拨弄他那灰白的长头发。这终于引出了一个回答。"我犹豫不决,不知道该不该告诉他。"律师说,他摇着头,也许只是为了更好地享受莱妮的抚摸带来的快乐。勃洛克低着头听着,似乎听人讲话是违法的。"你为什么犹豫不决?"莱妮问。K觉得,他是在听一段背得滚瓜烂熟的对话,这段对话以前常常听见,以后也会经常重复,只有勃洛克一个人从来也不觉得乏味。

"他今天表现得怎样?"律师没有回答,倒是提了个问题。莱妮在向律师提供情况之前,先低下头去看了勃洛克一会儿。勃洛克朝她伸出双手,然后十指交叉,做哀求状。莱妮最后慢吞吞地点了点头,转过脸去,对律师说:"他既安静,又勤快。"一个上了年岁的商人,一位银发长须的长者,竟恳求一个年轻姑娘为自己说句好话!他当然可以保留自己的看法,但是在他的朋友们面前,他是无法为自己辩解的。K不能明白,律师怎么会认为这样拙劣的表演就能把自己争取过去。如果律师迄今为止还没有使勃洛克丧失人格,那么今天这个场面便足以使他完全失去为人的价值了。甚至旁观者看了也觉得羞愧难当。这么看来,律师的手法——幸好K还没有长期领教过——看得到的结果是:委托人最后忘记了世间万物,只是寄希望于沿着一条其实是错误的道路蹒跚移步,直到能看到案子的结果为止。委托人不再称其为委托人了,而成了律师的一条狗。如果律师命令此人钻到床底下去——好像钻进狗窝里一样——并且在那里学狗叫,他准会高高兴兴地照办。K以冷眼旁观的态度听着每句话,好像他得到的任务是密切注视事态进展,写出书面记录,向上级机构汇报。

"他整天尽干些什么?"律师接着问。"我把他关在女佣人的房间里,"莱妮说,"不让他妨碍我干活。那儿是他通常待的地方。我可以透过门上的通风孔经常监视他,看他在干些什么。他一直跪在床上,看你借给他的文件,他把文件都摊在窗台上。这给我留下了良好印象,因为窗户对着小天井,透不进多少光线,而他却仍然专心致志地看文件,这使我相信,他正在一丝不苟地做着让他做的事情。""我很高兴听你这么说,"律师说,"但是,那些文件他能理解吗?"在这段时间内,勃洛克的嘴唇一刻不停地在蠕动,他显然是在默默地回答律师的问题。他希望莱妮也这么回答。"这个吗,当然,"莱妮说,"我也不怎么确切知道。不管怎么说,我可以肯定,他看得很仔细。他每天最多只看一页,从不多看,他用手指着,一行行往下看。我每次观察他时,他总是在自怜自叹,好像看文件实在太费劲了。你给他看的文件似乎很深奥。""是的,"律师说,"那些文件是够深奥的。我不相信他真的能看懂。我让他看这些文件的目的只是使他大致了解,我为他进行辩护是一场多么艰巨的战斗。我到底为谁进行这场艰巨的战斗呢?讲起来真可笑——我全是为了勃洛克。他应该明白这意味着什么。他看的时候从来不中途停顿吗?""差不多一次也不停,"莱妮回答道,"他只有一次问我要点儿水喝,我从通风口里给他送了水。然后,大约八点钟的时候,我让他出来,给了他一点儿吃的。"勃洛克向K瞟了一眼,好像希望K听了他创造的这个极佳纪录后会深受感动。

勃洛克的希望似乎增大了,他的动作不那么拘谨了,他还让膝盖稍微挪动了一下。可是,律师下面讲的这番话却使他噤若寒蝉,这是十分明显的。"你在夸奖他,"律师说,"但这只能使我更难向他启齿。因为法官讲的话对勃洛克和他的案子很不利。""不利?"莱妮问道,"这怎么可能呢?"勃洛克目不转睛地瞧着她,好像相信她有本事使法官说过的话具有一种新的、有利于他的含义。"不利,"律师说,"他甚至讨厌我提起勃洛克。'别提勃洛克的事。'他说。'可是,他是我的委托人呀。'我说。'你是在为那人浪费精力。'他说。'我不认为他的案子没有希望了。'我说。'得了吧,你确实是在为他浪费精力。'他又说了一句。'我不信,'我说,'勃洛克真心诚意地关心着自己的案子,把全部心思都用在这上面。他为了及时了解诉讼的进展情况,几乎一直住在我家里。这种热情是不常见的。当然,他本身令人反感,举止粗俗,身上很脏,但是作为一个委托人,他是无可指责的。'我当时说'他是无可指责的',当然是故意言过其实。法官听了后,回答道:'勃洛克只是老练而已。他经验丰富,知道怎样拖延磨蹭。不过,他的无知甚于他的老练。如果他发现他的案子其实还没有开始审理,如果别人告诉他,开庭审理的铃声还没有摇响,你想他会说些什么?'安静点儿,别动,勃洛克。"律师说,因为勃洛克哆嗦着两腿,站了起来,显然想求律师解释一下。这是律师第一次直接对勃洛克说话。律师那双毫无光泽的眼睛朝下看着,目光甚为呆滞,既像看着勃洛克,又像没看他。勃洛克慢慢蹲下，重新跪好。

"法官的这番话对你没有多少意义，"律师说，"用不着为每个字眼心惊肉跳。如果你再这样，我就什么也不告诉你了。我每讲一句话，你就以这种目光瞧着我，好像已经对你做出最终判决了。你当着我的另一个委托人的面这么做，应该感到难为情。你会使他也不再信任我。你怎么啦？你还活着哩，你还在我的保护之下。你的恐惧是没有道理的，你已经在某个地方看到过，一个人的定罪往往出乎意料地取决于随便哪个人偶尔讲过的一句话，这肯定是符合事实的，尽管有许多保留。然而，同样真实的事，你的恐惧使我很反感，这显然表明你对我缺乏必要的信任。我所讲的一切不过是重述了法官讲的话而已。你知道得很清楚，在这类事情中，意见纷纭，一片混乱。比如说，这位法官认为诉讼是从某个时刻开始的，而我却认为是从另一个时刻开始的。意见不一，仅此而已。按照古老的传统，诉讼进行到一定阶段，就得摇铃。而根据法官的看法，案子的诉讼过程这时才算正式开始。我无法把所有反驳他的论点讲给你听，讲了你也不会明白的，只需要告诉你有许多论据和他的看法相反就行了。"忧心忡忡的勃洛克开始拽起铺在床前的兽毛地毯上的毛来，他对法官讲的话害怕得要命，以至一时忘了听命于律师，只顾考虑自己的事了，他反复琢磨着法官的话，从各个方面进行分析。"勃洛克，"莱妮用警告的口气说，她拽住勃洛克的衣领，把他往上拉起一点儿，"别动地毯，听律师讲话。"

第十章 在大教堂里

一位意大利同行首次来访该城,他是这家银行最有影响的顾客之一,K受命接待他,陪他参观城里的艺术珍品和文物古迹。要是在从前,K会把接受这项差使当作一种荣誉,可是,目前他正需要竭尽全力保持自己在银行里的声誉,在这种情况下,他不大愿意接受这个任务。银行外度过的每一个小时都是对他的一次审判。当然,他已经完全不能像先前那样,充分利用上班时间,他只是装模作样,似乎在干正经事,其实是在白白糟蹋时间。可是,他如果不在办公桌后面坐着,就会更难受。他头脑中出现了副经理的形象:副经理老在监视着他,隔一会儿就溜进他办公室一次,在他桌旁坐下,翻看他的案卷,接待那些多年来已经成为K的老朋友的顾客,把他们从K那儿抢走,或许还在他的工作中找岔子。K自己知道，工作中的各种错误正在不断地威胁着自己，而他却再也无法防范了。因此，如果委派给他的一桩差事——即便是能大出风头的差事——需要他离开办公室，甚至还要外出做一次短期旅行，他就肯定会怀疑，这是一个阴谋，把他支使开，以便稽查他的工作，至少证明并非办公室里缺了他就不行。这类差事最近碰巧常常落到他身上。大部分差事他都可以轻而易举地推辞掉，但他不敢贸然这么干，因为即使他的疑心并非完全捕风捉影，拒绝出差也会使人认为他心里有鬼。

由于这个缘故，每桩差事他都接受下来，表面上十分坦然。有一次，人家希望他出两天差，他正患着重伤风，秋天的阴湿天气有可能加重病情；但是，他对此却一字不提，不想找借口推诿。等他头昏脑涨地回来时，发现人家已经挑选他第二天去陪意大利客人。拒绝一次的愿望十分强烈，尤其是因为这次交给他的任务和业务没有密切联系，然而，这是对一位同行尽社会义务。无疑，这项义务很重要，只不过对他来说无关大局，因为他知道：只有把工作做好，才有希望；工作做不好，即使意大利人发现他是一位最出色的陪同，对于他也毫无用处。他尽量避免离开自己的工作，一天也不离开，因为他十分害怕会不让他回来。他也知道自己过虑了，但这种恐惧感照样在折磨着他。这次的困难在于很难找到一个站得住脚的借口。他对意大利语固然并不精通，但应付差事还是行的；另外一个决定性原因是，他对艺术也略知一二，因为早年曾经学过。银行里把他谙熟艺术这件事夸大到了荒谬的程度，因为有段时间由于工作关系，他曾经当过古代文物保管协会会员。据说，那位意大利人也是个行家，如果名不虚传的话，挑选K陪同他便是自然而然的了。

这天早晨空气潮湿，刮着风，七点钟K便早早来到办公室。看着面前的工作计划，他很恼火，不过，他决定在客人来之前，起码要干完几件事。他很疲倦，因为头天花了半夜时间啃一本意大利语语法，略做准备。窗子对他产生了更大的诱惑力，最近他不大愿意老在办公桌后面坐着，养成了在窗前久久伫立的习惯，不过，他抵制住了这种诱惑，坐下来工作。不巧的是，侍者正好在这时出现了，说是经理派他来看看，襄理先生是不是已经来上班了，如果已经来了，就请襄理先生屈驾到接待室去，从意大利来的那位先生已经到了。"好吧。"K说。他把一本小辞典塞进口袋，腋下夹着一本他特意为这位客人准备的游览画册，走过副经理办公室，进入经理办公室。他庆幸自己来得甚早，经理一叫就能立即赶到，这点或许谁都没有料到。副经理的办公室当然是空荡荡的，就像在万籁俱寂的深夜里一般。侍者很可能也奉命通知副经理出席作陪，可是没有通知到。

K走进接待室时，两位先生从软沙发上站了起来。经理看见K显然很高兴，亲热地对K笑笑，立即做了介绍。意大利人热情地握了握K的手，笑着说："某君落床甚早矣。"K不完全明白是什么意思，因为这个句子实在乖僻，其含义一下子搞不清楚。K略微寒暄几句，意大利人又笑了一次，算是回答，同时神经质地捋着他那浓密的、铁灰色的髭须。他的髭须上显然喷过香水，人们真想凑近去闻一闻。他们重新坐下，开始初步交谈。K发现，意大利人讲的话，自己只能听懂一部分，他心里颇觉不安。当意大利人讲话徐缓、语调平稳时，他就差不多全能听懂。可是这种情况很少出现,意大利人口若悬河,摇头晃脑,好像在欣赏自己的口才。另外,他讲话得意时,总要改用方言,K听不出这是意大利语,然而经理却既听得懂又会讲。K应该预想到这一点,因为这位意大利人是从意大利最南端来的,而经理则曾在那儿待过好几年。总而言之,K明白了,他和意大利人谈通的可能性很小,意大利人讲的法语也很难听懂,注视他的唇部动作推测其含义同样无济于事,因为他的唇部动作被浓密的髭须遮住了。

K开始预感到将有伤脑筋的事,便暂时放弃了试图听懂谈话内容的念头——既然经理在场,可以听懂意大利人讲的一切,自己就不必在这方面费神了。于是K便愠怒地观察起意大利人来,别的什么也不管。他看见意大利人逍遥自在地坐在沙发上,不时拽拽身上那件又小又短的外衣的尖襟角,有一次还抬起手臂,懒散地比画着双手,解释某件事。K虽然俯上前去,注意观看他的每一个手势,但还是没有弄懂是什么意思。后来,由于K呆坐在那里,不参加谈话,只是机械地看着他俩你一言我一语地侃侃而谈,他便重新被早先的倦意所驾驭,并突然发现自己正心不在焉地想站起身来,撇下那两个人就走,他吓了一跳,幸好及时制止住了自己。最后意大利人看了看表,一跃而起,与经理告别后,走到K跟前。他靠得那么近,以至于K不得不把椅子往后挪了挪,才使自己有活动的余地。

毫无疑问,经理已经从K的眼神里看出,K听不懂意大利人讲的话,处境非常尴尬,便巧妙而委婉地插了几句,表面上好像是给K出几个小主意,其实是向K简述了意大利人刚才不断插嘴讲话的全部意思。于是K得知,意大利人有几件紧要的商务要处理,很不凑巧,他的时间很紧,因此不打算匆匆忙忙地把所有名胜古迹都看一遍,只想参观一下大教堂就行了。不过,得看仔细点儿,当然这取决于K是否同意,完全由K看着办吧。他感到极其愉快,能有机会与这样一位博学、热情的先生——这是他对K的评价——做伴,参观大教堂,K竭力不听他讲话,而是尽量敏捷地记住经理说的内容:意大利人请求K,如果方便的话,两个钟头内,比方说十点左右,在大教堂见面。意大利人相信自己能在那时赶到。K表示同意,意大利人先握了握经理的手,又握了握K的手,然后,又和经理握了一次手。经理和K跟在意大利人后面,他半转过身子,又对他们讲了一连串话,便朝门口走去。

K在经理那儿又待了一会儿。那天经理看上去身体特别不好,他觉得应该向K解释一下,便说——他俩站得很近——开始他本想自己去陪意大利人,可是后来转而一想——他没有讲出确切的原因——决定还是让K去好。如果K发现自己乍一开始听不懂那人的话,不必着急,因为不需要多少时间,就会听懂那人讲话的意思的;即使到后来仍旧不大明白,那也没啥关系,因为意大利人不在乎别人到底能否听懂。何况K的意大利语水平高得出奇,一定能应付自如。

经理说完这些,就让K回办公室去。K利用剩下的时间,从辞典里抄录一些参观大教堂时可能用得上的生词,这是一件特别容易使人发火的事。侍者手持函件接踵而至,职员们纷纷前来问询,他们看见K正忙着,便局促地站在门口,不过,在得到他的回答之前又不想离开。副经理也不放过这个机会来打扰他，曾经进来几次，从他手里拿过辞典，漫不经心地翻着。门一打开，前厅里的顾客就隐约可见，他们不耐烦地点头示意，希望能引起注意，但他们对自己是否能够引起注意却心中无数——所有这些活动全都围绕着K在进行，仿佛他是一切活动的中心。与此同时，他正忙于收集有用的单词，翻辞典，抄写，练发音，最后想法子背熟，他一度极好的记忆力似乎背弃了他。他常常生意大利人的气，怪意大利人给他带来这么多麻烦。他把辞典塞到文件堆下面，决心不再往下准备了，可是他又觉得，陪意大利人参观大教堂的艺术珍品时，不能一言不发，于是，便带着更大的火气，又把辞典拿了出来。

九点半，他正要走，电话铃响了，莱妮祝他早安，问他怎么样，K匆匆向她道谢，说是没时间跟她聊了，因为得上大教堂。"上大教堂？"莱妮问道。"对，上大教堂。""可是，为什么上大教堂呀？"莱妮说。K想试着简单解释几句，可是刚一开口，莱妮就突然说道："他们逼得你真紧。"这种他既没要求也没料到的同情使他无法忍受，他说了两声再见，可是当他挂上电话的时候，却低声嘟哝道："他们逼得我真紧。"这话一半是对自己讲的，一半是对已经听不见他说话的远方姑娘讲的。

已经不早了，恐怕不能按时赴约，他急忙叫了一辆出租汽车，临上车前，他想起了那本画册。在此之前，他没有合适的机会送出去，现在可以带上了。他把画册搁在膝头上，一路上烦躁地用手指头敲着封面。雨小多了，但是天气湿冷、阴暗，大教堂里看得清的东西不会太多，而且，好几个钟头站在冰凉的石板地上无疑会使 K 的感冒大大加重。

大教堂广场上空荡荡的，K 想起，这个狭长的广场在他小时候就已给他留下了深刻的印象，因为周围的房子几乎毫无例外，窗户上都遮着窗帘。当然，如果在像今天这样的天气里，是容易理解的。大教堂里面也是空荡荡的，人们当然没有很多兴趣在这种时候来参观。K 走遍了两个边堂[①]，只看见一位围着围巾的老妪跪在圣母像下，两眼虔诚地望着圣母。后来他远远看见一位堂守[②]一瘸一拐地走进侧墙的一扇门里消失了。K 是准时到的，他走进大教堂时，正好敲十点，但是意大利人还没有来。K 回到大门口，犹豫不决地在那儿待了一会儿，然后冒雨绕着大教堂的外面走了一圈，那个意大利人并没有在哪个边门上等着，哪儿也看不到他的人影。或许经理把时间搞错了吧？有哪个人敢担保自己能正确无误地听懂那个意大利人讲的话呢？不管怎么样，K 至少也得再等他半个钟头。K 累了，想坐下歇歇，于是便重新走进大教堂。他在一个台阶上发现一块地毡模样的东西，便用脚尖把它踢到附近的一条长凳边。他把大衣裹得更紧一些，竖起领子，坐在长凳上。为了消磨时间，他打开画册，心不在焉地翻阅起来，但是没过多久他就不得不作罢，因为大教堂里渐渐变黑了。他抬起头来，连离得很近的边堂里的东西也很难辨认清楚了。

远处，圣烛排列成一个大三角形，在高高的神坛上闪烁，K

[①] 比较大的教堂主厅一般由中堂和两个边堂组成，中堂与边堂以廊柱为界。

[②] 看守教堂、燃点圣烛、打扫卫生、维持整洁的神职人员。

不敢断言，以前是不是见过这些圣烛，也许是刚点燃的。堂守的职业习惯是举步轻盈，他们走过时谁也不会注意到。K偶然转过身，发现身后不远处燃点着另一支圣烛，这支圣烛又粗又长，插在廊柱上。圣烛倒很悦目，但是，只用圣烛给挂在两旁昏暗的小礼拜堂中的神坛画照明是远远不够的，反倒使小礼拜堂显得更暗了。意大利人没有来，一方面是失礼，另一方面也可以说很明智，因为即使来了，也看不见什么，最多只能顺着K的手电筒的光亮，零零碎碎地看几幅画，聊以自慰。K为好奇心驱使，走进旁边的一个小礼拜堂，登上几级台阶，走到一列低矮的大理石围栏跟前，探出身去，掏出手电筒，照着神坛画，想看看到底会产生什么效果。手电筒的光亮在画面上来回移动，好像是一个不速之客。K首先看见的——部分是猜出的——是画幅边缘画着一位身材魁梧、披着盔甲的骑士。这位骑士手握剑柄，剑刃插在光秃秃的地里，那儿除了一两株草以外，什么也没长。骑士似乎在聚精会神地注视着一个正在他眼前开展的事件。叫人纳闷的是，他为什么非得站在原地止步不前，而不走到出事地点的近旁去。也许他是被指派在那儿站岗的。K已经很长时间没看画了，他久久端详着这位骑士，尽管手电筒发出的微微发绿的光亮使他觉得眼酸。他移动着手电筒，照亮神坛画的其他部分，才发现画的是基督入墓，显然是最近画的，但是风格和通常所见的几乎一样。他把手电筒放进口袋，回到刚才坐的地方。

看来用不着再等那个意大利人了，不过，外面可能正下着倾盆大雨，大教堂里边也不像K预想的那么冷，于是他便决定暂且在里面再待一会儿。大讲坛[①]就在他身旁很近的地方，坛顶甚小，呈拱形，上面斜架着两个金质的耶稣受难十字架，顶部互相交叉。外沿的栏杆上，以及把栏杆的支柱连接在一起的石雕上，都饰有叶纹，叶纹间雕着许多小天使，有的活泼，有的恬静。K 走到大讲坛跟前，从各个角度细细观察。石雕纤巧剔透，叶纹间和叶纹后有一个个深邃幽黑的洞穴，黑暗似乎在这里被捉住，再也不能脱逸了。K 把手伸进一个石洞，触触洞壁，他从来也不知道此地有这么个讲坛。他蓦地发现一个堂守站在最近的一排长凳后面。这位堂守身穿一件宽大的黑教袍，左手拿着一个鼻烟盒，正在瞧着 K。他想干什么？ K 想道，难道我的模样可疑吗？他是想求我施舍吗？堂守看见 K 注意到自己后，就举起右手，随便指了个方向，手指间还捏着一撮鼻烟。他的手势好像没有什么含义。K 踌躇了一会儿，但是堂守还在不断地指指这儿，指指那儿，并且频频点头，强调这个手势的重要性。"他到底想干什么！" K 低声说，他在这里不敢抬高声音，他随即掏出钱包，顺着长凳朝堂守走去。但是堂守马上做出拒收的动作，耸耸肩，一颠一跛地走开了，K 小时候常常模仿一个骑马的人，迈的也是这种轻盈、敏捷和一颠一跛的步子。一个稚气十足的老头，K 心想，智力只够当个堂守。瞧，我一停下，他也就停下，看看我是不是还跟着他！ K 暗暗发笑，沿着边堂跟在堂守后边一直走到

---

① 教堂内的附属建筑，一般位于中堂与边堂相邻的廊柱边，高两三米，上有一米见方左右的平台，周围饰以石栏，下有一根或四根石柱，另有一石梯，供教士上去布道用。

大神坛前。老堂守总是指着一样东西，K故意不回头看他到底在指着什么，这个手势不会有别的目的，只是想甩开K而已。最后，K不再尾随堂守，他不想过于惊动这位老人，另外，如果意大利人万一来了，最好还是别把这唯一的堂守吓跑。

　　K回到中堂，寻找他刚才把画册撂在上面的那个座位，他发现旁边还有一个小讲坛，就筑在唱诗班座位附近的石柱上。这个讲坛外形简单，用没有纹理的浅色石块砌成。讲坛很小，远远看去，好像是一个里面将要供上一尊神像的空壁龛。布道者无法离开石栏往后退一大步，因为地方太小。石砌的拱形坛顶虽然不带饰物，但同样十分低矮，前面部分还向上翘起，因此，连中等个子的人也无法在圆拱下站直，只能倾身倚着石栏。整个结构设计得使布道者备受折磨。为什么这个讲坛要设计成这种样子，而另一个讲坛却既宽大、又装饰得如此华丽呢？似乎找不到可以解释的理由。

　　如果这个讲坛上没有支着一盏点燃的圣灯，K肯定不会注意到它，点燃圣灯通常意味着即将开始布道。现在要举行礼拜式吗？难道就在这座空无一人的教堂里举行吗？K凝视着下面那一小段通向讲坛的楼梯，梯级绕着石柱，盘旋而上，梯面狭窄，看上去像是石柱的附属装饰品，而不是供人走的楼梯。不过，在楼梯底部，却真有一位教士正准备拾级而上，K露出了惊讶的微笑，这位教士手扶栏杆，眼睛望着K。他朝K微微点了一下头，K在胸前画了个十字，欠了欠身，这些动作他早就该做了。教士轻轻晃着身体，走上楼梯，他敏捷地移动双脚，迈着小步登上讲坛。他真的要布道吗？或许那位堂守并非是个傻瓜，他想方设法把 K 引到布道教士这边来，在这座空无一人的教堂里，完全应该这样做。不过，教堂里的某处还有一位老妪，站在圣母像前面，她也应该来听布道。如果真要做礼拜，为什么管风琴不先奏乐？管风琴沉默着，它的一排排长管子在黑暗中若隐若现。

K 思忖着是否应该立即离开，要是现在不走，等礼拜式一开始，就没机会走了，就得一直待到结束。到办公室去上班已嫌太迟，再等意大利人也已经没有必要。他看看表，十一点了。可是，真的要布道吗？K 一人能代表全体会众吗？如果他只是一个来参观大教堂的外地人，那又会怎么样？他现在的情况与此相仿。在天气这么坏的一个周日里，上午十一点开始布道，这种想法委实荒谬。教士——那人无疑是教士，他是一位面部线条柔和、肤色黝黑的青年——走上讲坛，显然只是为了去吹熄那盏灯，点燃它是个错误。

然而，事情并非如此，教士看了看圣灯，把它转得更高一些，然后慢慢转过身，双手扶着石栏的棱角状边缘。他这么站了一会儿，眼睛环视四周，头却不动。K 后退了一大段距离，双肘支在最前面的一条长凳上。他不知道堂守在什么地方，但朦朦胧胧地感到那位背部略驼的老人正在恬静地休息，似乎他已经完成了自己的分内事。大教堂里此时此刻多么寂静啊！可是，K 不得不打破这片寂静，因为他无意在此久待。如果这位教士的责任是不管环境条件如何，非要在此时此刻布道，那就让他讲好了，用不着 K 的配合，他也能布完道，就像 K 的在场也肯定不会提高他布道的效果一样。所以 K 开始慢慢挪动双脚，踮起脚尖，沿着长凳的方向走去，一直走到宽敞的中廊里，没有任何东西阻碍他行走，只听见他双脚轻轻踏着石砖发出的声音和拱顶上传出的微弱、然而持久的回声，回声交织在一起，越来越响。K向前走去，他有一种被人遗弃的感觉，空空如也的长凳之间，只有他一个人，也许教士的目光正追随着他，大教堂的宽敞使他吃惊，已经接近人类可以容忍的极限了。他走过刚才撂下画册的地方，不待停步，便一手拿起了画册。他差不多已经走到长凳尽头，正要踏进他与门口之间的一块空地时，忽然听见教士抬高了嗓门——教士的嗓音洪亮，训练有素。它在这个期待着声音的大教堂里回荡！但是，教士并不是对会众讲话，他的话毫不含糊、一清二楚，他在喊着："约瑟夫·K！"

K吃了一惊，呆视着眼前的地板。他暂时还是自由的，可以继续走自己的路，可以溜进前面不远处那些暗黑色的小木门中跑掉。这将表明，他没有听懂这喊声，或者虽然听懂了，却并不当一码事。但是，如果他转过身去，就会被逮起来，因为这等于承认，他确实听懂了，他就是教士招呼的人，他愿意俯首听命。假如教士再一次喊出K的名字，他准会继续往前走，不过，尽管他站住等了很久，却一直没有任何声音，他忍不住稍稍转过头，看看教士在干什么。教士和先前一样，静静地站在讲坛上，他显然已经发现K转了一下脑袋。如果K不调过身，不正面对着他，他们就会像小孩子玩捉迷藏游戏一样。K转过身，教士招呼他走近一些。既然现在已经没有必要回避了，K便三步并作两步，匆匆朝着讲坛往回走——他很好奇，并且急于缩短这次会见的时间。

他走到前几排座位面前停下，但教士觉得相距还太远，便伸出一只胳膊，伸直食指，指着讲坛跟前的一个地方。K也照办了，当他站到指定的地方后，不得不使劲往后仰头，才能看见教士。"你是约瑟夫·K。"教士说，他从石栏上举起一只手，随随便便地做了个手势。"是的。"K说。他想道，以前自己通名报姓时是何等坦然，最近自己的姓名却成了一个莫大的负担，现在，那些素昧平生的人似乎都已经知道他的称谓。在被别人辨认出来之前先做自我介绍，该是多么愉快啊！"你是个被告。"教士说，他把嗓门压得很低。"是的，"K说，"别人是这样对我说的。""那么你就是我要找的人，"教士说，"我是狱中神父。""噢。"K说。"我把你叫到这儿来，"教士说，"是想跟你谈谈。""我事先并不知道，"K说，"我上这儿来，为的是陪一个意大利人参观大教堂。""这是离题话，"教士说，"你手里拿的是什么？祈祷书吗？""不是，"K答道，"是介绍本市值得一看的那些风景点的画册。""放下。"教士说。K使劲把画册扔出去，画册在空中打开，随即带着散乱的画页掉落在地上，还向前滑了一段。教士问道："你知道你的案子情况很糟吗？""我自己也这么想，"K说，"我能做的都做了，但至今毫无成效。当然，我的第一份申诉书还没有递上去。""你认为结果将会怎么样？"教士问。"起初我想准会有个好结果，"K说，"但是，现在我常常充满疑虑。我不知道结果会怎么样。你知道吗？""不知道，"教士说，"不过我担心会很糟。人家认为你有罪。你的案子也许将永远只由低级法庭审理，不会往上转。你的犯罪事实据说已经核实，至少现在如此。""但是我并没罪，"K说，"这是一个误会。何况，事情真的是个误会的话，又怎么能说某人有罪呢？我们不过是普通人，彼此都一样。""这话很对,"教士说,"可是,一切有罪的人都是这么说的。""你也对我有偏见吗?"K问。"我对你没有偏见。"教士说。"谢谢你,"K说,"然而,所有与此案诉讼有关的人都对我怀有偏见。他们甚至影响了局外人。我的处境正变得越来越困难。""你曲解了案情,"教士说,"判决是不会突然做出的,诉讼的进展会逐渐接近判决。""原来是这样。"K说,他低下了头。

"你下一步准备怎么办?"教士问。"我要争取更多的帮助,"K说,他重新抬起头,看看教士对这句话会有什么反应,"有几种可能性我还没有探索过。""你过多地寻求外部帮助,"教士不以为然地说,"特别是从女人那儿。你不觉得这种帮助并不正当吗?""在有些案子里,甚至有许多案子里,我可以同意你的看法,"K说,"但并非永远如此。女人有很大的影响,如果我能动员我认识的几位女人,一齐为我出力,那我就肯定能打赢官司。特别是在这个法庭面前,它的成员几乎全是好色之徒。预审法官只要远远瞧见一个女人,就会把案桌和报告统统撞翻在地,迫不及待地跑到她跟前去。"教士把身子探出石栏外,显然他已经第一次感到位于头部上方的拱顶的压迫。外面的天气肯定糟糕透顶,现在教堂里连一点儿微弱的亮光也没有了,黑夜已经降临。大窗子上的彩色玻璃没有一块能透过一丝光线来照亮黑暗的墙壁。就在这时,堂守开始把神坛上的蜡烛一支支吹灭。"你生我的气吗?"K问教士,"你很可能不了解你为之服务的法庭的性质。"他没有得到回答。"这些只是我个人的体会。"K说。上面还是没有回答。"我并不想冒犯你。"K说。听到这儿,教士在讲坛上厉声嚷道:"你的目光难道不能放远一点儿吗?"这是愤怒的喊声，同时又像是一个人看到别人摔倒、吓得魂不附体时脱口而出的尖叫。

他们两人沉默了好久。在一片黑暗中，教士当然看不清K的模样，而K却能借着小灯的亮光把他看得很清楚。他为什么不走下讲坛？他没有布道，只告诉K几则消息，K考虑了一下，这些消息只会对自己有害，而不会有什么帮助。然而K觉得，教士的好意是毋庸置疑的。只要教士离开讲坛，他们就有可能达成一致的意见，K就有可能从他那儿得到决定性的、可以接受的忠告。比如说，他可能给K指出途径，当然并非让K去找有权有势的人物为他的案子斡旋，而是避免K涉嫌，使他从这件案子中彻底脱身，完全游离于法庭管辖之外自由生活。这种可能性应该存在，近来K对此想了很多。如果教士知道这种可能性，那么只要K央求他，他可能便会把自己知道的情况告诉K，尽管他本身属于法庭，而且，一听到法庭受到指责，便会忘记自己温和的天性，对K大叫大嚷起来。

"你不想下来吗？"K说，"你不必布道了。下来吧，到我这儿来。""现在我可以下来了。"教士说，他可能后悔自己刚才太感情用事了。他从灯架上取下圣灯，说道："我首先得从远处对你说话。否则，我太容易受影响，会忘记我的职责。"

K在梯级底下等着他。教士还没有从梯级上走下来，就朝K伸出手。"你能抽点儿时间跟我谈谈吗？"K问道。"你愿谈多久，就谈多久。"教士说，他把小圣灯交给K提着。他俩虽然已经挨得很近，教士却仍旧保持着某种矜持的神情。"你对我很好，"K说，他们肩并肩地在昏暗的中堂里来回踱步，"在属于法庭的人当中，你是个例外。我对你要比对其他人信任得多，虽然我熟悉他们中的许多人。在你面前，我愿意畅所欲言。""你可别受骗。"教士说。"我怎么会受骗呢？"K问道。"关于法庭这件事，你是自己骗自己，"教士说，"法律的序文中，是这样描绘这种特殊的欺骗的：一个守门人在法的门前站岗。一个从乡下来的人走到守门人跟前，求见法。但是守门人说，现在不能让他送去。乡下人略作思忖后问道，过一会儿是不是可以进去。'这是可能的，'守门人回答说，'但是现在不行。'由于通向法的大门像往常一样敞开着，守门人也走到一边去了，乡下人便探出身子，朝门里张望。守门人发现后，笑着说：'你既然这么感兴趣，不妨试试在没有得到我许可的情况下进去。不过，你要注意，我是有权的，而我只不过是一个级别最低的守门人。里边的大厅一个连着一个，每个大厅门口都站着守门人，一个比一个更有权。就是那第三个守门人摆出的那副模样，连我也不敢看一眼。'这些是乡下人没有料到的困难。他本来以为，任何人在任何时候都可以到法那儿去，但是，他仔细端详了一下这位穿着皮外套、长着一个又大又尖的鼻子、蓄着细长而稀疏的鞑靼胡子的守门人以后，决定最好还是等得到许可后才进去。守门人给他一张凳子，让他坐在门边。他就在那儿坐着，等了一天又一天，一年又一年。他反复尝试，希望能获准进去，用烦人的请求缠着守门人。守门人时常和他聊几句，问问他家里的情况和其他事情，但是提问题的口气甚为冷漠，大人物们提问题便是这个样子，而且说到最后总是那句话：现在还不能放他进去。乡下人出门时带了很多东西，他拿出手头的一切，再值钱的也在所不惜，希望能买通守门人。守门人照收不误，但是每次收礼时总要说上一句：'这个我收下，只是为了使你不至于认为有什么该做的事没有做。'在那些漫长的岁月中，乡下人几乎在不停地观察着这个守门人。他忘了其他守门人，以为这个守门人是横亘在他和法之间的唯一障碍。开始几年，他大声诅咒自己的厄运，后来，由于他衰老了，只能喃喃自语而已。他变得稚气起来，由于长年累月的观察，他甚至和守门人皮领子上的跳蚤都搞熟了，便请求那些跳蚤帮帮忙，说服守门人改变主意。最后他的目光模糊了，他不知道周围的世界真的变暗了，还是仅仅眼睛在欺骗他。然而在黑暗中，他现在却能看见一束光线源源不断地从法的大门里射出来。眼下他的生命已接近尾声。离世之前，他一生中体验过的一切在他头脑中凝聚成一个问题，这个问题他还从来没有问过守门人。他招呼守门人到跟前来，因为他已经无力抬起自己那个日渐僵直的躯体了。守门人不得不低俯着身子听他讲话，因为他俩之间的高度差别已经大大增加，愈发不利于乡下人了。'你现在还想打听什么？'守门人说，'你没有满足的时候。''每个人都想到达法的跟前，'乡下人回答道，'可是，这么多年来，除了我以外，却没有一个人想求见法，这是怎么回事呢？'守门人看出，乡下人的精力已经衰竭，听力也越来越不行了，于是便在他耳边吼道：'除了你以外，谁也不能得到允许走进这道门，因为这道门是专为你而开的。现在我要去把它关上了。'"

"就这样，守门人欺骗了乡下人。"K马上说。他被这个故事深深吸引住了。"别忙，"教士说，"不能不假思索便接受一种看法。我按照文章里写的，一字一句地给你讲了这个故事。这里并没有提到欺骗不欺骗。""可是，这是显而易见的，"K说，"你对它的第一个解释十分正确，守门人只是在拯救的消息已经对乡下人无济于事的时候，才把这个消息告诉他。""乡下人在这以前并没有向守门人提这个问题，"教士说，"另外，你还应该注意到，他只不过是一个守门人而已，作为守门人，他已尽到了自己的责任。""是什么使你认为，他已尽到了自己的责任？"K问，"他没有尽到责任。他的责任应该是把所有外人轰走，但应该放这个人进去，因为门就是为这个人开的。"

"你不大尊重原文，在篡改故事情节了，"教士说，"这个故事中，关于是否可以走进法的大门，守门人讲了两句重要的话，一句在开头，一句在结尾。第一句话是：他现在不能放乡下人进去；另一句话是：门是专门为乡下人而开的。如果两者有矛盾，你就说对了，守门人是骗了乡下人。不过，这里并没有矛盾。相反，第一句话里甚至包含了第二句话。人们几乎可以说，守门人在暗示将来有可能放乡下人进去的时候，已越出了自己的职责范围。当时，他的职责显然是不让人进去，许多评论家见到这个暗示确实很惊讶，因为守门人看来是个严守职责、一丝不苟的人。那么些年来，他从来没有擅离岗位，直到最后一分钟，他才把门关上，他明白自己的职务的重要性，因为他说过：'我是有权的。'他尊敬上级，因为他曾讲过：'我只不过是一个级别最低的守门人。'他并不多嘴，因为那么些年来，他只提了几个不带感情色彩的问题。他不会被贿赂，因为他在收礼时声明：'这个我收下，只是为了使你不至于认为有什么该做的事没有做。'只要是和他的职责有关，苦苦哀求也好，暴跳如雷也好，他都无动于衷，因为我们知道，乡下人曾经'用烦人的请求缠着守门人'。最后，甚至他的外貌——那个又大又尖的鼻子，那把细长而稀疏的鞑靼胡子——也让人联想到，他的性格一定很迂腐守旧。谁还能想象出一个比他更忠于职守的守门人呢？然而，守门人的性格中也包含着其他方面，这些方面似乎对所有求见法的人都有利，这也使我们易于理解，他为什么会越出自己的职责范围，向乡下人暗示将来有可能获准走进法的大门。我们不能否认，正因为他头脑有点儿简单，他也就必然有点儿自负。例如，他提到自己是有权的，其他守门人更有权，那些人的模样连他也不敢看一眼。这几句话我觉得是符合事实的，但是，他讲这几句话的方式却表明，头脑简单和自负把他的理解力搞乱了。评论家们就此指出：'对同一件事情的正确理解和错误理解并不是完全互相排斥的。'不管怎么说，我们应该承认，这种简单和自负尽管表现得不很突出，但很可能削弱了他守门的能力，它们是守门人性格中的缺陷。还得附带说明一件事实：守门人看上去是位天生和蔼可亲的人，并非一直摆出盛气凌人的官架子。刚开始的时候，他就开玩笑似的建议那人不妨在严格禁止入内的情况下闯进去，后来他也没有把那人撵走，而是像我们所知道的，给他一张凳子，让他坐在门边。这么多年来他耐着性子听那人的苦苦哀求，和那人做些简短的交谈，接受那人的馈赠，客客气气地允许那人当着他的面大声责骂应由他自己负责的命运——所有这些都使我们推断出，他具有同情心理。并非每个守门人都会这样做。最后，那人对他做了个手势后，他就低低俯下身去，让那人有机会最后提一个问题。守门人知道一切就此结束了，他讲的那句话'你没有满足的时候'只是一种温和的喷责。有人甚至把这种解释方式再向前推进一步，认为这句话表达的是一种由衷钦仰的心情，虽然其中并非没有某种恩赐的口气。总之，守门人的形象与你所可以想象的很不相同。""对于这个故事，你比我研究得仔细，花了更多的时间。"K说。

他俩沉默了一阵子。然后K讲话了："这么说，你认为那人没有受骗？""别误解我的意思，"教士说，"我只是向你介绍了关于那件事的各种不同看法。你不必予以过分重视。白纸黑字写着的东西是无法篡改的，评论则往往不过是反映了评论家的困惑而已。在这件事中，甚至有一种说法认为，真正受骗的是守门人。""这种说法太牵强附会了，"K说，"它有什么根据？"

"根据在于，"教士回答道，"守门人的头脑简单，理由是他不明了法的内部，他只知道通向法的道路，他在路上来回巡逻。他的关于法的内部的想法是幼稚的。而且他自己也害怕其他守门人，认为他们是拦住那人去路的妖怪。实际上他比那人更怕他们，因为那人听说里边的守门人模样可憎以后，还是准备进去，而守门人却不想进去了，至少据我们所知是这样。还有的人说，他一定已经到过里头，因为不管怎么说，他已受雇为法服务，这项任命只能来自里头。这种说法遭到了反驳，理由是，很可能是里头传出来的一个声音任命他当守门人。无论怎么说，他在里头不可能进得很深，因为第三个守门人的模样就已经使他不敢看一眼了。此外，这么多年来，除了有一次提到第三个守门人外，没有任何迹象显示，他讲过什么话能表明他了解里头的情况。也许禁止他这么做，但是关于这一点也没有提及。鉴于上述种种，人们得出的结论是,他对里头的情况和重要性一无所知,因此他处于一种受骗状态。在看待他和乡下人的关系方面,他也是受骗的,因为他从属于乡下人而自己却不知道。他反而把乡下人当作自己的下属来对待,许多细节可以说明这点,你一定还记得。根据对故事的这种解释,十分明显,他是从属于乡下人的。首先,奴隶总是从属于自由人的。乡下人确实是自由的,愿上哪儿就上哪儿,只有法的大门对他关着,只有一个人——守门人——禁止他走进法的大门。他接过凳子,坐在门边,待在那儿,一直到死,完全是自愿的,故事里从来没有讲起有谁强迫他。可是,守门人却被职责强制在岗位上,他不敢走到乡下去,显然也不能走进法的门里去,即使他想进去也不行。另外,虽然他为法服务,但他的岗位只是这一道门,换句话说,他只为这个乡下人服务,因为这道门是专为乡下人而开的。从这方面讲,他也从属于乡下人。我们可以设想得出,乡下人从小到大的那些年间,守门人的工作从某种意义上说只是走过场,因为他必须等待一个人的到来,也就是说,要等一个人长大;因此,他必须长期等待,以便实现自己的工作目的。此外,他还得等那人高兴,因为那人只有当自己想来时才来。守门人职责的期限也取决于那人的寿命,所以,归根结底,他是从属于那人的。故事里始终强调,守门人对所有这些显然一无所知。这本身并不奇怪,因为根据这种解释,守门人在一件重要得多的、直接影响到他的职责本身的事情上,同样也是受骗的。例如在故事末尾,他提到法的大门时说:'现在我要去把它关上了。'但是,故事开头部分却说,通向法的大门一直敞开着,如果它一直是开着的,这就意味着不管乡下人是死是活，这门在任何时候都应敞开着，既然这样，守门人就不能把它关上。至于守门人说这话有什么动机，有几种不同看法，有人认为，他说要去关门，只是为了回答乡下人而已；有人说这是他强调自己是忠于职守的；也有人断言，这是为了使那人在弥留之际感到懊丧不已。不过，人们还是同意这个观点：守门人没有能力去关门。很多人认为，在智力上他也不如乡下人，至少在故事结尾部分是如此，因为乡下人看见法的大门里射出了光线，而守门人站岗的位置却决定他要背对着门，何况他也没有讲任何话，证明他发现了这种变化。"

"说得有理，"K暗自低声复述了教士讲的几个理由以后说道，"说得有理，我倾向于同意这种观点：受骗的是守门人。不过，这不能使我抛弃原先的看法，因为这两个结论在某种意义上是并行不悖的。守门人精明也罢，受了骗也罢，无关大局。我说过，乡下人受骗了。如果守门人头脑精明，也许有人会对此起疑；但是，如果守门人自己受了骗，那他的受骗必然会影响到乡下人。这就使守门人实际上不可能成为骗子，而是一个头脑简单的人，真是这样的话，就必须立即解除他的职务。你不应该忘记，守门人的受骗对他自己固然无害，但会给乡下人带来无穷无尽的危害。""对这种看法也有反对意见，"教士说，"许多人断言，故事本身不能使任何人有权来评论守门人。不管他会给我们留下什么印象，他终究是法的仆人，这就是说他属于法，因此他完全超出人们所能评论的范围。在这种情况下，我们不敢相信，他从属于乡下人。虽然他受职守的制约，必须守在法的门前，但是他比世界上任何人都要伟大得多，别人无法和他相比。乡下人只能求见法,守门人却已经固定在法的身边。是法把他安置在守门人的位置上,怀疑他的尊严就等于怀疑法本身。""我不同意这种看法,"K摇摇头说,"因为,我们如果接受这种看法,那就必须承认守门人讲的每一句话都是真的。可是,你自己也已充分证明,这样做是不可能的。""不,"教士说,"不必承认他讲的每句话都是真的,只需当作必然的东西而予以接受。""一个令人沮丧的结论,"K说,"这会把谎言变成普遍准则。"

K用下断语的口气讲了这句话,但这不是他的最后论断。他太疲倦了,无力逐一分析从这个故事中引出的各个结论,由此产生的这一大堆思想对他来讲是陌生的,是不可捉摸的。对法官们来说,这是一个合宜的讨论题目,但对他来讲并非如此。这个简单的故事已经失去了它清晰的轮廓,他想把这个故事从头脑中驱赶出去,至于那个教士,他现在表现得情感细腻,他听凭K这样说,默默听取他的评论,虽然无疑地并不同意他的观点。

他们默默无言,来回踱了一阵,K紧挨着教士,不知自己身在何处。他手里提着的灯早就熄灭了。几位圣徒的银像由于银子本身的光泽在他前面很近的地方闪烁了一下,立即又消失在黑暗中。K为了使自己不至于太依赖教士,便问道:"我们离大门口不远了吧?""不对",教士说,"我们离大门口还远着哩。你想走了吗?"虽然K当时没想到要走,但是他还是马上回答道:"当然,我该走了。我是一家银行的襄理,他们在等着我,我到这里来,只是为了陪一位从外国来的金融界朋友参观大教堂。""好吧,"教士说,他朝K伸出手,"那你就走吧。""可是,这么黑,我一个人找不到路。"K说。"向左拐,一直走到墙跟前,"教士说,"然后顺着墙走,别离开墙,你就会走到一道门前。"教士已经离开他一两步了,K又大声嚷道:"请等一等。""我在等着呢。"教士说。"你对我还有别的要求吗?"K问道。"没有。"教士说。"你一度对我很好,"K说,"给我讲了这么多道理,可是现在你却让我走开,好像你对我一点儿也不关心似的。""但你现在必须离开了。"教士说。"好吧,这就走,"K说,"你应该知道,我这是出于无奈。""你应该先知道,我是谁。"教士说。"你是狱中神父嘛。"K说。他摸索着又走到教士跟前,他并不像刚才说的那样,必须立即赶回银行,而是完全可以再待一会儿。"这意味着我属于法院,"教士说,"既然这样,我为什么要向你提各种要求呢?法院不向你提要求。你来,它就接待你;你去,它就让你走。"

第十一章　结尾

　　K 三十一岁生日的前一天晚上，约莫九点钟，街上寂静无声，两个男人来到他的住所。他们身穿礼服，脸色苍白，体态臃肿，头戴一顶好像脱不下来的大礼帽。他们在大门口彼此谦让一番后，又在 K 的房门前更客气地你推我让了一阵。K 并不知道他们的来临，这时他正穿着一身黑衣服，坐在门边的扶手椅里，慢慢地戴上一副新手套，他的手指被紧紧箍着。他看上去像是在等客人。他站起身来，好奇地端详着出现在他眼前的两位先生。"那么，你们是来找我的？"他问。先生们鞠了一躬，各自用拿着大礼帽的那只手指了一下对方。K 提醒自己，他要等的是别的客人。他走到窗口，再次望了一眼黑洞洞的街道。对面的窗户也几乎全是黑的，许多窗子垂下了窗帘。有间屋子的窗里亮着灯，几个孩子在栏杆后面玩耍，他们无法离开原地，只好互相朝对方伸出小手。"他们把最蹩脚的，老掉牙的角色派来对付我。"K自己嘀咕着，又看了一眼四周，以证实这个印象，"他们要把我随随便便地干掉。"他猛地转过身来，对着来的那两个人问道："你们演的是什么戏？""演戏？"其中一个人说，他的嘴角抽搐了一下，瞧着另一个人，似乎是向他求助。那个人的反应像是一个正在努力摆脱尴尬局面的哑巴。他们不准备回答问题。K心里想，他去取帽子。

当他们还在下楼的时候，这两个人就企图抓住K的双臂。K说："等我们到了街上再说。我不是病人。"一出大门，他们就以一种他从未见过的样子抓住他。他们的肩膀紧紧顶着K的后肩，但并不弯起胳膊肘，而是伸直手臂，压住K的胳膊，以一种训练有素、灵巧熟练、使人无法反抗的方式将K的双手压得不能动弹。K挺直腰板，在他们中间走着，这三个人连成一个整体，只要有一个人被击倒，大家就会一齐倒下。只有无生命的东西才能组成这样一个整体。

在街灯下，K一再试图看清他的同行者，现在尽管离得很近，但要做到这点甚为困难，刚才在光线暗淡的屋子里，他也没能看清楚。他们可能是男高音。他看着他们鼓鼓的双下巴，心里想道。他们的脸过分干净，使K产生反感。人们简直可以认为，一双很清洁的手在他们的眼角下了功夫，按摩过他们的上唇，揉平了他们下巴上的皱纹。

K想到这儿，便停了步，那两人也随着停了下来，他们站在一个空旷无人的广场边上，广场上装点着花坛。"为什么在那么多人里面，他们偏偏派你们来！"他说，与其说他是在发问，不如说是在叫喊。那两位先生显然无言以答，他们垂着空着的手臂，站在那儿等待，就像病房里的护理人员守候着在休息的病人一样。"我不想再往前走了。"K 试着说。这句话并不需要答复。那两个人没有松手，而是想法子推着 K 走，这样就足够作为回答了，K 却进行反抗。我需要用力气的时间不多了，现在就把所有的力气都用光吧！他思忖着，脑中想起了苍蝇，它们千方百计从粘蝇纸上挣脱，直到扯断自己的细腿为止。先生们会发现我不是那么容易对付的。

这时，布尔斯特纳小姐出现在他们的前面，她离开地势较低的一条次要街道，登上几级台阶，走进广场。不能完全肯定就是她，但是模样很像她。究竟是不是布尔斯特纳小姐，K 并不在乎，重要的是他突然明白了，反抗是毫无用处的。他即使反抗，给他的同行者制造些困难，靠搏斗来夺取生命的最后一刻，也称不上是英雄。他开始挪动脚步，看守们着实舒了一口气，这种轻松感在某种程度上居然也传染到了他身上。现在他们让他带路，他便跟着走在前面的小姐，向前走去。他并不是想追上她或尽可能使她保持在自己的视野之内，而仅仅是为了不忘记她给自己的教训。"我现在唯一可以做的事，"他对自己说，他的脚步和那两个人的脚步一直十分合拍，这更坚定了他的想法，"我唯一可以接着做的事是，自始至终保持理智、镇静和分析能力。我总是想用二十只手来攫取世界，我的动机也并非十分值得称赞。难道我现在要让人认为，一年的审判过程居然没有教会我任何东西吗？难道我希望，当人们在我死后议论起我的时候将说，我在案子开始时想要它结束,而在案子结束时又想要它重新开始吗?我不愿意别人这样说。我很高兴派了这么两个半哑的傻瓜来陪我上路,我可以对自己说任何有必要说的话。"

此刻,布尔斯特纳小姐已经拐进一条小马路,K这时已经用不着她了,他顺从地跟着押他的人走。月光下,三人步调完全一致,他们走上一座桥,不管K做什么动作,那两人就立即附和。当K稍稍侧身转向桥栏杆时,他们像是和他连成了一个整体似的,也随之转过身停下来。月色皎洁,波光粼粼,流水在小岛两边分开,岛上树木成林,枝叶茂密,就像缚在一起似的。树林中透迤着几条砾石小径——现在看不见——路边有几条舒适的长凳,夏天K曾多次躺在这些长凳上惬意地休息过。"我并不想停下。"他对同行者说,他们的彬彬有礼和依顺服从使他感到难为情。其中的一个好像在K的背后温和地责备另一个人不该停下来。于是他们三人继续往前走。

他们穿过几条很陡的上坡路,路上每隔一定距离就有几个警察站着,或者来回巡逻,有时离他们很远,有时就在他们身边。一个大胡子警察手握刀柄,似乎有意走近这一群看上去并不完全无害的人。两位先生停下脚步,警察好像就要开口讲话了,K却用力拽着两人继续朝前走。他一直小心翼翼地回头张望,看着警察是不是跟在后面。他拐了个弯,甩开警察后,马上就奔跑起来,两个同行者也只得气喘吁吁地在他身边跟着跑。

他们就这样很快地出了城。在这个地方,城市几乎直接连着田野,中间没有什么过渡地带。在一座依然是纯城市式的房子旁边,有一个荒凉的、人迹罕至的小采石场。那两个人在这儿站定,不知道是因为他们一开始就选中了这个地方,还是因为他们实在累得不能再往前走了。现在他们松开K的手,K一声不响,站在那儿等着,他们脱下大礼帽,用手帕擦干额上的汗珠,同时观察着采石场。月亮的光芒正以别的光线所没有的纯洁和宁静映照着万物。

下一项任务中谁第一个动手?他俩又你推我让,客套一番——这两个奉命而为的人,在接受这项使命的时候,好像没有什么专门分工,他们中的一个走到K面前,脱下K的大衣和背心,最后又脱下他的衬衫。K不由自主地打了一个寒战。那人在他背上轻轻拍了一下,让他放心,接着把K的衣服整整齐齐地叠在一起,好像它们什么时候还会用得上一样,当然不会马上就用。为了不让K在凉飕飕的夜风中呆站着,那人拉住K的手臂,带着他来回走了一阵。那人的同伴则在采石场上寻找一个合适的地点,找到地方后,便招呼他们过去,和K在一起的那人就把他带去了。

这个地方位于悬崖边上,旁边有一块孤零零的大圆石头。那两个人让K坐在地上,背靠着大圆石,头枕在上面。但是不管他们怎么煞费苦心,也不管K多么唯命是听,他的姿势总是东倒西歪的,看上去很别扭。于是他们中间的一个就请求另一个让他来独自摆布K,但即便如此,也于事无补。最后他们就听凭K那么待着了,这时的姿势甚至还不如刚才摆过的那些姿势好。一个人随即解开大衣,从挂在背心皮带上的刀鞘里抽出一把屠夫用的又长又薄的双刃刀,把刀举起,在月光下试了试刀锋。他们又可恨地谦让起来,第一个人从K头顶把刀递给第二个,第二个又从 K 头顶把刀还给第一个。K 现在清楚地意识到，当刀在他头顶传来传去的时候，他应该把刀拿过来，插进自己的胸口。不过他没有这样做，只是转过头，向四周看了看——他的头部还可以自由转动。他无法完全越俎代庖，代替这两个人完成他们的所有任务。这次最后的失败应该归咎于他自己，因为他没有足够的力量来做这件事。

他的目光落在采石场旁边的那座房子的顶层上。那儿亮光一闪，好像有人开了灯，一扇窗户蓦地打开了。一个人的身子突然探出窗口，他的双手远远伸出窗外，由于他离得远，站得高，所以他的形象模模糊糊，看不清楚。这个人是谁？一个朋友？一个好人？一个同情者？一个愿意提供帮助的人？仅仅是他一个人吗？还是整个人类？马上就会有人来帮忙吗？是不是以前被忽略的有利于他的论点又有人提出来了？当然，这样的论点应该有。逻辑无疑是不可动摇的，但它阻挡不了一个想活下去的人。他从未见过的法官在何处？他从来没能够进入的最高法院又在哪里？他举起双手，张开十指。

但是，一个同行者的两手已经掐住 K 的喉头，另一个把刀深深插入他的心脏，并转了两下。K 的目光渐渐模糊了，但是还能看到面前的这两个人，他们脸靠着脸，正在看着这最后的一幕。"像一条狗似的！"他说。他的意思似乎是：他死了，但这种耻辱将留存人间。